NOSSO LUGAR ENTRE COMETAS

Nosso lugar entre cometas
© 2021 Fernanda Nia
© 2021 VR Editora S.A.

Plataforma21 é o selo jovem da VR Editora

DIREÇÃO EDITORIAL Marco Garcia
EDIÇÃO Thaíse Costa Macêdo
PREPARAÇÃO Natália Chagas Máximo
REVISÃO João Rodrigues
DIAGRAMAÇÃO WAP Studio
CAPA E PROJETO GRÁFICO Foresti Design
ILUSTRAÇÃO DE CAPA Fernanda Nia

Dados Internacionais de Catalogação na Publicação (CIP)
(Câmara Brasileira do Livro, SP, Brasil)

Nia, Fernanda
Nosso lugar entre cometas / Fernanda Nia. — Cotia, SP :
Plataforma21, 2021.

ISBN 978-65-88343-15-9

1. Romance brasileiro I. Título.

21-77752 CDD-B869.3

Índices para catálogo sistemático:

1. Romances : Literatura brasileira B869.3
Eliete Marques da Silva - Bibliotecária - CRB-8/9380

Todos os direitos desta edição reservados à
VR EDITORA S.A.
Via das Magnólias, 327 – Sala 01 | Jardim Colibri
CEP 06713-270 | Cotia | SP
Tel.| Fax: (+55 11) 4702-9148
plataforma21.com.br | plataforma21@vreditoras.com.br

FERNANDA NIA

Nosso lugar entre cometas

PLATAFORMA21

FERNANDA NIA

Nesse lugar
entre opostos

PLUTÃO
FORNA SP

*Para todos aqueles que já fizeram
amigos por causa de um livro.*

COMETAS DA GALÁXIA E A ÚLTIMA SUPERNOVA
CASSAROLA STAR

– Podemos desafiar outros cem impérios, salvar mil planetas, recuperar um milhão de estrelas. Colecionar mais medalhas e riquezas do que cabem na nossa nave. Minha maior conquista sempre vai ser ter encontrado você, no meio desse universo inteiro.

Essas são as últimas palavras de Sophitia para Aleksander antes da supernova dar início à maior batalha já travada pelos cometas da galáxia.

Lorena

De todos os planos perfeitos que calculei para tornar hoje o dia mais importante da minha vida, nenhum deles envolvia ter que me esconder atrás do carrinho de churros no estacionamento da Convenção Internacional do Livro e da Cultura.

— Tá fugindo de alguém, minha filha? — pergunta o vendedor, recheando um churros com doce de leite enquanto me espia de canto de olho.

— Tenho uma missão de vida ou morte pra cumprir na LivroCon — revelo, usando o nome que a internet criou para o evento —, mas alguns garotos me seguiram até aqui com o único propósito de estragar tudo.

— Você me parece nova demais pra sair arranjando confusão com tanta gente.

Espio, além do carrinho, o nosso ônibus estacionado.

— Quem briga pelo que quer, sempre arranja um inimigo ou outro pelo caminho — respondo, mordendo o lábio em concentração.

O vendedor me observa por um segundo a mais, duvidando da minha sanidade, e volta a atender os clientes que estavam em fila na sua frente.

Quando decidi vir de excursão para a LivroCon, essa parecia ser a escolha mais segura. Afinal, não tinha como obrigar meus avós a dirigirem horas para me trazer da nossa cidade até aqui.

Eu só não esperava que, de todas as centenas de milhares de habitantes de onde moramos, fossem justamente *aqueles garotos* que cairiam na roleta do destino para vir comigo.

Mais especificamente, *aquele* garoto...

– Visitantes credenciados ou não, filas por aqui! – grita um homem com uma camiseta escrito "posso ajudar?" mais à frente no estacionamento.

Ao final da fileira dos ônibus de excursão parados a noventa graus e virando à esquerda, está a passagem de pedestres que levará ao pavilhão de entrada da LivroCon. Há um portal montado dando boas-vindas aos visitantes. Chegamos cedo e poucas pessoas estão indo para lá. A convenção só abre às 10 horas.

O que é perfeito, pois tenho algo para fazer antes de entrar, e assim fica menos gente no meu caminho.

Espio em volta uma última vez. Não há ninguém conhecido no perímetro, além da garota que sentou ao meu lado durante a viagem. Ela ainda está perto do nosso ônibus, mexendo no celular com uma leve expressão de sofrimento.

É agora ou nunca.

– Vou correr até o portal e os garotos, onde quer que estejam, não podem me ver – digo para o vendedor de churros. – O senhor me dá cobertura?

– Doce de leite ou chocolate? – pergunta o homem.

Disparo em direção ao portal. Os ônibus passam feito vultos do meu lado. Não sei mais se estou segura, mas não posso olhar para trás. A passagem de pedestres está se aproximando. Virando nela, estarei a salvo. Estou quase lá...

Não estou a salvo.

No meio da passagem, que é a minha única conexão com o momento mais importante da minha vida, estão *eles*. Os quatro cavaleiros do apocalipse.

Os meninos do fundão da minha sala no colégio.

– Viu, ajumentado – o menino conhecido como Salgadinho diz para o mais alto dos quatro. – Eu falei que a convenção não tinha aberto ainda.

– Calma, eu tenho outra ideia – o alto, Guará, responde. Saca o celular e mostra a tela para os outros, que se debruçam em uma roda sobre ela.

Eles estão a um segundo de me verem também.

Me jogo atrás de uma das pilastras do portal de boas-vindas, meu peito, um batuque nervoso.

– Espera... – ouço Guará dizer. – Espera...

"QUÁC!", o áudio do celular grita de súbito, como um pato.

Os garotos explodem em gargalhada.

Tá, eu admito que *talvez* eu esteja sendo dramática – tenho uma certa tendência a exagerar *um pouco* – e *talvez* não tenham sido todos os quatro que me seguiram até aqui para me infernizar. Três dos garotos são até inofensivos: Salgadinho, menino branco de pele bronzeada, sempre de cara amarrada por baixo do boné, que reza a lenda só o tira quando vai bater ponto toda semana na sala da diretora; Guará, o menino empolgado de óculos que é comprido e ruivo como o lobo mas, ao contrário do vigilante solitário do Cerrado, vive para a matilha; e Bonito, menino negro de pele clara que raramente desvia os olhos do celular, já que é fotogênico demais para gastar sua beleza apenas com a admiração do mundo real. Por mais que sejam criaturas que se alimentam de caos, estar estudando com eles no terceiro ano do Ensino Médio já me ensinou como evitar passar no caminho desse furacão de péssimas ideias.

Então, tudo bem, esses três não são o problema. Para ser sincera, nem tenho certeza se sabem que estou aqui, já que me escondi discretamente quando os vi subindo no ônibus, mais cedo.

O problema é o quarto garoto.

Espio com cuidado além do portal de boas-vindas. Aperto os olhos.

Gabriel Marques.

Meu arqui-inimigo.

Quando eu já estiver velhinha e for a imperatriz do Novo Brasil, minha página da Wikipédia terá um tópico sobre ele na subseção "Antagonistas".

W ANTAGONISTAS

Gabriel Marques, jovem branco de cabelos claros e cacheados semelhantes aos de uma versão adolescente do Anjinho da Turma da Mônica que pegou o metrô lotado da estação Sé em São Paulo na hora do *rush* e depois não se olhou no espelho nunca mais, era popularmente reconhecido[21] como a cria do demônio que subiu das profundezas do submundo para o universo mortal com o único propósito de competir com Lorena, a Grande, e infernizar sua vida.

[21] **Cassarola Star (2072).**
Lorena Pera: a Biografia Completa, vol. 1. Colônia X de Marte: Editora Interestelar. p. 136. 680 páginas em holograma.

A versão real do Gabriel para de rir e franze a testa.

– Por que você tá nos mostrando esse vídeo de pato? – pergunta. Só de ouvir a voz dele meus pelos já começam a se eriçar. – Não vai dizer que vão...

– É claro que sim. – Guará encara os amigos com o olhar intenso de um líder revolucionário.

Por um momento, tenho o terrível pressentimento de que os quatro descobriram uma fórmula para destruir o mundo usando um... pato.

– Nós vamos gravar o primeiro vídeo da cobertura da convenção pro nosso canal fazendo uma montagem com esse pato – Guará anuncia. – Eu até baixei uma trilha com um remix do "quác". Vai ficar daora!

... De alguma forma, isso me soa pior que a destruição mundial.

– Ah – Gabriel não parece empolgado. Também deve preferir a destruição mundial, até por ser um supervilão e tudo mais. – Vocês vão mesmo levar pra frente essa ideia de gravar os videozinhos de zoeira hoje pra surfar na moda da LivroCon? Achei que estavam de brincadeira.

– Se é sobre zoeira, nós estamos sempre falando sério – diz Salgadinho, estoico.

– A gente tem profissionalismo, pô! – Guará tira da mochila e veste um crachá semelhante ao do funcionário da LivroCon que indicava o caminho para cá, só que no lugar da foto há a imagem de um pato. Não consigo ler o que está escrito daqui, mas suspeito ser o nome do canal deles, então sinto que é melhor não ler mesmo. – Você sabe que nós estamos há meses planejando os roteiros desses vídeos.

– A internet não para de falar nessa convenção. – Salgadinho olha na direção do primeiro pavilhão. – Não somos burros de perder a chance de usar isso pra ganhar visualizações. Podemos ficar grandes.

– Mas será que *devem*? – Gabriel zoa.

– O fardo de fazer os vídeos bestas que viralizam na internet é pesado, mas a gente o aceitou – Guará diz com um sorriso lupino, sem se afetar. – Para de tentar domar a nossa *arte*.

– A arte dentro de nós é sempre indomável – Bonito contribui meio alheio, digitando qualquer coisa no celular (provavelmente isso mesmo que disse, para postar com alguma selfie motivacional, como costuma fazer).

Uma gota de suor escorre na minha testa, e não é por causa do sol. Estamos perdendo tempo. Como vou conseguir passar se esses meninos não...

– Vamos voltar e começar com a cena do Guará descendo do ônibus – decide Salgadinho, e vira para Gabriel.

– Você vai ajudar a gente, não vai?

Espero que meu inimigo vá dar um fora nele, pois seus amigos estão sendo bobos demais – eu sei que eu daria –, mas algo que ele vê no rosto do outro garoto, que está sério, derruba suas muralhas.

– Ajudo no que der – aceita Gabriel. – Mas já adianto que não vou participar de nenhuma dancinha.

– Vai acreditando nisso. – Guará dança um gingado de brincadeira enquanto vira na minha direção.

Me escondo atrás do portal feito um ioiô puxado de volta.

– Depois mostro pra vocês a lista de vídeos de pato que separei pra nortear a narrativa do nosso conteúdo hoje – ouço Guará. Estão se aproximando.

– Nunca vou entender a sua fixação com patos – Gabriel comenta.

– Patos são bestas magníficas.

– Vocês também são e nem por isso tô filmando pra colocar na internet.

Guará está socando o ombro do meu inimigo quando passam ao meu lado. Se qualquer um deles virar para trás, me verá ali, esmagando meu coque bagunçado contra o portal de entrada, os nós dos dedos apertados na alça da bolsa transpassada.

Um a um eles fazem a curva e voltam para o estacionamento, e meu coração vai retomando as batidas. Salgadinho. Bonito. Guará. Gabriel...

Gabriel hesita. Abaixa e amarra o tênis logo antes de sair da passagem.

Por um segundo, quero que me veja. Quero esfregar na cara dele que estou aqui prestes a ter o melhor dia da minha vida, e que ele vai ficar para trás. Ver sua reação à minha vitória.

O segundo passa. Minha pulsação dispara. Chego para o lado, tentando me reposicionar no ponto cego dele. Se o garoto virar a cabeça só um pouquinho, já entrarei na sua visão periférica.

Meu Deus, nunca vi alguém demorar tanto para amarrar um cadarço! Não era nem para um demônio usar tênis nos cascos, em primeiro lugar!

Gabriel levanta. Puxo o ar. Ele espia discretamente para além do ônibus estacionado.

Recua, vira e dá de cara comigo.

É como se o sol tivesse se fechado em um único holofote para mostrar, no meio do universo inteiro, eu ali.

Nenhum de nós sabe o que dizer por um momento, as sobrancelhas dele perdidas no cabelo, em surpresa.

– Lorena – ele diz o óbvio, como se isso fosse ajudá-lo a me entender ali. – Então você veio mesmo na excursão com a gente. Eu tinha visto seu nome na lista quando me inscrevi, mas não te encontrei no ônibus.

– Eu estava no fundo.

– Ah, do lado da garota alta?

Assinto e não digo mais nada. Quero dar as costas pra ele e sair correndo, mas não consigo. Não sei como. Não sei agir.

Então, seus olhos passam por mim e pelo portal, encontrando o caminho para a convenção que eu tentava alcançar. Quando voltam a mim, sou um cubo mágico que o garoto está encaixando rapidamente para solucionar.

– Eu tenho que ir – digo, porque quero que pare. – Tô atrasada.

– Então por que tá escondida aí?

Droga.

Me forço a soltar a alça da bolsa.

– Não tô escondida. Vocês que não me viram. Estavam distraídos demais planejando destruir o mundo com... vídeos de patos.

Gabriel abaixa o rosto e me mostra um sorriso torto, que me faz querer beliscar seu rosto para torná-lo simétrico de novo.

– Os garotos são visionários... – ele diz. – Só que pra zoeira.

– Então é melhor você ir lá ajudá-los a achar algo mais produtivo para dedicarem tanta genialidade. – Aponto para o estacionamento atrás dele. – Boa sorte.

Rolo para fora do pilar já passando pelo portal e fujo em direção à convenção.

– Lorena! – ele chama. Ando mais rápido. – Eu posso te ajudar!

Paro pisando forte. Como ousa achar que eu preciso de ajuda para algo? Ele está tentando me *ofender*?! Viro de queixo erguido.

– Você nem sabe o que eu vou fazer.

Só que o garoto me estuda de novo, daquele jeito dele de criatura do submundo que tem mais de mil olhos e enxerga o que não queremos mostrar.

– Só tem uma coisa para os visitantes fazerem antes da convenção abrir, e eu te conheço. – Algo nessas palavras faz um calafrio descer pela minha espinha. – Você tá indo para a área de distribuição de senhas de autógrafos porque quer encontrar a autora de *Cometas da Galáxia* mais tarde. E nisso eu posso te ajudar.

Gabriel

Pause. Volte ao último jogo salvo. Recomece.

Droga. Essa é a vida real. Não posso fazer isso.

Lorena me encara, os olhos do tamanho de planetas. Eles já são gigantes normalmente – e sempre pensei comigo mesmo que é porque ela precisa enxergar dois mundos em vez de um só: o nosso e o mundo só dela –, mas agora batem o próprio recorde. E eu não sei mais ao certo o que dizer.

Se a vida fosse mesmo um jogo, eu seria muito mais articulado.

– Como você sabe que eu vou pegar a senha para os autógrafos dessa autora? – pergunta Lorena.

– Você tá sempre com algum volume de *Cometas da Galáxia* no colégio – digo –, ou desenhando os personagens nas margens das apostilas. Quando soube que a autora vinha pela primeira vez para a América Latina para participar da LivroCon, tive certeza de que você estaria aqui, esperando na porta.

A garota entorta a cabeça e arqueia uma sobrancelha:

— Você tem um olho muito bom pra descobrir o que eu tô lendo do outro lado da sala.

Dou de ombros.

— Preciso prestar atenção em alguma coisa durante as aulas de Química.

Não quero admitir que eu reconheceria a capa de qualquer um dos volumes de *Cometas* a quilômetros de distância.

Mas Lorena parece satisfeita com minha desculpa esfarrapada.

— Cada dia tenho mais certeza de que vou passar na sua frente no vestibular — diz.

Dou uma risada, sem me conter.

— Julgando pela quantidade de aulas em que te pego lendo escondida com os livros equilibrados no colo, tenho minhas dúvidas.

Ela não ri comigo. Fecha a expressão e abaixa o rosto, irritada. Droga! Deve estar achando que sou um sem noção qualquer que fica *stalkeando* ela.

— Tô atrasada. — Ela dá um passo para trás, como sempre faz quando alguém se aproxima demais. — Valeu, mas não preciso de ajuda.

Não!

— Você sabe onde estão distribuindo as senhas? — apelo, um pouco desesperado para ela não ir embora. — Porque eu sei. Posso te mostrar o caminho.

— Não precisa. Lá na frente eu descubro.

– São cinco pavilhões – aponto. – É literalmente a maior convenção de livros e cultura pop do mundo. Mesmo do lado de fora, tem uma infinidade de lugares onde podem ter montado a estrutura para a distribuição das senhas antes de abrir. E dizem que elas acabam rápido, quando os autores são muito concorridos. Você prefere contar com a sorte ou ir com alguém que já sabe o caminho?

Ela aperta os olhos e me estuda, desconfiada como uma gata. Sua pele, de um bege terroso, parece de um tom ainda mais morno sob o sol. Distraído por um segundo, me pergunto se ela tem alguma parcela de ascendência árabe.

– Por que você tá insistindo tanto em ir comigo? – pergunta. – Isso é alguma pegadinha para os seus amigos filmarem? Gabriel, juro que se algum dos garotos estiver atrás de mim imitando um pato eu vou ficar seriamente irritada.

– Não tem pato nenhum, eu juro! – Mostro as palmas das mãos, como se pudesse escondê-lo ali. – Só quero ajudar.

– Por pura bondade? Olha, nós não somos exatamente *melhores amigos*. – Ela coloca uma ênfase nessa última parte que eu não entendo. Será que fiz algo de errado nas poucas vezes em que consegui conversar com ela no colégio? – Tá meio difícil de acreditar que você quer me ajudar de graça. Ou vai me dizer que no caminho do ônibus até aqui eu caí em algum portal interdimensional de uma realidade paralela em que você é a Madre Teresa de Calcutá vestindo tênis da moda?

Coço o nariz por reflexo, sem saber o que responder. Então respiro fundo, percebendo que estou enrolando demais. Se quero que Lorena me deixe ir com ela, tenho que ser sincero.

Ensaiei dizer isso muitas vezes nos últimos meses, mas agora que o momento chegou, minha garganta vira cimento. Sem conseguir formar palavras, giro minha mochila pelo ombro e tiro dela o livro.

Cometas da Galáxia e a Estrela Perdida. O primeiro livro das aventuras dos *cometas* – que é como são chamados os agentes interplanetários que protegem a galáxia das forças do mal. Lançado antes da história virar uma franquia multimilionária de filmes, séries e jogos. De conquistar o patamar de fenômeno cultural global. De fazer um planeta inteiro de fãs aficionados, daqueles capazes de esgotar na pré-venda até coleções de tampas de privada temáticas dos personagens. (Pior que não estou nem brincando. Isso aconteceu mesmo no mês passado.)

E eu sou um deles. (Um fã, não um comprador de tampas de privada temáticas, no caso.) Não deveria ser tão difícil assim de admitir.

– Eu tô indo pegar as senhas de autógrafo também – respondo, enfim.

Lorena me encara como se eu tivesse criado chifres. E não me ofereço para explicar mais. Porque longe de mim admitir *também* que estou quase implorando para irmos juntos, já que sozinho, bom... eu tenho vergonha. *Eu*, indo pegar um autógrafo de uma autora de livros, como se fosse um... *booktuber*!

Por outro lado, se eu for com a Lorena, vai ser quase como se estivesse a acompanhando. Sem pressão. É uma mentira boa para contar para mim mesmo. Me dá coragem.

– Tá bom, Gabriel – diz Lorena. – Para de me enganar. Onde estão os patos?!

– Por que tá todo mundo obcecado por patos hoje? – Bufo indignado. – Tô falando sério. Por que você acha que eu deixei os garotos voltarem para o ônibus e fiquei aqui? Eu já tinha planejado me separar deles pra ir atrás da senha sozinho. Só que aí te achei aqui e pensei que, sei lá, podíamos ir juntos.

Lorena discretamente procura patos atrás de si.

– Olha, eu tenho provas! – Tiro o celular do bolso e abro um arquivo nele. Avanço até a garota e mostro. – Esse é o mapa dos pavilhões. Tá vendo esse ponto? É onde estão distribuindo as senhas de *Cometas*. Na fila número cinco. E adivinha por que ele tá marcado? Isso mesmo. Porque *eu* marquei, quando estava me planejando.

Olhando a tela, as sobrancelhas da Lorena vão se franzindo em câmera lenta. Enfim, ela sobe os olhos planetários para mim. Dessa distância, tenho certeza de que vou ser atraído pela gravidade deles.

– Você quer mesmo conhecer a... – Os olhos me puxam, me leem. – ... Cassarola Star?

Volto à Terra engasgando em uma risada.

– Por que você tá rindo? – Ela se afasta. – Eu sabia que estava me zoando desde o início.

— Não é isso! É que o nome da autora sempre me lembra comida, e eu não aguentei ouvir você falando toda séria.

— Depois de ter trazido *Cometas da Galáxia* ao mundo, ela poderia se chamar até Pãozinho de Queijo Quentinho da Silva se quisesse, e eu ia falar da mesma forma.

Trinco os dentes para controlar o riso, mas não rola. E Lorena, em vez de querer me estapear por isso, aperta a boca também, como se quisesse rir comigo. Quando percebe que a vi, endurece o rosto de novo.

— Não tenho tempo pra ficar aqui debatendo isso. — Ela aponta para meu celular. — O seu mapa. Eu queria ele.

— Posso te mandar. — Respiro fundo para parar o riso. — Qual é o seu número? Você não tá no *chat* da turma.

Se estivesse, eu já teria mandado mensagem direta para ela há muito tempo marcando de pegarmos as senhas juntos, já que ela é a única pessoa que conheço que curte *Cometas* como eu, e isso seria, bom, legal.

Ela desvia os olhos por um milésimo de segundo antes de dizer:

— Ninguém nunca me mandou convite.

— Ah. — Me concentro em procurar o botão de compartilhar, me sentindo mal por ter tocado no assunto.

— Não ligo muito pra grupos — ela adiciona contra o clima esquisito. — É só gente batendo boca e *meme* de gosto duvidoso.

— Fora os vídeos que os garotos postam na conta deles, o Patotube, que às vezes já são por si só motivo para excluir o grupo, o aplicativo e, em casos extremos, martelar o celular com um tacape – brinco. Penso. Continuo com cuidado.

– Mas posso pedir pra te chamarem depois, se você quiser.

Lorena não responde.

Aperto para compartilhar o arquivo do mapa com a programação do evento e dou meu aparelho para ela, que digita o próprio número e envia. Ela tira seu celular do bolso e checa se chegou.

E Lorena finalmente sorri. Não de um jeito meigo ou satisfeito, mas com um tipo de sorriso que só ela tem.

O sorriso de quem acabou de ganhar garras afiadas de presente e vai usá-las para conquistar o mundo.

Às vezes ela o faz para si mesma durante a aula, quando está desenhando no caderno ou lendo algum livro de *Cometas* escondido. Acho que foi vê-la sorrindo desse jeito o que me fez aceitar, em algum momento desses anos em que estudamos juntos, o desafio de decifrar essa garota.

Sem sucesso até o momento, mas continuo tentando.

Meu celular, ainda com ela, vibra e captura sua atenção. Algo na tela faz com que seu sorriso suma. Ela me devolve o aparelho:

– Seus amigos estão vindo.

Tem uma mensagem recebida em uma janelinha:

> **GUARÁ**
>
> Kd você? Estamos indo agora para a entrada.

Ele adiciona um *gif* de um pato andando. Xingo e olho na direção do estacionamento, mas não os vejo por causa dos ônibus estacionados.

– Você tá se escondendo deles? – Lorena adivinha. – Finalmente decidiu ser sensato e tá me usando pra fugir?

– O quê? Não! Só não quero ainda que eles saibam que...

Engasgo nas palavras.

– Saibam o quê?

– Sobre *Cometas*! – Olho por cima do ombro. Falei alto demais. Abaixo o tom. – Eu vou contar que gosto, só quero preparar o terreno primeiro.

Ela entorta a cabeça.

– Você tá com medo do que eles vão dizer?

– Não é isso! É só que eu...

– Ô, Gabriel! – Guará grita do estacionamento.

– Droga, eles já estão aqui! – xingo.

Lorena vira de lado.

– Tô indo – ela diz.

E me espera. É o máximo de convite que aceita me fazer.

– Ficou desordenado das tripas, moleque? – Salgadinho grita dessa vez, mais próximo.

– Eles estão perto demais – digo para Lorena –, vão me ver fugindo deles.

– Deixa ver!

Trinco os dentes.

Não me movo.

– Aê! – Guará vira na passagem de pedestres, com Salgadinho e Bonito na cola.

E minha oportunidade de agir passa.

– Você sumiu! – o garoto continua. – Vem, a gente vai tirar a *selfie* oficial de nós quatro para o canal.

– Aquela não é a garota quietinha da nossa sala? – Salgadinho comenta, espiando algo sobre meu ombro.

Mas não consegue ter certeza, porque Lorena já está distante e, sem nunca olhar para trás, vai pegar as senhas sozinha.

Lorena

— Como assim, as senhas da Cassarola Star acabaram?! — chio para o atendente em uma das mesas de distribuição. — Estava no site que eram duzentas! Dois livros por pessoa pra cada uma das duzentas pessoas!

— Sim, e duzentas pessoas já estavam aqui às 7 horas da manhã, fazendo fila. — Ele arruma seus bloquinhos de papeis completamente desinteressado pelo ápice da desgraça humana.

— E-eu... — gaguejo. — Mas eu preciso de uma senha!

— Ah, por que não disse antes? Vou te dar, então.

— Sério?!

O homem estica os lábios retos e me encara por baixo das sobrancelhas em uma expressão óbvia de "não". Então passa os olhos por cima do meu ombro e grita:

— Próximo!

Saio da fila com algo quente brotando no meu rosto como uma máscara e quero arrancá-la para fora. Trinco os dentes para não gritar de raiva. Das outras pessoas, por terem roubado o meu lugar, e de mim mesma, por ter deixado que chegassem primeiro.

E eu nunca deixo ninguém chegar antes de mim. *Nunca*. Aperto minha bolsa contra meu quadril. Em algum lugar dentro dela, protegido pelas páginas do meu bloco de desenho, está o quadrinho de *Cometas da Galáxia* que eu trouxe para autografar, minha história favorita do universo deles.

E vai voltar em branco para casa.

De repente, é doloroso demais ficar aqui. Piso e bufo para longe das senhas, deixando a frustração e a raiva me levarem.

Se a Sophitia, minha cometa favorita, estivesse me vendo agora, posso até imaginar as rachaduras de desaprovação pelo meu fracasso se formando na sua testa estoica.

Ando contra a correnteza de pessoas chegando pela passarela de acesso principal.

E seu parceiro, Aleksander, desviaria os olhos de mim, coração mole demais para participar da bronca, mas responsável demais para fugir completamente.

Aperto o passo, minha respiração pesada.

Se eu fosse uma personagem, depois dessa, eles não confiariam em mim nem para ajudá-los a roubar bolinhos do refeitório da academia de cometas da próxima vez que fossem fugir para salvar a galáxia. Porque...

Sou a única pessoa saindo da convenção, no ponto de ônibus especial para a rodoviária.

... Porque quem em sã consciência confiaria em alguém que arruinou por besteira a sua única chance de encontrar a pessoa mais importante do mundo?

Do *meu* mundo?

Sento sozinha no banco de espera do ponto, apoio os cotovelos nos joelhos e olho para o chão, me sentindo absolutamente humilhada. Não quero esperar para ir embora com o ônibus de excursão às 9 horas da noite.

Quero ir embora da LivroCon *agora*.

Sei que devo pensar com a cabeça fria, sei que a emoção é a inimiga da estratégia, mas tem um nó dentro de mim e não sei lidar com nada disso sem ser ficando ainda mais frustrada.

Meu celular vibra.

> **GABRIEL MARQUES**
>
> ## Conseguiu pegar a senha?

> **GABRIEL MARQUES**
>
> ## Leva o livro autografado na segunda, se puder. Eu queria ver.

Meu rosto queima. Ele deve ter pressentido meu fracasso. Parece que quando lhe dei meu número, estabeleci uma conexão direta com o submundo.

> **LORENA PERA**
>
> Levo sim!

Envio de volta, no impulso, porque jamais vou admitir derrota na frente dele. Jamais!

Então fico encarando a tela, absorvendo a tremenda furada em que acabei de me meter para me livrar dessa mentira depois.

Engraçado. Eu não sabia que o fundo do poço podia ser uma queda infinita. Acho que inventei essa modalidade de desgraça.

— Lorena? — alguém diz.

Subo o rosto. Uma garota negra de pele marrom-escura e tão alta quanto eu gostaria de ser para olhar o mundo de cima está de pé na minha frente, uma mão cruzando o peito e repousando na clavícula.

Stefana é como se apresentou quando se sentou ao meu lado mais cedo no ônibus. Viemos juntas na excursão.

— Você vai embora também? — ela pergunta.

Assinto com a cabeça, mantendo a boca fechada porque estou tendo dificuldade de controlar as coisas borbulhando dentro de mim.

Stefana me estuda. Tira a mochila enorme dos ombros e senta ao meu lado, abraçando-a, sem perguntar nada. Já tentou puxar assunto comigo vezes suficientes no caminho até aqui e deve ter percebido que não sou muito boa de conversa.

Observamos os ônibus de visitantes vindo em hordas para a LivroCon.

— É engraçado — comenta Stefana —, essa gente toda chegando com um sorriso enorme no rosto pra ver a convenção e nós aqui, deixando tudo pra trás sem nem entrar.

— Mal sabem eles que muito provavelmente vão quebrar a cara. — Tento arrancar um pedacinho irregular do cimento no chão com a minha sandália.

A garota me observa de canto de olho. Arrisca:

— Aconteceu alguma coisa?

Engulo em seco. Não quero responder. Quase nunca quero. Mas a pressão no meu peito é grande demais.

— Não consegui a senha para a Cassarola Star — transbordo. — Aparentemente, um bando de desesperados passou a madrugada inteira na fila e as senhas esgotaram. E se eu não posso me encontrar com a autora, literalmente a pessoa mais importante do mundo pra mim, não tenho mais motivo pra entrar no evento.

— Poxa. — Stefana me olha com pena. Me arrependo de ter falado. — Eu sinto muito. Esses autores costumam ser concorridos mesmo. Já vi vídeos de outras LivroCons e Bienais com multidões gritando para os mais famosos, com correria e gente chorando.

Como pude ser tão ingênua a ponto de não me atentar a isso? A ponto de não me preparar?

Stefana sorri para si mesma, mas é um sorriso dolorido.

– Tenho dois amigos que fazem parte desse grupo de *desesperados* que madrugou aqui – ela conta. – Pegaram as senhas e iam dividir comigo. Nós três combinamos de encontrar a Cassarola Star de tarde. Eu ia levar o volume três da série pra autografar – continua Stefana –, o *Cometas da Galáxia e o Roubo de Caronte*. A Capitã Plutão é a minha personagem favorita.

– E a da Cassarola Star também – completo por reflexo.

– E de literalmente noventa por cento dos leitores como um todo, né? Todo mundo ama uma boa vilã carismática com arco de redenção.

Paro minha sandália no chão.

– Só porque noventa por cento dos leitores não ouviram o meu áudio de cinquenta minutos argumentando por que a Sophitia é a melhor personagem – brinco –, que eu deixo preparado justamente para essas ocasiões.

Stefana ri, e escapa um sorrisinho de mim também. O que é péssimo, porque ele dissipa um pouco da raiva e da frustração que sinto, deixando a tristeza nua no lugar.

– Hoje era pra ser o dia mais feliz de todos – Stefana balança a cabeça, de mãos dadas com a própria tristeza. – Vir à LivroCon era o meu sonho. Fiz mil listas de editoras pra visitar, de livros pra comprar, de autores pra conhecer. Eu ia ver ao vivo na programação do evento uma moça que sigo na internet e amo com todas as forças.

– E o que aconteceu? – pergunto finalmente. – A ganância atacou e os seus amigos decidiram não dividir mais a senha contigo?

– Ah, não é isso. – Ela balança uma das mãos. – Tenho certeza de que eles dividiriam.

– Então por que você tá indo embora?! – pergunto, quase ofendida.

A garota abaixa o rosto e não me encara quando diz:

– Eu tô fugindo.

– De quem?

Ela abre a boca, fecha um pouco, toma ar.

– Deixa pra lá – diz. – Eu tenho vergonha. É algo meio besta.

– Mais besta do que ir embora logo depois de dizer que ir à LivroCon é o seu sonho?

Stefana encolhe os ombros, como se quisesse se dobrar em uma pessoa menor. Fala tão baixo que preciso me concentrar para ouvir:

– Então… Eu tinha prometido aos meus amigos que ia fazer *cosplay* com eles hoje. Eu ia ser a Capitã Plutão.

Arregalo os olhos.

– Ficaria incrível! – digo.

Ela lambe os lábios e os aperta. Não diz nada. Franzo a testa.

– Você não queria fazer o *cosplay*? – chuto.

– Ah, eu queria fazer sim. Estava empolgadíssima. Passei meses preparando a roupa. Meses separando materiais e costurando detalhes e manchando os dedos de tinta e

34

cola quente. Mas aí... – Ela passa as mãos com carinho sobre a mochila. A roupa está ali dentro? – Aí peguei o ônibus de manhã e embarquei nessa linda jornada de três horas onde fiquei exclusivamente pensando no que significaria eu vestir a fantasia em público, pra todo mundo ver. Logo a personagem de *Cometas* mais popular e que chama mais atenção. E algo dentro de mim começou a desandar. Acho que a ansiedade foi me corroendo por dentro, arrancando pedacinhos da minha confiança feito uma traça. E cheguei aqui sem coragem nenhuma e à beira de uma crise.

Ela pausa, brincando distraída com um dos vários bótons de livros presos na mochila. Fico em silêncio, respeitando a vez dela de transbordar.

– Eu sei que não deveria me sentir tão ansiosa ou envergonhada – ela continua. – Vestir um *cosplay* não deveria ser nada de mais. E fugir da convenção parece uma medida um pouco drástica.

Abaixo os olhos, culpada por estar sendo drástica também.

– Mas... – As mãos dela apertam no tecido da mochila.

– Mas sentimentos são uma bagunça que ninguém controla. Você pode até tentar, é claro. Mas fugir dos problemas é sempre terrivelmente mais fácil.

A voz dela é suave, mas me dói como um soco no estômago. Uma palavra fica repetindo feito eco nos meus ouvidos.

Fugir. Fugir. Fugir.

É algo que conheço bem. Venho de uma família onde pessoas fogem. Onde *eu* sou o problema que foi mais fácil para os meus pais deixarem na mão dos meus avós.

Passei anos prometendo a mim mesma que nunca seria como eles. Que seria boa, e seria capaz, e seria a melhor. Que ganharia minhas batalhas na garra, e um dia, *um dia!*, faria eles se arrependerem. Faria o mundo me reconhecer como alguém de valor. Alguém que sempre consegue o que quer. Alguém que nunca desiste.

E agora, cá estou eu. Indo embora na primeira oportunidade, como se fugir estivesse no meu sangue.

Sinto a raiva voltando, borbulhando no meu peito. Não ligo se ainda é direcionada a mim mesma. Raiva é um sentimento com o qual sei trabalhar, quando quero.

É um sentimento que me faz tomar atitudes.

Eu me levanto do banco, sentindo uma eletricidade familiar pulsando em mim.

— Onde você vai? — Stefana pergunta, apreensiva.

— Mudei de ideia e vou para a LivroCon. — Ajeito minha bolsa no ombro. — Não quero ser a pessoa que foge só porque é mais fácil. Não é o que prometi para mim mesma. Eu nem devia ter pensado em ir embora, pra começo de conversa. Foi um erro de cálculo. Uma fraqueza.

Stefana se encolhe, como se eu tivesse lhe atacado. Mas ainda não terminei.

— Vem comigo — digo. — Você também não precisa ser essa pessoa.

Ela parece se assustar com a possibilidade e me encara sem responder.

— Não é o seu sonho ir à LivroCon? — continuo. — Não é o seu sonho visitar essas mil editoras e comprar esses mil livros e, sei lá, encontrar essa moça que você ama? Você tá pronta pra abrir mão disso tudo? Tá pronta pra se arrepender pra sempre?

Ela abre a boca. Vira o rosto para o lado, balançando a cabeça.

Sinto que não estou conseguindo me comunicar com ela. Então procuro a única língua que tenho certeza de que tanto eu quanto ela entenderemos.

Cometas da Galáxia.

— Sabe por que a Sophitia é a minha personagem favorita? — digo. — Eu gosto da Sophitia porque ela nunca desiste. Por isso, ela sempre ganha no final. E eu quero ser assim também. Não vou desistir da Cassarola Star na primeira pedra no meu caminho. Confesso que ainda não tenho um plano para encontrá-la, mas olha o tamanho desse evento. — Aponto com a palma da mão para o primeiro pavilhão todo decorado com o nome e o logo da LivroCon, sob o sol no fim da passarela de acesso. Tão alto quanto um prédio e com a largura de vários campos de futebol. E tem outros quatro pavilhões atrás dele. — A LivroCon é um universo inteiro. Gigante e cheia de possibilidades. Eu vou dar um jeito.

— Não sei se vai ser tão fácil pra mim mudar como me sinto — diz Stefana, ainda encarando a própria mochila.

Lembro o que tem dentro dela.

– E a Capitã Plutão? – pergunto, porque sei que é quem a move. – O que ela faria, no seu lugar? Acho que nós duas sabemos a resposta, não é? Se ela quisesse ir à convenção, ela iria. E dane-se o resto do mundo. Ela entraria na LivroCon como se fosse a rainha daquele lugar. (Provavelmente explodiria um ou outro pavilhão no processo, mas isso não vem ao caso.) O que importa é que a Capitã faria o que ela quer, sem dar satisfação a ninguém. E não é por isso que você gosta dela?

– Eu gosto da Capitã Plutão porque ela nunca tem medo – Stefana responde baixinho.

E finalmente levanta os olhos para mim.

– Bom, eu vou tentar ser como a minha heroína e não vou desistir. – Viro de lado e indico a passarela para a convenção com o rosto. – E você?

COMETAS DA GALÁXIA E A ESTRELA PERDIDA
CASSAROLA STAR

– Tem certeza que você quer ir contra alguém como a Capitã Plutão? – reclama Aleksander, correndo atrás de Sophitia pelos corredores escuros. O céu salpicado de constelações nas janelas do teto é a única companhia dos dois enquanto o resto dos estudantes da academia de cometas dorme. – Por que nós não podemos ficar em casa pelo menos um diazinho e, sei lá, ler um livro?

– Porque alguém precisa salvar a galáxia – a garota responde –, e infelizmente isso é um trabalho de tempo integral.

– Nós nem nos formamos ainda! Deixa os agentes mais velhos cuidarem disso.

Sophitia para na frente do portão do hangar das motos solares e lança ao amigo um olhar fulminante. Sabendo onde a discussão vai terminar, porque Aleksander é preguiçoso, e não burro, o garoto solta um suspiro.

– Eu nunca vou completar minha meta de leitura desse mês – ele lamenta, desembainhando a espada.

Stefana

Muito antes de descobrir *Cometas da Galáxia*, na época em que livros ainda eram novidade na minha vida e eu não me cansava de experimentar um pouco de tudo disponível, tive uma curta fase de obsessão por livros sobre o universo em que vivemos. Foram inúmeras horas pensativas, olhando para o teto entre uma página e outra, digerindo a grandiosidade que existe além do nosso planeta e que faz de nós apenas pontinhos sortudos flutuando no meio disso tudo.

Porém, somente agora enquanto mostramos nossos ingressos para os funcionários e finalmente entramos na LivroCon, que entendo o que queriam dizer.

A convenção é realmente um universo inteiro.

Corredores largos levam multidões até o infinito enquanto o teto do pavilhão parece encostar no céu. No meio, como planetas, estão os estandes de editoras, livrarias, produtoras cinematográficas e até multinacionais, decorados com cenários mirabolantes para conquistar os visitantes.

Para todo lugar que se olha, há cor. Há som. Há tecnologia. Como se cada espaço fosse o palco do seu próprio musical da Broadway, tentando nos levar para dentro do show. E, mesmo fora deles, o espetáculo continua. Robôs e heróis gigantes batalham em estátuas adornando os corredores. Telões exibem *trailers* de lançamentos de filmes, de games e até de livros. Artistas e autores independentes vendem pôsteres e surpresas diversas em mesas especiais. E em algum lugar, as primeiras palestras e exposições do dia já arrancam gritos dos fãs mais empolgados.

– Tem até drones! – Lorena vibra ao meu lado.

Ela acompanha com o rosto as maquininhas voando por cima de nós, absolutamente maravilhada. Nem parece que há menos de uma hora tinha os olhos vermelhos e a expressão de quem queria socar algo.

Bem como eu mesma, se cortarmos a parte da violência e deixarmos só o poço de ansiedade no lugar.

Não sei o que me fez seguir essa menina baixinha, esguia e estranhamente intensa, que foi de palavra nenhuma no ônibus a argumentos inteiros quando precisou me convencer. Porém, agora que estou aqui, admito que valeu a pena nossos caminhos terem se cruzado.

Stefana Souza está finalmente na LivroCon.

Depois de anos acumulando minhas pilhas de livros sozinha. Devorando histórias atrás de histórias em casa, na escola, no ônibus. Roubando momentos nos churrascos de família e nas missas para virar algumas páginas escondida. Lendo, e lendo, e lendo, todo dia antes de me levantar da cama e todo dia antes de dormir, porque eu não poderia imaginar outra forma de começar ou terminar meu dia que não fosse me entregando ao que alimenta a minha alma e me faz feliz.

E aqui, no meio dessa vastidão onde o amor aos livros passa de algo secreto e pessoal ao patamar de verdade compartilhada universalmente, qualquer incerteza sobre querer estar na LivroCon some como poeira estelar.

— Vamos ver... — diz Lorena, mexendo na tela do celular. Espio e reconheço o arquivo com a programação de eventos de hoje. Também o tenho. — Quem eu vou ter que chantagear para conseguir encontrar a Cassarola Star? Poderia tentar comprar a senha do autógrafo, mas duvido que alguém queira me vender pelo que eu posso pagar. Que é, deixa eu ver... 42 reais, 15 centavos, um chiclete de canela amassado e um curativo da Hello Kitty. Tá, *comprar* está fora de cogitação. Talvez, se eu ficar de tocaia por onde a autora entrará no pavilhão...

— Por que você não pergunta se eles têm alguma informação na editora de *Cometas*? — sugiro, porque a mente dela, quando solta, parece escolher os caminhos mais ousados.

— Boa ideia! Deixa eu ver onde é. — Ela desliza o dedo na tela, movendo o arquivo até a área do mapa. — Pavilhão um. É esse aqui.

— Vamos lá, então.

– Ué, você vai comigo? Não ia encontrar com os seus amigos, os que pegaram a senha?

Mordo a parte de dentro das minhas bochechas – ainda bem que minha tia Leda não está aqui para brigar comigo por estar fazendo cara de peixe.

– Agora eles estão ocupados – digo e olho em volta, culpada.

De fato, Gil e Igor comentaram no nosso grupo, no qual não falo nada desde ontem, que estavam indo assistir a uma mesa de bate-papo, mas isso não me impede de temer que apareçam e me encontrem aqui a qualquer momento. E eu, que nem consegui contar que cheguei, estou aterrorizada pelo que vão pensar quando souberem que estou com vergonha de fazer o *cosplay*. O que é uma grande ironia. Sempre pensei que eu estaria nervosa por finalmente conhecer meus amigos ao vivo, já que somos de estados diferentes, e não por estar com medo de vestir a fantasia para a qual me preparei por meses.

Então continuo seguindo Lorena. Sabe quando você não consegue decidir o que fazer, e fica só postergando na esperança de que o destino decida magicamente por você? Pois é.

Lorena nos leva pelas multidões que enchem rapidamente os corredores e formam filas ávidas para as atrações. Mesmo que a LivroCon tenha aberto há pouco tempo, milhares de pessoas já foram engolidas pelos pavilhões. Em breve, estarão nas dezenas de milhares.

– Confesso que ainda me sinto um pouco perturbada por toda essa gente junta e sem máscara – comento. – Há uns anos, na pandemia, isso teria sido absolutamente abominável.

– Ainda é, pra mim – brinca Lorena.

Mas não parece estar se incomodando tanto assim, porque logo se distrai e volta a esticar o pescoço para absorver todas as maravilhas em volta como uma criança encantada.

– Olha quantos *cosplayers*! – Ela acompanha com os olhos um grupo que tira fotos pelo nosso caminho.

– Hoje é o dia oficial do *cosplay* na convenção – explico. – Quem faz entra de graça e uma hora mais cedo. Você vai ver montes deles.

– Mesmo assim. – Ela está andando de costas agora. Se endireita para seguir em frente. – Eu não fazia ideia de que era tão popular.

– É porque é divertido, ué – digo no automático. Por um momento, me sinto hipócrita, por falar desse jeito mesmo com meus sentimentos tão conflitantes, mas não é culpa de Lorena, então continuo. – Você veste roupas daora e tira umas fotos excelentes. E ainda pode brincar de interpretar os personagens, se gostar disso, como os meus amigos. Para quem é fã de algo, é uma forma legal de fazer parte do universo que você gosta. E até de fazer uma homenagem. Aliás, aposto que hoje muita gente vai vir de *cosplay* de *Cometas*, pra tentar mostrá-lo para a autora.

– É por isso que você ia vir de Capitã Plutão? Para mostrar para a Cassarola Star?

– Não só pra ela – respondo, então mordo a língua, envergonhada. Mas, bom, nem conheço Lorena direito. E ela não parece o tipo de garota que tem o hábito de julgar. Me passa um ar um pouco disperso, como se não parasse para pensar muito sobre o que acha de outras pessoas, quando elas não fazem parte de algum objetivo seu. Não tem perigo admitir para ela um pequeno capricho meu, tem? – Lembra que eu te disse que tem uma garota que eu sigo nas redes e amo? Ela é a Karen GO, uma *cosplayer* profissional superfamosa. E eu... sei lá, queria mostrar pra ela também.

Foi por causa dela que entrei para esse mundo. Um dia, caí num vídeo da Karen contando o que *cosplay* significava para a vida dela. E o que aconteceu comigo foi parecido com aquelas cenas dos marinheiros nas histórias, fascinados pelo canto das sereias. Um vídeo levou a outro, que levou a outro, que levou a outro. Fiquei encantada pelo jeito meigo dela, pela sua voz e, acima de tudo, pelas suas palavras. Sei de cor aquelas que me fizeram, oficialmente, me apaixonar pela garota.

"Em um mundo tão hostil para mulheres quanto o nosso", ela disse uma vez, "me aceitar como eu sou já é um ato de protesto. Me aceitar para que outras mulheres e meninas se aceitem também."

Nasceu aquele tipo de admiração que nos deixa imaginando como seria conversar ao vivo com a pessoa e o que poderíamos fazer para impressioná-la. Aquele tipo que logo em seguida queima nosso rosto de vergonha.

Começar a amar o que a Karen amava foi uma consequência natural. Entrei em grupos de *cosplay*. Fiz amigos. Fiz *melhores* amigos.

Mas não digo nada disso para Lorena. Ela nem vai saber quem é Karen GO. Estou acostumada com o fato de que meu mundo inteiro é apenas um assunto distante e meio obscuro para outras pessoas.

– O nome não me é estranho – Lorena me surpreende enquanto vira a cabeça para cima para olhar o portal sob o qual passamos, formado por livros empilhados e organizados por cor. Desse jeito, no final do dia a menina vai estar com um baita torcicolo. – Essa Karen GO tá na programação da LivroCon?

– Sim! Posso mostrar? – Aponto para o celular que ela leva na mão, com o mapa e os eventos do dia. Ela o oferece para mim. Deslizo até a parte das áreas especiais. – A Karen tá apresentando os eventos desse espaço, o *Mundo Fã*. É um projeto que ela e o Marcello, o amigo com quem ela grava os vídeos, criaram. Convenceram a LivroCon a colocá-lo em prática porque o Marcello tá estagiando no marketing da organização e falou direto com quem planeja essas coisas. Muito legal, né?

A minha bebê e o amigo dela são incríveis ♥.

– Ah – Lorena aceita o celular de volta. – Eu tinha visto sobre esse espaço. Minha avó leu na internet que ia ter concurso de *fanart* na programação e me mandou olhar. Sabe como é, né? Quando você desenha, todo mundo da família acha que precisa te mandar absolutamente tudo relacionado ao tema sempre que veem em qualquer lugar.

Rio, me sentindo representada.

– Meus pais e minha tia fazem isso comigo também, por causa do *cosplay*.

Viramos no final de um corredor, passando pela margem de uma imensa piscina de bolinhas já recheada de visitantes tirando fotos.

– E você vai lá falar com a Karen – pergunta Lorena –, mesmo se não colocar a fantasia?

Ajeito uma mecha do meu cabelo, que passei tanto tempo arrumando mais cedo para que ficasse do jeito que eu mais gosto: bem volumoso e cacheado. Eu queria estar perfeita para quando vestisse minha roupa. Para quando encontrasse a Karen ao vivo.

Já viramos a esquina e deixamos a piscina para trás quando penso no que responder.

– É engraçado. Quero vê-la mais que tudo nesse mundo, mas tenho um pouco de vergonha de que ela me veja de volta. Então... ainda não sei o que vou fazer. Acho que eu estava contando que, se eu vestisse a roupa, poderia usar a força da Capitã Plutão como escudo.

– Você pode usar a força dela com ou sem fantasia – diz Lorena. – Foi o que fez pra entrar na LivroCon, não foi?

Pela segunda vez hoje, tento acreditar nela.

O corredor pelo qual passamos é tomado por estandes enormes e fantasticamente decorados de editoras famosas.

– Eu me vestiria de Sophitia se fosse pra homenagear a Cassarola Star – comenta Lorena, a intensidade voltando à sua voz. Nem está mais olhando em volta. – Agora que sei que um monte de gente vai fazer isso, me sinto besta por não ter pensado em trazer nada para ela. É como se os outros fãs tivessem me deixado pra trás. Não gosto disso.

Sua voz soa, bem lá no fundo, como lava borbulhando no centro da Terra.

– Tem outras coisas que você ainda pode fazer – tento impedi-la de entrar em erupção. – Já vi gente escrevendo cartinhas de metros e metros, levando bombons. Você disse que sabe desenhar. Por que não faz um desenho?

Ela pensa sobre isso. Desviamos da cauda de um dragão cenográfico de uma editora de livros de RPG e jogos de tabuleiro.

– Posso tentar – decide, enquanto viramos o corredor final do pavilhão. – Não que eu me ache boa o suficiente para entregar algo feito na hora para ninguém menos que a *Cassarola Star*, mas eu...

Ela olha para frente e para de falar. Sigo seus olhos. No corredor adiante, as estrelas cintilantes do estande da editora de *Cometas da Galáxia* já brilham diante de nós.

E nossos olhos brilham de volta.

No meio do rio de gente que é o corredor, nós duas somos as únicas pessoas paradas.

Um arco-íris de milhares de LEDs cintilantes voa por cima das prateleiras e montanhas de livros no centro do espaço amplo e termina numa nave cenográfica. Com suas asas de um roxo translúcido, ela protege como uma guardiã o topo do portal de entrada. Abaixo dela, ao lado do logo da editora, está escrito, em letras cercadas por estrelas: *Apresentando: O Maravilhoso Universo de Cometas da Galáxia.*

Porque não é apenas um estande de editora vendendo seus livros. É também uma exposição temática para a série, já que a Cassarola Star é um dos destaques da LivroCon. Lá dentro, pelo que vi na divulgação oficial, estão espalhados manuscritos raros da autora, manequins dos trajes mais famosos dos cometas, painéis com pôsteres de todos os filmes e séries já produzidos deles (até a japonesa!), telões passando os *trailers*, caixas de vidro com alguns dos objetos usados nas filmagens e até estátuas em tamanho real dos personagens mais populares para os fãs tirarem fotos.

É.

O.

Paraíso.

Sinto que vou chorar e pisco os olhos, constrangida por fazer isso na frente de Lorena, que parece tão durona. Só que quando vou espiá-la, seus olhos estão tão aguados quanto os meus. Lava queimando morno por amor.

E, com nós duas lado a lado quase chorando por *Cometas*, amando tanto aquele universo a ponto de doer, percebo que não estava sendo completamente honesta nem com Lorena nem comigo mesma. Eu não queria vestir o meu *cosplay* só para mostrar para a autora ou para a Karen GO.

Queria vestir para mim mesma. Porque é meu sonho. Porque amo *Cometas*. Porque amo a Capitã Plutão.

Porque eu *quero*.

– O problema é que a fila pra entrar vai demorar bastante – diz Lorena, a voz falhando só no início, depois voltando ao normal. – Olha, tá gigantesca.

Você está num livro e essa é a sua história, digo para mim mesma, uma brincadeira que costumo fazer quando procuro força. *Seja corajosa.*

– Lô – tiro meu celular da mochila –, deixa o seu número comigo, que preciso ir fazer uma coisa agora. – E, com os olhos ainda molhados, mostro um sorriso para ela. – Só não se assuste se a Capitã Plutão aparecer no meu lugar depois.

Gabriel

A sensação de entrar na LivroCon é difícil de descrever. Sei que eu gosto de ler, mas não sou um poeta para ficar usando palavras de um jeito bonito. Quando tenho sentimentos, vou jogar videogame para espairecer, como qualquer pessoa sensata. Mas, se eu tiver mesmo que descrever, posso dizer que...

Aqui, na LivroCon, é como se eu não estivesse mais sozinho.

Não estou falando do sozinho fisicamente, é óbvio. Meus amigos estão aqui, andando do meu lado no corredor lotado. Cutucando o ombro um do outro enquanto apontam para os estandes com robôs gigantes e dragões. Ignorando os livros e crescendo os olhos para as coisas coloridas e brilhantes. Montando planos para *hackear* os maiores telões de LED no caminho e passar os vídeos de patos do canal que acabaram de produzir no estacionamento. Perguntando entre si se alguém tem qualquer conhecimento sobre como *hackear* algo e ficando em silêncio mútuo. Passando para a próxima ideia.

Fisicamente, não estou sozinho. O sozinho a que eu me refiro é...

(*Uff.* É mais fácil me expressar quando eu só tenho que escolher uma opção de diálogo num jogo de MMO.)

... É uma solidão que sinto desde que li *Cometas da Galáxia* pela primeira vez e não tive nenhum amigo no mundo real com quem comentar sobre a história.

Mas talvez isso mude hoje. Estou fazendo uma experiência.

– É pra cá – eu digo, entrando em um dos corredores.

– Eu não sabia que tanta gente lia livros. – Guará olha em volta, por cima da maioria das pessoas, enquanto ajeita os óculos. – Essas pessoas devem ser muito inteligentes.

– A gente também é – retruca Salgadinho, rancoroso. – Só que a nossa inteligência é pra outra coisa.

– Inteligência na burrice não conta – zombo. Ele soca meu braço.

– Os mais inteligentes são os que não se prendem ao julgamento alheio – comenta Bonito, aleatoriamente, digitando no celular. Chuto que vai postar isso nos *stories* de si mesmo que não para de gravar desde que entramos no evento.

– Vou te falar, Gabriel – Guará o ignora –, essa ideia de convencer a professora de Literatura a aceitar o relatório da convenção como ponto extra foi uma sacada de mestre. Nunca pensei que um dia eu seria abençoado com a oportunidade de gravar vídeos para o Patotube enquanto ganho nota no colégio. Que vidão, hein, time?

Salgadinho assente em aprovação, o máximo que ele costuma chegar de um sorriso. Bonito digita "que vidão, hein, time?" para postar em algum lugar.

Eu não preciso de nota. Tudo foi só um esquema para fazer os garotos virem comigo (antes de descobrir que eles iriam querer vir de qualquer jeito, pelos vídeos) e para convencer meus pais a me deixarem vir também, já que seria para o colégio. Porque tenho certeza de que eles não deixariam se fosse só porque eu gosto de livros por, como eles dizem, "diversão".

Ainda me dói lembrar do que disseram quando comecei a ler *Cometas*. Era uma noite em que eu já estava havia horas insone na cama, me sentindo um lixo depois da última briga com meu pai, que me pegou jogando no PC até tarde na madrugada. Toda vez que fechava os olhos, só ouvia as palavras dele sendo atiradas na minha cara de novo. Que eu estava me tornando um vagabundo, um incompetente. E o remorso me puxava para baixo, tentando me fazer acreditar que estava certo. Que talvez tudo de que eu gosto só esteja atrasando a minha vida. Me fazendo mal. E, se eu largar tudo e só estudar, posso finalmente ser suficiente para eles.

Eu precisava de algo para fugir da minha própria cabeça, então peguei o único livro no quarto, aquele que eu tinha comprado por impulso depois da indicação de um *streamer* de jogos que sigo. Um tal de *Cometas da Galáxia*.

Duzentas e doze. Essa foi a quantidade de páginas que eu li, sem desviar os olhos, por duas horas.

Levei o livro para a mesa do café da manhã comigo. Com certeza meus pais ficariam orgulhosos de eu estar indo pelo *bom caminho* dessa vez. Eu estava gostando de algo que não era videogame, e livros são coisas de pessoas inteligentes, como o Guará disse, não são?

Mas quando minha mãe perguntou o que era e eu respondi, fingindo desapego, meu pai tomou mais um gole de café, sentado de lado na mesa, e, sem desviar os olhos do jornal aberto, disse que aquele livro era só mais uma porcaria para eu perder meu tempo. Se era para ler e não estudar, que eu fosse para a "alta literatura", pelo menos.

Quis rasgar o livro, mas me contentei em guardá-lo no fundo do armário, atrás de todas as minhas apostilas de matéria do colégio.

Fiquei um mês sem tocar nele e sem ler o final.

Até que, um dia, reparei em uma menina na minha sala lendo *Cometas da Galáxia* durante a aula. Lorena, a que tinha marcado que queria fazer a mesma faculdade que eu na enquete da turma. Ela estava lendo e...

Sorrindo?

Antes que eu percebesse, comecei a contar quantas vezes ela sorria durante a aula. Quatro vezes na aula de Literatura. Três vezes na aula de Matemática I. Cinco na aula de Física II.

No final, eu estava sorrindo também.

Terminei de ler o primeiro livro de *Cometas* mais tarde naquele dia, escondido no meu quarto. Comprei o segundo volume na livraria, voltando do colégio no dia seguinte. Mas a lição ficou e nunca mais comentei sobre os livros com minha família. É sempre mais seguro guardar o que gosto para mim mesmo.

Espio sobre o ombro os garotos me seguindo na LivroCon, os pescoços torcendo de um lado para o outro conforme absorvem as atrações. Me dá um nervoso esquisito vê-los aqui. Uma sensação um pouco contente, e um pouco... temendo por um grande desastre.

Porque, para falar a verdade, eu os trouxe à convenção por mais de um motivo.

Já fiquei tempo demais escondendo esse universo deles por não saber o que vão dizer. Tempo demais achando que são bestas e que vão rir de mim, porque a vida me enfiou na cabeça que me abrir com as outras pessoas é só mais um motivo para desgaste.

Hoje, começa a minha experiência de mostrar para eles, ao vivo, em carne e osso, que o mundo de *Cometas* e dos livros é muito daora, e que eles podem gostar também. Comigo.

Viro no último corredor.

Tem uma nave no topo do estande de *Cometas da Galáxia* e é a coisa mais épica que eu já vi na vida.

Eu ficaria minutos inteiros aqui, parado, só olhando e absorvendo esse verdadeiro templo dedicado ao que eu mais gosto, se não sentisse os garotos parando do meu lado. E a antecipação me toma. Não tenho coragem de dizer nada. Não sei se vai dar certo. Mas, caramba, olha todas essas milhões de estrelas de LEDs! E tem uma *nave*! Não é possível que isso não desperte o interesse deles para que me perguntem sobre os livros. Não é? *Não é*?!

Guará é o primeiro que quebra o silêncio entre nós.

– Quantas luzes brilhantes – ele diz, com elas refletidas nos olhos. – Será que dá pra gente entrar naquela nave ali?

– Tem uns bonecos lá dentro também. – Salgadinho estica o pescoço. – Eu ia sugerir de a gente colocar o crachá do Patotube neles e fingir que são da equipe do canal, mas a fila pra entrar tá grande demais.

– Melhor partir pra outra – concorda Guará. – Mas valeu pela ideia, Gabriel.

Minha decepção é um buraco dentro de mim, no qual eu queria poder me jogar dentro. Vou continuar sozinho com o que gosto para sempre.

"Cem anos de solidão", por Gabriel Marques. Esse vai ser o título da minha autobiografia. (Espero que já não tenham registrado.)

Calma, moleque, digo para mim mesmo. *O dia acabou de começar. Ainda é cedo para ficar aí fazendo drama.*

– Ah lá, a garota da nossa sala de novo! – aponta Salgadinho. – Não falei? Eu sabia que conhecia ela.

Sigo a direção que indica e encontro Lorena do outro lado do estande, olhando o celular enquanto espera na fila para entrar no Maravilhoso Universo de Cometas da Galáxia.

Porque ela também gosta. Porque ela me entende.

É como se um vácuo no universo me puxasse com força na sua direção como nunca antes. Uma ausência. Uma fome por algo que nunca tive e sempre precisei. Por um momento, estou desesperado.

– Vou lá falar com ela – digo.

Meus amigos gritam de zoeira, como manda o protocolo. Eles brincam entre nós desde o dia em que me pegaram tentando puxar assunto com Lorena no colégio.

– O safado vai falar com a novinha dele! – berra Guará.

Não me importo e os deixo para trás. Vou cortando caminho pela multidão até ela.

Só que não tem mais "ela". Lorena sumiu da fila.

Procuro em volta, a decepção voltando, o buraco se abrindo, até achá-la, um pontinho quase todo vestido de roxo andando para longe do estande, virando a esquina.

Ignoro os chamados dos garotos e vou atrás dela. Dessa vez, não vou ficar para trás.

Lorena

Acho que consegui deixá-lo para trás.

Espio o corredor através de uma fresta do meu esconderijo. Não o vejo.

Tá, eu admito que, quando avistei os cachos dourado-escuros de "demônio fora do estereótipo apenas para confundir" de Gabriel lá atrás, até cogitei ir na direção dele e confrontá-lo. Pedir satisfação sobre por que, além de toda a competição que já temos entre nós no colégio, ele decidiu gostar de *Cometas da Galáxia* também, só para me provocar. Pensei em dizer, de pirraça, que gosto mais do que ele. Que comecei a gostar primeiro. Um prazer absolutamente infantil, mas delicioso do mesmo jeito, porque cada pequena vitória conta nos nossos embates. Faz nosso sangue ferver.

Mas o bom senso falou mais alto e eu fugi. Posso provocá-lo no colégio, da próxima vez que ele tentar me parar no corredor para me irritar.

Saio discretamente de onde me escondi, na maior cara de pau do mundo, para despistá-lo: a aba da saia de um dos

Bonecos de Olinda de *Cometas da Galáxia*, do ano em que o carnaval da cidade homenageou a série. Eles estão montados para a exposição em suportes em uma esquina pouco movimentada. Tem a Sophitia, o Aleksander, e até o gato espacial Toninho, que eles adotam no livro dois. Eu amaria parar para tirar fotos com todos, mas não tenho tempo para caprichos agora.

Encontrei um novo plano para pôr em prática.

E não fugi na direção desse pavilhão por acaso, pois logo do outro lado do corredor, imponente com seu portal principal feito de folhas de livros gigantes, o *Mundo Fã* sorri para mim.

E sorrio de volta, antecipando minha vitória.

Meu celular vibra e meu peito dispara, achando que é Gabriel. É uma mensagem de Stefana. Abro o *chat*. Logo abaixo do "oi" de teste de quando ela salvou meu número está a foto de um *cosplayer* de cometa Aleksander todo perfeitinho. Seu uniforme de estudante da academia de cometas está impecável, e o garoto em si parece com o personagem, já que é alto, tem um certo porte atlético e a mesma pele de um marrom-claro morno, só um pouco mais escura que a minha.

> **LORENA PERA**
>
> Que perfeito!
> É seu amigo?

> **STEFANA**
>
> Não é, só vi passando.
> Você já estava doida que eu te
> apresentasse, né, safada?

> **LORENA PERA**
>
> HAHAHAHAHAH

O símbolo de reticências indicando que Stefana está digitando mais alguma coisa acende. Apaga. Não acende mais.

Penso em perguntar se ela conseguiu vestir o *cosplay* ou se desistiu. Mudo de ideia e fico quieta. Não quero forçá-la a dizer o que não quer, da mesma forma que eu não gostaria de ter um enxerido qualquer tentando arrancar meus dramas pessoais de mim. Depois eu fico desconfortável, ela fica desconfortável, e pronto, mais uma pessoa com quem nunca mais posso cruzar os olhos.

Mando um *gif* de um cachorrinho dançando que não quer dizer muita coisa e guardo o celular na bolsa.

Ao contrário de tudo na LivroCon, não há fila para entrar no *Mundo Fã,* mesmo que esteja cheio, já que a área é um grande espaço aberto ocupando parte do pavilhão dois.

Corto pelas exposições de *fanfics* para leitura e *fanarts* nas paredes montadas, me esgueiro no fundo das fotos dos *cosplayers* posando em cenários especiais e ignoro completamente as mesas de oficina. Tudo o que me interessa aqui e agora é o pequeno palco no fundo disso tudo.

Porque na mesa em cima dele estão os embrulhos de papel-celofane.

Foi na fila enquanto esperava para entrar no estande de *Cometas* que descobri isso aqui. Abri o arquivo da programação do evento em busca de informações sobre a Cassarola Star (e seus possíveis locais de emboscada) e, como ele ainda estava na página que Stefana havia me mostrado sobre o *Mundo Fã*, acabei reparando no quadro destacado no canto da imagem. A chamada dizia: "sorteios, concursos e brincadeiras com prêmios incríveis!", acompanhada de uma foto do prêmio de honra.

E o sol das ideias brilhou de novo para Lorena Pera. Como ele sempre faz.

Olho em volta do palco. Ao lado dele, um *banner* lista a programação do dia, com os prêmios de cada evento. Kits de livros populares, *ecobags*, marcadores, bótons e outras coisinhas do tipo. Mas só uma atividade de hoje, provavelmente a mais difícil e ousada de todas, vai distribuir para o ganhador aquilo que eu vim atrás.

"Um kit incrível com um livro autografado pela autora convidada do Festival Internacional do Livro e da Cultura,

Cassarola Star!", diz o *banner*, logo acima de uma foto dela segurando o primeiro volume da série original de *Cometas da Galáxia*.

Eu sei, eu sei. É só um livro. Eu ainda vou ter que dar um jeito de encontrar a autora pessoalmente depois, que é a parte mais importante.

Mas, se tudo der errado, o manual do bom estrategista determina sempre prever um plano de contingência. Se eu conseguir esse livro agora, pelo menos garanto a derrota de Gabriel no colégio, segunda-feira.

Ele não precisa saber como consegui o autógrafo.

Um sorriso quase maníaco surge nos meus lábios enquanto leio a descrição da atividade. Vamos ver quem eu vou ter que derrotar...

"*Ships* na vida, *ships* na ficção" é o título.

Isso não diz muito. Um *ship* se refere a um casal de personagens qualquer. Como verbo, significa torcer por aquele casal. O que quer dizer no nome da atividade? Leio as letrinhas pequenas da descrição.

"Gincana de casais".

Meu sorriso vira de cabeça para baixo.

– Achei!

Dou um salto mortal psicológico de susto com Gabriel surgindo do meu lado.

– Você anda rápido, hein! – Ele faz um gesto de corrida com a mão. – Ligou o motorzinho e *vuuuush*!

– Como você me achou?!

— Eu te vi lá no estande de *Cometas* e te segui, ué. Te chamei, mas você não me ouviu.

— Você tá me perseguindo, Gabriel? — Aperto os olhos para ele.

O garoto abaixa o rosto e ri, fingindo que minha acusação é uma piada. Morde o lábio de baixo ainda sorrindo. Meu rosto fica quente e eu, ainda mais irritada. Quero beliscar o lábio dele para fora.

— É que eu vi que você estava sozinha na fila — diz. — Eu te disse que curto *Cometas* também, então pensei que a gente podia ver o estande juntos. Esse tipo de coisa daora não se deve ver sozinho. Tem que ir com alguém que goste como você, pra comentar e ficar empolgado.

O encaro com cara de tacho. Nunca pensei que eu diria isso, mas ele está, bem... certo. Não tenho problemas em ficar sozinha — tenho costume, inclusive —, mas quando vi aquela exposição de *Cometas* com todos os meus sonhos realizados e Stefana simplesmente foi embora, não senti o alívio usual de quando sou deixada em paz.

Eu me senti... triste.

Estudo o rosto de Gabriel, encaixando-o como se fosse um dos personagens que desenho para entendê-lo. Sua expressão parece — Deus me proteja — minimamente sincera. Mas meu cérebro não está programado para responder com algo que não seja inimizade competitiva em relação a ele. Por que Gabriel estaria sendo honesto comigo? É algum plano elaborado para me passar pra trás?

– Enfim. – O garoto coça a nuca com cabelo raspado mais curto que o resto. – É isso. Mas tá tudo bem, se você não quiser. Ou se não vai mais lá, pelo que parece. Vou te deixar em paz.

– Não precisa – consigo empurrar para fora da garganta. – Digo, não precisa ir embora. Não que eu queira que fique aqui nem nada. Eu não me importo se for. Mas não é por minha causa que precisa ficar *forçadamente* longe. Porque hoje, em especial, eu não sei se quero ser deixada em paz. Essa informação é nova pra mim e eu não decidi ainda como me sentir. Aí, er..., enfim, o que eu quis dizer, é, ahn..., fica onde você quiser, sabe?

Gabriel precisa de um momento para digerir essa torrente de frases sem sentido e, então, deixa uma risada curta escapar. Quero me esconder em um bueiro.

– Foi mal – ele diz. – Tô tão acostumado com as suas respostas de três ou quatro palavras do colégio, antes de fugir para o outro lado da sala, que fiquei até sem saber como reagir.

– Não fujo de você. Quer dizer, eu fujo um pouco dos seus amigos, porque eles são meio bestas e ter que rolar demais os olhos me faz ter dor de cabeça, mas de você, não. Eu só... tô sempre atrasada pra fazer outras coisas.

– Entendi.

Ele está com aquela expressão dele que parece enxergar a verdade só de ler os detalhes no meu rosto.

Tá, tudo bem, eu menti. Às vezes eu fujo dele, sim.

Gabriel tem um olhar atento demais, sempre à espreita. E não aguento quando sou o alvo de tanta atenção. Dá um nó quente dentro de mim que ainda não aprendi a desatar.

Além disso, não é muito sensato deixar seu arqui-inimigo vasculhando as suas falhas.

Viro o rosto para o *banner* das atividades de novo.

– Você vai participar de algo? – pergunta Gabriel.

– Não! – Dou um passo para longe. – Estava só olhando. E a atividade que vai ter agora é uma gincana de casais. Eu tô sozinha. Nem tenho ninguém pra participar comigo.

– Ah.

Olho para Gabriel. Olho para o *banner*. Olho para ele de novo.

Me afasto fazendo o sinal da cruz mentalmente. Quero aquele kit, mas tenho níveis de dignidade para manter.

De volta à estaca zero.

Pense, Lorena. Pense.

Stefana

É uma verdade universalmente reconhecida que uma garota solteira na posse de uma bela fortuna necessita de mais livros.

Tá, não foi exatamente isso o que a Jane Austen disse, mas é o que meu cérebro fica repetindo para mim mesma, enquanto ando pelos corredores. As editoras parecem sussurrar nos meus ouvidos: "vem, Stefana. É só mais um livrinho. Que mal pode fazer?"

E eu quero ouvi-las mais que tudo. É o que planejei durante todos esses meses, antes de vir para a LivroCon. Quero ceder e vasculhar cada estande, cada lançamento, cada promoção. Terminar arrastando sacolas com livros e marcadores suficientes para dar a volta na Terra se eu os colocar lado a lado sobre a Linha do Equador.

Mas não o faço. Sei que se eu me permitir uma passada "rapidinha" em um ou outro estande, logo o "um ou outro" vai virar "tudo e todos". E não posso arriscar perder minha determinação agora. Ansiedade é um monstro traiçoeiro, e você nunca sabe quando ela vai te atacar de novo e te roubar de você mesmo.

E eu a sinto se aproximando. Calando as vozes das editoras conforme chego mais perto do camarim dos *cosplayers* no pavilhão dois. Sussurrando outras coisas no lugar. *Você vai mesmo vestir aquela roupa? E se as pessoas não gostarem? E se estranharem você estar se vestindo de alguém que não tem canonicamente o seu tipo de corpo, de ossos tão grandes, ombros tão largos, braços tão grossos, um conjunto de tamanhos brutos onde, para os padrões deturpados dos outros, deveria haver apenas delicadeza? E se acharem que o seu tom de pele negra é escuro demais para o marrom-dourado da Capitã? E se a roupa como um todo não fizer jus à Capitã Plutão que todos amam? E se todos ficarem rindo da sua farsa, porque no caminho para o nirvana cosplaysístico você tropeçou e virou só uma garota boba andando pela LivroCon com uma roupa ridícula?*

Aperto o passo, tentando ganhar a corrida contra mim mesma.

Quando chego, não sei se consegui.

A porta do camarim está do outro lado do corredor movimentado. Paro na frente de um estande com uma pilha enorme de livros em promoção, porque a presença deles me traz apoio emocional. Algo no meu estômago dá uma cambalhota e tenta subir. O que não faz sentido, porque nem consegui comer nada no café por causa do nervosismo.

– Dá licença – uma vozinha me pede. Uma menina de

menos de 10 anos quer tirar um livro da pilha na qual me apoiei. Tem alguns títulos infantis.

– Desculpa! – digo, saindo do caminho.

Ela pega o livro toda contente e o leva para uma mulher mais velha dentro do estande.

– Eu quero esse, tia! – diz.

E isso me rouba um sorriso. As duas parecem minha tia Leda e eu, quando ela me levava na feirinha de livros do centro da cidade. Sempre me deixava escolher um para levar para casa. Eu tentava convencê-la a me deixar levar dois. Às vezes funcionava.

O sorriso vai esmaecendo.

Tia Leda estaria bastante decepcionada se me visse agora, tão insegura comigo mesma. Depois de tantos anos me ensinando a celebrar o que eu gosto. Você gosta de ler? Pois tome todos os livros que eu puder lhe dar. Você quer se vestir de uma personagem? Pois vamos costurar a roupa mais linda, linda!

– Eu te dou o mundo porque você merece – ela me dizia quando eu era criança, enquanto costurava pilhas e pilhas de vestidos para uma loja chique do shopping. – Eu quero que cresça sabendo disso. Eu sei. Os seus pais sabem, e trabalham muito duro pra isso. Só falta você saber.

Tec, tec, tec, tec, era o som da máquina de costurar.

– Eu te dou o mundo porque quero que você fique bem mimada – ela também gostava de dizer, em outros dias. – Nossa princesinha.

Tec, tec, tec, tec.

Porém, teve uma vez que ela foi além disso. Já era tarde, e não estava costurando mais. Assistíamos a alguma novela das nove que eu não entendia direito, enquanto meus pais ficavam no escritório até tarde cuidando de algum problema.

— A vida não é assim que nem na TV — ela disse. — O mundo é muito injusto, Tezinha. A gente passa por muita coisa ruim. E nem sempre eu ou os seus pais vamos estar aqui pra te dar o mundo.

Então ela se virou para mim. É engraçado como lembro nitidamente o jeito como ela falava massageando os nós dos dedos, sua pele de um marrom só um pouco mais escuro que o meu.

— Aí eu espero que você já tenha se acostumado a ter o mundo nas suas mãos, e não se contente com menos. Corre atrás e toma ele pra você. E não deixa ninguém ficar no seu caminho.

Ela passou a mão na minha cabeça. Suas palmas eram tão ásperas. Ainda são.

— Mas eu sei que você nunca vai me trazer preocupação — ela riu, voltando à televisão. — Uma menininha que já até mata barata sozinha. Já tem coragem à beça.

Em algum momento eu cresci e passei a ler enquanto ela trabalhava. Não me lembro de ouvir muita coisa depois disso.

Encaro o camarim dos *cosplayers* do outro lado do corredor. Puxo o ar pelo nariz. Solto pela boca. Repito.

Meu peito, em homenagem à tia Leda, ainda bate como o motor da sua máquina de costura. Mas meu estômago voltou ao lugar certo.

E meu coração também.

Eu consigo.

Você está num livro e essa é a sua história, digo para mim mesma. *Seja audaciosa.*

Mas antes que eu me mexa, a porta do camarim se abre.

E não sou mais nada, porque quem sai é Karen GO.

Gabriel

Caminho com Lorena pelo *Mundo Fã*. Desde que a conheço, ela encara o mundo com um certo olhar disperso e determinado – como se estivesse sempre planejando algum plano megalomaníaco, tipo dar um golpe de Estado e se coroar rainha ou, sei lá, conquistar um planeta novo para si mesma –, mas hoje há uma incerteza estranha nela, que não consigo encaixar. Me deixa preocupado.

– Olha, tem gente desenhando – puxo conversa quando passamos por uma espécie de oficina, porque falar é mais fácil do que pensar. – Você podia ensinar uma ou outra coisa pra eles sobre *fanart*.

Lorena faz uma curva de noventa graus no seu trajeto para se afastar instantaneamente da oficina de desenho e segue para a saída do *Mundo Fã*.

– Eu não faço *fanart* – diz.

– É? Mas eu sempre te vejo desenhando no colégio. Essa semana, inclusive, passei na sua mesa enquanto estava pintando a Sophitia e um cara. Era o Aleksander, eu acho, mas como você ainda não tinha terminado e ele estava sem camisa, eu não sei se...

– Nããão, você deve ter visto errado. – Ela ri, nervosa. – Não desenho *fanart*. Não desenho casais. Não tenho sentimentos. Sou praticamente um robô sem capacidade de criação artística, a dádiva entregue apenas aos humanos mortais.

Abro a boca para discutir, já que tenho quase certeza de que Lorena passaria no Teste de Turing com pelo menos, segundo os meus cálculos, oitenta por cento de acerto, mas ela me interrompe:

– Por que você estava bisbilhotando a minha mesa? Sua carteira fica lá do outro lado da sala! Gabriel, sou obrigada a continuar com a teoria de que você está me seguindo.

– Eu tinha ido falar contigo sobre a LivroCon – admito, bem direto. É tão difícil conseguir a atenção dela por tanto tempo como tenho agora, e não quero desperdiçá-la não sendo honesto.

Lorena franze as sobrancelhas.

– Não me lembro disso. Devia ter alguma preocupação na minha cabeça, no dia.

– Aconteceu mais de uma vez.

Ela me encara em silêncio. Parece estar decidindo se acredita em mim.

– Foi mal – se desculpa, olhando fixamente para frente.

– Não tem problema! – digo rápido. – Só comentei porque você perguntou. Pra ser sincero, o erro foi meu. Eu devia saber que é impossível tirar o seu nariz do caderno quando tá desenhando. Uma vez o Coruja de Química te fez uma pergunta na aula e você o ignorou com tanta intensidade que, no intervalo, disseram que o viram roubando a garrafa de pinga emergencial do corpo docente que fica atrás da geladeira dos professores. Em plena segunda-feira.

Lorena puxa o ar pela boca.

— Segunda-feira?! Mas todo mundo sabe que ele só faz isso às quintas!

— Exato.

Então ela aperta o rosto, emburrada.

— Assim você me faz parecer uma pessoa distraída. Não gosto disso. É como se fosse um defeito.

— Não é isso. — Organizo na cabeça os pedaços do que já entendi sobre ela enquanto passamos sob o portal principal do **Mundo Fã** para o corredor da LivroCon. — Acho que é o contrário. Não é que seja distraída. É que você é a pessoa mais concentrada que eu conheço. E isso é uma qualidade, porque significa que pode se dedicar cem por cento ao que é importante pra você no momento, sem se distrair com besteiras.

Pelo canto do olho, sinto que ela está me observando. A espio de volta. Ela desvia.

Então, sem conseguir se controlar, seus lábios se apertam em um sorriso, como se eu a tivesse elogiado.

E perco minha linha de pensamento.

Sei que tenho que terminar meu argumento, dizer que concentração demais pode ser sim um defeito, se ela não conseguir mais reparar no que for importante à sua volta, mas aí fico olhando aquele sorriso dela, e como a boca se curva para cima só um tantinho nos cantos, e como uma covinha suave aparece na bochecha, e como seu rosto abaixado fica do formato de um coração e, sei lá...

Do que estávamos falando mesmo?

– Então – digo, porque quero que o sorriso continue –, tá empolgada pra conhecer a Cassarola Star pessoalmente?

Mas tem o efeito oposto e Lorena fica séria. Para no meio da exposição dos Bonecos de Olinda de *Cometas da Galáxia*. Tem dois garotos fortes fantasiados se revezando para gravar vídeos lutando contra os cometas de um jeito extravagante demais, e ela os olha como se fossem subitamente as pessoas mais interessantes do mundo.

– Tô empolgada, sim – ela me responde, parecendo tudo, menos empolgada.

– Você tá nervosa pra encontrar a autora? – chuto.

– Eles estão de *cosplay* de cadentes – ela desvia o assunto, indicando com o rosto os caras. Reparo melhor neles. Vestem roupas com tecidos pretos rasgados amarrados aleatoriamente, correntes, espetos e couro onde sobrar espaço, com detalhes ultracoloridos aqui e ali. – E, pela bagunça que estão fazendo, parece que estão interpretando os personagens. Que legal, né? Eu vim no ônibus com uma garota que vai se vestir da chefe dos cadentes, a Capitã Plutão.

Ela está fingindo que nem ouviu minha pergunta. Mas dessa vez tenho certeza de que ouviu.

– É? – deixo passar enquanto a estudo. Está escondendo algo de mim. – Nem reparei. – Os cadentes são os meus vilões favoritos de *Cometas* – continua ela, ainda sem me olhar. – Gosto da ideia de mercenários que só existem pra criar caos com planos ridículos. Caos e planos ridículos são os meus dois pilares para vilões de sucesso.

– Então aposto que o livro que você trouxe pra autografar foi o *Cometas da Galáxia e o roubo de caronte* – digo, trazendo de volta com cuidado o assunto do encontro com a Cassarola Star. Não quero perguntar na lata o que a está perturbando. Prefiro dar a oportunidade que me conte sozinha, se quiser. – Você deve adorar ver os cadentes e a Capitã Plutão tendo que se juntar aos cometas pra salvar o dia.

– Gosto muito, mas não é o que eu trouxe. – Ela pausa. Morde o lábio. – Eu trouxe um quadrinho da Sophitia e do Aleksander.

– Quadrinho? – estranho. – Nossa. Eu sabia que tinha jogos, filmes, série em plataforma de *streaming* e até tampa de privada de *Cometas*, mas quadrinho me escapou totalmente.

Isso faz Lorena finalmente me olhar. Ela dá as costas para os grandões de *cosplay* e vem tirar satisfação comigo, seus olhos ocupando quase noventa por cento da sua superfície facial.

– Você não sabia que tinha série de quadrinhos?! Mas eles são *tudo* pra mim! As histórias são inéditas, de logo quando a Sophitia e o Aleksander entraram na academia dos cometas e só recebem trabalhos horríveis, e precisam se provar pra...

Prendo um sorriso enquanto ela me conta, com medo de assustá-la. Nunca a vi tão empolgada. É bem... bonitinho, pra ser sincero.

Mas, além de bonitinho, é honesto. Verdadeiro. Antes que eu perceba, me pego admirando a facilidade com que ela demonstra esse nível de paixão por aquilo que gosta sem ter vergonha.

– E o que acontece no final? – pergunto, porque não quero que pare.

Se eu não posso ser assim, que ela possa, pelo menos.

Mas ela balança a cabeça e sorri de novo, de um jeito ainda mais aberto que da primeira vez.

– Não vou dar *spoilers* – diz. – Você vai ter que ler pra consertar essa sua falha de caráter de não conhecer.

– Vou ler – garanto, porque quando ela está com esse sorriso me sinto inclinado a aceitar o que ela quiser. – Vou ler, sim.

– Não vai se arrepender. No meu volume favorito, a Sophitia e o Aleksander precisam se fingir de cadentes pra se infiltrar, e é divertido demais! A Sophitia disfarçada é impagável, porque ela é toda arrumadinha e certinha e não faz a menor ideia de como é ser uma baderneira sem noção como os cadentes!

Cadentes feito estes dois *cosplayers* grandões, que

agora andam na nossa direção com o celular na mão, como se fossem nos pedir para tirar fotos dos dois juntos.

– Lorena, é melhor abaixar a voz... – digo, mas ela está empolgada demais e continua.

– Imagina ela sendo obrigada a usar aqueles trapos dos cadentes, uma mistura de ensaio gótico de baixo orçamento com releitura punk de dançarino de clipe da Anitta com tema pós-apocalíptico!

Os *cosplayers*, perto o suficiente para ouvir, apertam os olhos de maquiagem preta manchada, percebendo o assunto.

– E é engraçado porque a transformação em cadente dos dois é meio que um processo ridículo em que eles vão aos poucos abrindo mão completamente da sua dignidade – Lorena termina.

– Ah, é? – diz um dos caras, que parou com o parceiro bem atrás de Lorena.

Ele usa uma gargantilha preta de espinhos no pescoço que, contra uma pele tão clara quanto a minha, o faz parecer um cachorro de desenho animado. O outro garoto, negro e ainda maior que ele, nem pescoço tem, já que sua cabeça se conecta a seu corpo direto com um monte de músculos trançados. Eles se debruçam sobre Lorena como duas montanhas cobrindo o Sol.

Duas montanhas muito irritadas.

– Você acha que a gente não tem dignidade? – pergunta o de gargantilha.

Lorena abre a boca no susto e gagueja algo ininteligível.

– Não é isso. – Me coloco ao lado dela. – A gente estava falando dos cadentes dos quadrinhos.

– É! – Ela acha sua voz. – Não vocês! Adoro *cosplayers*. Admiro demais a coragem que têm de sair *assim*, sem se importar com o que os outros pensam.

Os caras franzem a testa.

– Você acha que a gente devia ter vergonha? – O de gargantilha dá um passo à frente. – Por quê?

Lorena os olha com uma expressão de quem cogita deitar no chão e se fingir de morta. Vou me colocando em uma posição em que eu possa empurrá-la para trás de mim, se necessário.

– Essa menina tá difamando a honra milenar dos cadentes, Madureira? – diz o maior.

– Eu acho que sim, Cascadura.

– É sério que esses são os seus nomes? – pergunto em um breve momento de lucidez. Ambos me ignoram.

– A Capitã Plutão vai ficar uma fera se não fizermos nada a respeito – aponta Madureira, cruzando os braços.

Ergo uma mão para afastá-los.

– Ei, a brincadeira de interpretar tá indo longe demais – digo. – Parou.

Madureira cresce para cima de mim dessa vez.

– Quer comprar briga com os cadentes da Capitã Plutão também?!

Enrijeço os ombros para dizer que sim, só se for agora!

– Calma, gente! – Lorena repousa uma mão no meu pulso. – Tem uma forma muito mais civilizada de resolvermos esse mal-entendido que não envolve testosterona em excesso nem atitudes impensadas.

Ela levanta um dedo explicativo para os *cosplayers*. Abre a boca para falar.

Me agarra e corre, nos arrastando para longe.

– Ei, não vão embora assim! – grita o maior dos *cosplayers*. – Calma aí!

Apertamos o passo, cortando nosso caminho pelo rio de visitantes.

– Eles estão nos seguindo – digo. – Me deixa dar um jeito neles, é só...

– A gente ficou três horas no ônibus pra vir pra essa convenção – Lorena vocifera sem parar de me puxar. – Vai mesmo arriscar ser expulso logo depois de ter entrado?

Trinco o maxilar. Ela está certa. Deixo que ela me puxe.

Na vida real, onde as recompensas dos combates não são glória e ouro, e sim olhos roxos e broncas durando horas, nem todas as lutas contra os chefões valem a pena.

Stefana

Uma vez, Karen GO respondeu um dos meus comentários nos seus perfis. "Sua linda ♥", ela me enviou. Fiquei sorrindo comigo mesma por uma hora. Guardo o *print* no meu celular e gosto de olhar quando me sinto pra baixo.

Agora, ela está ao vivo do outro lado do corredor, tirando fotos com visitantes que a abordaram na porta do camarim.

E meu coração não sabe nem processar uma reação. Só morro e revivo ao mesmo tempo, repetidamente.

É isso que é ser abençoada?

A estrelinha de luz e perfeição do mundo do *cosplay* está na minha frente. A própria Camila Cabello do nosso nicho, só que com ascendência coreana em vez de cubana (o que por si só já é uma diferença enorme, mas eu estou emocionada demais para metáforas embasadas) e pouco mais velha que eu (o que é um fato controverso, porque ela não pode ter 19 anos se entidades superiores são reconhecidamente atemporais).

Já olhei mil vezes todos os figurinos nos perfis dela – inclusive salvei algumas fotos de referência na hora de fazer o meu de Capitã Plutão – e, por isso, reconheço na hora o que ela está vestindo agora. É um dos mais simples que já fez, comparado aos longos vestidos de princesa da Disney e às armaduras de guerreira de RPG on-line que usou em outras convenções. Esse tem uma saia plissada azul e um laço vermelho no peito sobre um traje colado de corpo inteiro com efeito cintilante. É a sua "Sailor Moon versão espacial com toques de arco-íris e magia", segundo a legenda da foto, que eu obviamente decorei por motivos de adoração indiscriminada.

Karen GO nem faz *cosplay*. Ela faz *arte*.

E quem a acompanha é o Marcello, seu amigo de canal, vestindo um crachá da organização da LivroCon e fone comunicador em um dos ouvidos. Querendo fazer a amiga seguir pelo corredor, Marcello tenta impedir que mais um grupo de rapazes se aproxime de Karen atrás de fotos. Só que ela, amável como sempre, sussurra algo para ele e vai atendê-los. Dois garotos ficam um de cada lado dela, de costas para mim, e posam para o celular de um terceiro.

É quando eu vejo a mão do cara à direita descendo para a bunda dela.

Deve ser essa a sensação que dinamite tem quando o pavio chega ao fim.

– Tá com a mão onde, seu safado?! – grito, explodindo no fundo da foto.

Karen GO pula para o lado e empurra o cara para longe.

– Tá maluca, garota?! – o cara grita de volta para mim. Ele precisa olhar para cima, e é um dos poucos momentos em que minha altura me traz satisfação.

– Vai desrespeitar a vaca que lambeu esse seu cabelo pra cima – rebato. A adrenalina me deixa criativa.

Ele faz menção de avançar sobre mim. Marcello se aproxima enquanto fala alto no fone:

– Manda os seguranças para o camarim dos *cosplayers* no pavilhão dois, que tem uns visitantes exaltados aqui, Judite.

O exaltado faz cara feia, mas sai de fininho com os amigos. Não demoram um segundo para sumirem como ratos na multidão.

Karen GO balança a cabeça para o pequeno grupo de curiosos que parou em volta.

– Estamos em pleno século 21 e ainda me aparece homem que não sabe respeitar as pessoas – ela diz. – Pode isso?

Os visitantes concordam com ela. Alguns riem.

Quero gritar de raiva.

Karen deve sentir o fogo saindo de mim, porque vira por cima do ombro e me olha direto nos olhos. Na alma. Por um segundo estamos sozinhas, e, como se espiasse uma brecha de uma cortina em movimento, a enxergo além do teatro. Ela está tão enfurecida quanto eu.

Obrigada, ela faz com os lábios para mim.

Então uma criança com os pais se aproxima e pede outra foto de um jeito doce, e o sorriso está de volta na fachada.

Preciso colocar a mão no peito para checar se meu coração ainda está intacto.

– Valeu pela ajuda – Marcello para discretamente ao meu lado. – A Karen fica numa posição difícil quando isso acontece. E eu infelizmente tô em serviço e preciso evitar, sempre que possível, meter a mão na cara alheia.

– Que gente sem noção – trinco os dentes, balanço a cabeça. – Como ela consegue?

– Ela é boa atriz desde que a gente era criança e consegue manter o show, mas eu sei direitinho o que tá passando na cabeça dela agora. – Ele sorri e me olha de canto de olho.

– "Minhas unhas de arco-íris estão bonitas demais pra eu quebrar dando soco em gente abusada".

Tenho que me forçar para soltar o maxilar e dizer:

– Ela pode chutar também.

Marcello ri, mas ainda não cheguei a esse nível de costume para acompanhar.

– Isso acontece... – Engulo em seco. – ... Muito?

– Acontecia até comigo, quando eu fazia *cosplay*. Imagina com as meninas. Tem muita gente que não respeita.

– Me sinto tão mal pela Karen...

– Mas você ajudou muito! Se todo mundo fosse que nem você, gente que briga de volta, as pessoas seriam mais educadas.

"Gente que briga de volta"? *Eu?!*

Mas não tenho tempo de discordar porque Karen terminou de tirar fotos e vem na nossa direção.

Lá vou eu, esquecendo de novo como faz essa coisa de *agir*. Ela lança um sorrisinho rápido para mim (mas que no meu coração durará a eternidade) e fala com seu colega.

– Vamos pro **Mundo Fã** antes que junte mais gente. Quero preparar os papéis da gincana.

Só que Marcello recebe alguma informação no rádio do ouvido.

– Tá, vou lá – ele responde, então volta para Karen. – Estão me pedindo pra ajudar a montar a fila dos autógrafos da Cassarola Star.

Um pingo de pânico desce figurativamente pela minha nuca. Eu devia ir para lá com meus amigos. Passo a mão pelo pescoço e arrumo, meio sem jeito, o volume de um punhado de cachos, fingindo que tá tudo bem.

– Você acha que consegue chegar sozinha no **Mundo Fã**? – Marcello pergunta para Karen. – Ou vão te parar demais no caminho?

– Eu consigo, não se atrapalha por mim.

Mas já vi vídeos suficientes dela para perceber quando tem uma ponta de desânimo na sua voz.

– Eu vou contigo – digo de impulso, então me lembro de que é a primeira vez que falo com a grande Karen GO e continuo, insegura –, se você quiser.

Ela me examina surpresa, então sorri, e não é só um sorrisinho dessa vez.

Preciso me controlar para não responder com "você quer casar comigo?".

– Vou adorar a companhia. – responde Karen.

Marcello mostra um polegar para cima para nós duas – sinto que é o tipo de cara que fala *top* não ironicamente –, me agradece e se adianta pelo corredor.

Karen vira para mim, os fios cintilantes misturados nas suas marias-chiquinhas loiras balançando suavemente, os cílios alongados na frente da sombra impecável piscando uma ou duas vezes.

Tenho a certeza absoluta de que vou perder o controle, fazer algo muito *fangirl* nos próximos minutos e passar a maior vergonha da minha vida, mas estou tão contente que, sinceramente, nem consigo me importar.

Lorena

Vamos fazer uma brincadeira. Já que normalmente as coisas são muito mais interessantes na minha imaginação, vou largar aqui alguns momentos que podem ou não ter ocorrido enquanto fugíamos dos dois cadentes ameaçadores. Imagine tudo com uma música estilo Scooby-Doo tocando, por favor.

Podemos ou não ter nos camuflado atrás de manequins com roupas de filmes de verdade em uma exposição sobre quadrinhos de super-heróis que viraram filme, até que o *cadente* de gargantilha ficou particularmente interessado na jaqueta de couro rasgada do Motoqueiro Fantasma e me encontrou atrás dela, com braço levantado para lançar a corrente do herói.

Podemos ou não ter corrido e mergulhado na piscina de bolinhas gigante do pavilhão um, até eu descobrir que aquela pedra que eu estava tentando escalar para procurar do alto se os *cosplayers* haviam nos seguido até ali era na verdade as costas do *cadente* grandão, que estava afundado de quatro nos procurando.

E depois podemos ou não ter nos disfarçado com umas perucas e bigodes de um estande de editora que tirava fotos divertidas, só para pegar com pressa as revelações e encontrar nossos dois caçadores aparecendo de surpresa na última das quatro fotos sequenciais, um de chapéu de caubói e o outro de peruca de Emília do Sítio do Picapau Amarelo. Então levantamos os olhos das fotos e lá estavam eles, do mesmo jeito, bem do nosso lado. Todos largamos nossos disfarces e corremos outra vez.

Até que, enfim, alertei Gabriel que eu sabia o lugar perfeito para nos escondermos e fugimos para lá, pertinho de onde a perseguição começou.

Isso tudo, ou só demos a volta no quarteirão do evento e nos escondemos.

Deixo essas opções para que a imaginação coletiva decida o que realmente aconteceu da forma mais interessante, independentemente da realidade.

Enquanto isso, recupero meu fôlego. Estamos na minha base de operações secreta do evento, embaixo do cometa de Olinda de saia que está mais distante na exposição. Meu esconderijo anti-Gabriel. Quem diria que eu traria o garoto justamente para ele?

Sorrio e puxo o ar para me gabar do meu pensamento rápido, mesmo que eu tenha certeza de que quem prestar atenção do lado de fora verá nossos pés aparecendo e um volume esquisito no cometa de Olinda. Mas Gabriel levanta um dedo na frente da boca e faz sinal de silêncio. Volta a olhar por uma fresta de tecido.

De repente, tomo ciência do seu corpo tão perto do meu. Mantenho um punho no seu peito para criar alguma distância entre nós, mas é inútil. Meu rosto começa a ferver. Minha pele inteira.

– Eles estão vindo pra cá – sussurra Gabriel. – Vão passar na nossa frente.

A adrenalina se junta ao calor e batuca nos meus ouvidos.

– Viu eles por aqui? – Ouvimos um dos cadentes como se estivesse bem do nosso lado. Acho que o mais baixo, Madureira, pelo timbre. Nos calamos como estátuas.

– Não vi – responde Cascadura. – Acho que sumiram.

– Que droga. Mas a gente encontra eles depois e acerta tudo. – Ele abaixa a um tom surpreendentemente dócil para sua aparência. – Eu prometo.

– Espero que sim.

Gabriel espia eles se afastarem.

– Ganhamos deles – anuncia ele, voltando para mim com um sorriso de triunfo.

E ambos reparamos ao mesmo tempo o quanto nossos rostos estão próximos.

Nos jogamos para fora do boneco entre risos desconfortáveis. Gabriel está vermelho. É um pouco fofo. Me faz querer...

NÃO, Lorena! Não é fofo! Ele é só um demônio!

Então nossas risadas perdem o desconforto e se transformam em uma gargalhada pura pelo incidente.

É esquisito, isso. Dar risada com meu inimigo. De um jeito não maligno, quer dizer, e não como supervilões matando um ao outro com raios de destruição interplanetária e tal.

– Vou te dar um joinha de aprovação por esse esconderijo, hein – diz Gabriel quando recuperamos o fôlego.

– Nunca pensei que Bonecos de Olinda fossem tão confortáveis por dentro. Talvez eu fique um pouco menos aterrorizado por eles agora.

– E eu nunca pensei que fosse dever a minha vida a um.

– Dou um passo para examinar o seu tecido, mas tropeço na minha sandália. Ela está solta. – Droga!

Me abaixo para prender. Não consigo.

– Meleca, o fecho quebrou. – Eu me levanto e coloco as mãos no quadril, olhando para baixo. – Só faltava essa. Não é nem uma da tarde. As sandálias de hoje não aguentam nem quatro horinhas de correria intensa e condições adversas.

– ... Eu não acho que sandálias são feitas pra isso.

– Agora vou ter que andar descalça pela convenção e as pessoas vão pensar que eu tô fazendo *cosplay* de personagem da Turma da Mônica. Vou perguntar à Stefana se eu preciso...

Gabriel ajoelha e examina meu pé. Consigo não pular de susto, mas ainda enrolo meus dedinhos, meu rosto esquentando.

– Deixa eu ver. – Ele puxa a amarra da sandália e a roda entre seu polegar e indicador. Espio de cima os cachos loiros na sua cabeça. Eu nunca tinha reparado em como eles parecem mais claros perto das pontas. E em como a parte quase raspada na nuca é mais escura. Me pergunto qual é a sensação de deslizar os dedos nela. O rosto dele vira para cima de súbito e me sinto culpada sem saber por quê. – Tem um clipe de papel aí?

Abro a aba da minha bolsa, feliz por ter um motivo para desviar os olhos. Encontro o que pediu no meu estojo cheio de lixo e outros mantimentos que provavelmente só usarei em caso de apocalipse e entrego a ele.

– Não brinca que você vai tentar consertar a sandália com...

Ele prende o clipe na amarra do meu tornozelo. Dá dois puxões. O material não solta. Gabriel levanta outra vez com a expressão de quem acaba de salvar o universo.

– E não é que funcionou?! – Giro o pé para testar. – Se você estivesse em *Cometas da Galáxia*, seu codinome com certeza seria cometa Gambiarra.

Ele abre a boca, desiste do que ia falar e deixa ela se esticar em um sorriso torto. Quer dizer, todos os sorrisos de Gabriel já são um pouco tortos – parece que é o único jeito que o seu rosto sabe se mover –, então esse está mais é para um avanço na inclinação, uma subida um pouco mais íngreme na montanha-russa da sua boca.

Me estapeio mentalmente por reparar nisso.

– Por que você está usando sandália, afinal? – pergunta o meu *inimigo*, como é importante lembrar. – Parece desconfortável.

– Sandálias são mais fáceis de tirar e colocar no ônibus quando eu quero dormir.

– Ah, que engenhosa.

– Levo minhas sonecas muito a sério. É preciso haver profissionalismo. – Pauso. Penso melhor. – Só foi uma pequena omissão da minha estratégia não considerar *todo o resto do dia...*

Ele ri ao mesmo tempo em que meu celular apita. Pego-o e viro de lado para ter alguma privacidade. Ele pega o próprio telefone e o checa, cooperando.

Tem uma mensagem de Stefana.

STEFANA

Não pude vestir meu cosplay porque agora estou ajudando a Karen GO e é isso, talvez eu morra.

LORENA PERA

Hahahahahahahahahahahahahahah

Será que foram *hahas* demais? Qual é o limite de *hahas* que a gente pode usar sem parecer forçado? Será que eu devia ter usado *kkkkk's* mesmo? A etiqueta de risadas virtuais é uma Ciência Social delicada demais.

> **LORENA PERA**
>
> Me chama pro casamento!!!

> **LORENA PERA**
>
> Eu adoro salgadinho de casamento

> **LORENA PERA**
>
> Chamar bolinhas de queijo de pérolas de provolone é muito chique

STEFANA

LORENA!!!

STEFANA

...

STEFANA

Chamo sim.

Ela envia um *sticker* de um *golden retriever* sorridente cheio de coraçõezinhos em volta.

> **STEFANA**
>
> E você, tá fazendo o quê?
> Já pensou em como capturar a Cassarola
> Star? Ou tá só comprando livro? 👀

Dou uma encolhida automática. Não só porque não, não sei ainda o que fazer sobre a Cassarola Star, mas porque a última pergunta também me deixa constrangida. Apesar de estar na maior feira literária do mundo, nem pensei muito no que comprar. A verdade é que eu li tantas milhões de vezes os livros de *Cometas da Galáxia*, incluindo derivados e *fanfics*, desde que os descobri no último ano, que não sobrou espaço para me interessar por muitas outras histórias. Quer dizer, eu sempre fui mais a garota dos quadrinhos. Essa coisa de ler livros mesmo é algo novo para mim. Maravilhoso, mas novo, e ainda estou aprendendo como experimentar.

Só que não vou admitir isso para Stefana, A Imperatriz da Leitura em Seu Trono de Páginas Douradas. A Salvaguarda da Literatura, que usa pontos-finais e palavras sem abreviações no *chat* de celular por medo de ofender a Língua Portuguesa.

> **LORENA PERA**
>
> Sigo fazendo planos

> **STEFANA**
>
> Não sei por quê, mas você dizendo isso sempre me soa preocupante.

Envio uma figurinha de um gambá fofinho no escuro olhando para a câmera com a frase "eu aceito o caos".

Espio Gabriel. Ele está rolando a tela do celular, um pouco entediado.

— Começa em vinte minutos, galera! — anuncia uma voz feminina em um microfone vindo do *Mundo Fã*. — Tá de bobeira aí com o seu *boy* ou *girl* magia? Vem participar da gincana "*Ships* na vida, *ships* na ficção"! Ainda dá tempo de se inscrever e concorrer a um prêmio exclusivíssimo preparado pelos nossos patrocinadores!

O meu kit. Talvez minha última chance de pegar um livro autografado pela *Cassarola Star*.

— E aí, o que você vai fazer agora? — pergunta Gabriel.

Mordo o lábio.

Tenho minha honra a zelar.

Mas o kit...

Eu não posso.

Mas o autógrafo...

Espio o garoto e me lembro dele me defendendo contra os cadentes. Pode ter sido só seus hormônios masculinos não perdendo nenhuma oportunidade de dar um soco em alguém, independentemente do motivo, mas mesmo assim.

Ele fugiu comigo depois. E ainda consertou minha sandália. Talvez...

Talvez seja seguro fazer uma aliança com ele para esta única missão.

O que eu não faço por *Cometas da Galáxia*, não é mesmo?

– O que *você* vai fazer agora? – digo, guardando meu celular na bolsa.

– Eu? – Ele balança a cabeça. – Não tenho nada marcado.

– Não vai encontrar com seus amigos?

– Eles estão tão obcecados por gravar vídeos pro Patotube que não devem nem estar dando falta de mim.

– Ótimo. – Viro de frente para ele. – Gabriel, você acaba de ser recrutado para a minha operação de elite.

– O que...

Marcho para dentro do *Mundo Fã* sem explicar e Gabriel me segue um pouco atrás, onde é o seu lugar. Paramos em um canto fora do caminho das pessoas perto do palco. Aponto para cima dele, onde a sacola embrulhada em papel celofane descansa inocentemente.

– Aquele kit. Eu quero. E você vai me ajudar a ganhá-lo agora.

Gabriel

— Eu vou, é? — Ergo uma sobrancelha cética. Eu nunca sei diferenciar se ela está falando sério ou se está só se comunicando através daquele dialeto próprio dela. Mas entro na brincadeira, porque esse é o meu ponto fraco com ela. Eu sempre quero entendê-la. — E como pretende fazer isso?

— Ele vai ser o brinde da gincana de casais, e você vai participar dela comigo — ela fala rápido, como que arrancando um curativo.

Mas não perdoo mesmo assim, já abrindo um sorrisão.

— Você evoluiu de me acusar de te perseguir pra me pedir em namoro em tão poucas horas de evento? Caramba, Lorena! Nem pra me pagar um salgado com refresco primeiro!

Ela comete a façanha de rolar não só os olhos, mas a cabeça inteira.

— Garanto que eu não estaria te metendo nessa se não fosse absolutamente necessário.

Observo o pôster da atividade. Então, o brinde.

— E tudo por um kit de *Cometas*? — digo. — Mas o livro autografado você já vai pegar mais tarde, não?

— É que é um presente pra uma amiga.

É uma resposta que me pega de surpresa. Eu não sabia que ela tinha, bom, *amigas*. Pô, Lorena está sempre sozinha e quietinha!

— E você tá disposta a participar de uma *gincana de casais* pela sua amiga? — pergunto. — Isso que eu chamo de amizade verdadeira.

— Sim. — Ela dá soquinhos distraídos com um punho fechado na sua coxa. Faz isso com frequência. Ainda não encaixei o que significa no meu dicionário dela. — Vamos nos inscrever?

Volto para o cartaz. Penso em lentamente me afastar de costas de um jeito meio *moonwalk* para que Lorena não perceba que estou fugindo.

— Tá bom! — Ela solta o ar pelo nariz com força. — Faço seu dever do colégio por uma semana.

Cruzo os braços. Não entendo por que dar esse kit para a amiga é uma questão de vida ou morte para ela. Que relação estranha.

— Duas semanas! — ela aumenta.

Mas, bom, a *minha* relação com os meus amigos, na qual fico o tempo todo me esquivando para não cair no assunto errado e revelar demais sobre mim, sem querer saber o que vão dizer, também não é das mais saudáveis.

— Um mês, e essa é a minha oferta final!

Se Lorena tem uma amiga tão importante assim com quem pode dividir *Cometas* sem medo, está mais que certa em fazer de tudo para mantê-la.

— Por favor! — Ela se aproxima um pouco. — É importante pra mim!

Deixo a cabeça cair para frente como uma marionete derrotada. Não acredito que estou fazendo isso.

Lorena dá pulinhos, comemorando nossa humilhação eminente.

— Vamos logo — lamento, dando um passo em direção ao palco.

— Calma! Não podemos ir despreparados. Não é assim que um cometa se infiltra no território inimigo.

— Mas não é...

— Vamos lá. — Ela entrelaça os dedos, pensativa. — Qual foi o primeiro preparativo da Sophitia e do Aleksander quando eles foram se fingir de cadentes?

— ... Ir a um estilista especializado na tendência "distopia casual"?

— Precisamos de um *background*! — Ela me ignora. — Uma história pra que acreditem que somos mesmo um casal, caso isso venha à prova. Mas tem que ser algo próximo o suficiente da realidade, para ficar convincente. É assim que as melhores mentiras tomam forma. Quando são só *post-its* colados no quadro de uma verdade maior.

— Eu tô impressionado com o seu conhecimento, mas de um jeito levemente ruim.

– Já sei. Nós nos conhecemos no colégio. Estudamos juntos. Foi nosso gosto por *Cometas da Galáxia* que nos uniu, um dia, quando você me viu lendo os livros no intervalo e veio se sentar do meu lado. Jogamos os videogames de *Cometas* na sua casa toda sexta-feira. Aos fins de semana, gostamos de ficar em casa vendo filmes. Sempre pedimos pizza. Eu prefiro frango com catupiry, mas peço de calabresa porque sei que é o que você gosta. Te apresentei para o maravilhoso mundo dos quadrinhos também. Você me deu uma *action figure* comemorativa da Sophitia de aniversário. Pra retribuir, comecei a te ensinar a desenhar. Você é uma negação, mas acho que podemos evoluir com paciência.

Ela pausa para encher os pulmões. Está tão empolgada que se esqueceu de respirar.

– Acho que é um bom começo – conclui. – Estamos indo bem.

Coço o ombro e digo devagar, ainda assimilando, já me arrependendo:

– Que informações... Incrivelmente específicas. Você não tá de brincadeira, hein?

– Eu nunca entro numa competição se não for pra ganhar. Esteja pronto para fazer o mesmo.

Stefana

Karen GO desce do palco do *Mundo Fã* enquanto aperta a caixinha do microfone preso no cinto do seu *cosplay* para desligá-lo e abaixa o *headset* para o pescoço. Antes que volte para a mesa de plástico cheia de papéis e outras quinquilharias um pouco atrás de tudo onde estou, um casal a chama, provavelmente para perguntar sobre a gincana que acabou de anunciar, e ela para pra tirar dúvidas.

Volto a grampear os textos que me pediu. Tive que insistir dez vezes que não me daria trabalho nenhum, e ela acabou cedendo e aceitando minha ajuda para organizar as atividades.

Isso é um sonho?, indaga minha consciência lógica que, por ser lógica, só encontrou essa explicação para eu estar trabalhando com a Karen GO na LivroCon.

Será que já posso considerá-la oficialmente minha amiga? Tudo bem, talvez ainda não no sentido literal *meeesmo* da palavra, sabe, com essa coisa toda de bilateralidade da relação e consciência mútua e tal. Mas de *algum jeito* acho que posso, né?

É normal as nossas mãos tremerem de nervoso na presença de amigas?

Meu celular alerta uma mensagem.

LORENA PERA

Tô prestes a tentar algo muito ousado com o garoto que é literalmente o meu arqui-inimigo

LORENA PERA

Me responde uma coisa

LORENA PERA

Vc acha que vale a pena fazer tudo por Cometas da Galáxia?

STEFANA

Como fangirl de carteirinha, eu sou contratualmente obrigada a responder que sim, né?

STEFANA

Hahahaha.

> **LORENA PERA**
> Ok

> **STEFANA**
> Espera, o que você vai fazer??

Ela manda um *gif* com a montagem de um passarinho correndo heroicamente de uma grande explosão.

Não entendi nada e ela não explicou, mas Karen volta para a mesa com o sorriso mais brilhante que já vi fora das páginas de um livro de romance, e minha concentração é atraída como uma mariposa atrás de luz.

— Eu sou muito abençoada por você estar me ajudando, Stefaninha. — Ela puxa a outra cadeira e senta. — O Marcello ia ficar comigo, mas a convenção está o caos hoje com a Cassarola Star.

— E você não pode ficar sozinha — digo, agora que já aprendi a me comunicar na presença dela. — Não com esses malucos soltos por aí.

Ela abaixa o rosto um pouco e sorri contida.

— Brigada de novo por ter me salvado lá. Não te agradeci o suficiente. Fico um pouco dispersa nessas horas. É uma situação muito difícil de lidar quando se está na posição de pessoa pública. Se eu grito, me chamam de louca. Se não faço nada, dizem que eu gostei. Se eu chuto os caras entre as pernas, entro nos Assuntos do Momento do Twitter como a *cosplayer* agressiva e antipática que tá todo mundo xingando na internet.

Ela fala rindo, distraída, como se não fosse importante. Como se fosse normal. Aperto os lábios, as sobrancelhas. O coração.

— Como você consegue? — pergunto.

— O que, lidar com gente idiota?

— Lidar com tudo, na verdade.

Ela entorta a cabeça para o lado, esperando que eu explique. Uma mecha loira do cabelo da fantasia escorre pelo seu ombro.

Você está num livro e essa é a sua história. Seja sincera.

— Eu sou superfã do seu trabalho e você foi uma das inspirações para eu querer fazer *cosplay* também. Passei horas infinitas costurando e preparando tudo pra estrear hoje, trouxe essa mochila cheia, mas, na hora, fui ficando com vergonha. Eu não entendo como lida tão bem com a exposição e com todas essas pessoas te olhando e te julgando e... tentando passar a mão na sua bunda!

Encolho os ombros. Queria poder me esconder dentro deles.

Karen pensa por um momento antes de responder:

— Eu não tenho uma resposta certa pra isso, amiga. Nem sempre é fácil. Acho que você precisa colocar na balança o que é mais importante, a sua felicidade por fazer o que gosta ou a opinião dos outros.

Alinho os papéis que grampeei, empurrando-os com os dedos nos cantos, até ficarem em uma pilha perfeita sobre a mesa.

— Essa conta é tão difícil — digo. — Eu amo a personagem e tô muito orgulhosa do que eu, minha tia e meus amigos conseguimos construir juntos, mas só de imaginar os olhares, fico tão insegura...

— Ei. — Karen repousa uma palma de luva sobre os meus papéis para me parar. — Você não precisa fazer nada que não queira, ouviu? Não tem pressão.

— O problema é que eu quero! — Solto o ar pelo nariz, cansada. — E inclusive já decidi vestir minha roupa. Eu só queria que... sei lá. Que fosse mais fácil.

Karen morde o lábio de baixo, sem borrar o batom rosa. Me controlo para não ser hipnotizada pelo gesto.

— Tenta se acalmar e pensar tudo com a cabeça fria depois — ela diz. — Se é o que você ama e o que quer mesmo fazer, uma hora vai sentir que está pronta. E dane-se o resto do mundo. Vai valer a pena.

Seus olhos maquiados e brilhantes me encaram, tentando me convencer de que vai ficar tudo bem. E, por um segundo, eu até acredito. Assinto com a cabeça e ela tira a mão. Meu coração tenta voltar ao ritmo certo.

— Bom. — Ela prepara uma caneta sobre uma folha em branco. — Você vai me ajudar mesmo com as perguntas de *fandom* para a gincana? Não precisa, se for te dar trabalho.

– Você tá brincando? Não existe ninguém mais *fangirl* que eu nessa convenção. Eu nasci para este momento.

Como ela pediu mais cedo, vou sugerindo perguntas sobre curiosidades do universo de fãs, como termos e nomes de fã-clubes famosos, pausando de vez em quando não para pensar, mas porque a presença de Karen me faz esporadicamente perder a concentração. Ela nem conhece todas as gírias que menciono, mas não a julgo. É difícil *qualquer pessoa* me acompanhar nisso.

Quando invento uma pergunta sobre o *fandom* de *Cometas da Galáxia*, ela sorri de um jeito suave.

– Meu primeiro *cosplay* foi de cometa Sandy, há uns anos – diz enquanto escreve a pergunta. – Eu também era bem insegura no início.

– Foi difícil ultrapassar a vergonha? – Tento perguntar de forma natural para não parecer chata, mas estou terrivelmente interessada.

– Sempre é. A primeira vez que alguém me acusou de só ficar bem de fantasia porque sou "japa", eu chorei por horas. *Pelamor*, minha família é de ascendência coreana! Eu nem tenho palavras suficientes pra explicar o quanto isso é ofensivo. As pessoas são muito ignorantes. Mas, com o tempo, fui ganhando confiança, e situações como essa passaram a me dar mais raiva que vergonha. Nem sempre é fácil, mas essa é a forma com que eu aprendi a lidar. E que escolha eu tenho? Eu amo *cosplay*. Se pra fazer isso eu tenho que lutar contra todos esses preconceitos... – Ela repousa a caneta e tira do coldre preso na coxa uma pistola-cetro rosa futurista, apontando sua ponta em formato de coração para cima – ... decidi que vou estar pronta pra guerra.

Como é estranho esse sentimento de querer *ser* e querer *se casar* com outra pessoa ao mesmo tempo.

– Mas sabe o que sempre ajuda? – Ela guarda o cetro de volta. – Ter uma rede de apoio. Ter o Marcello. É muito importante na hora de segurar a barra e aguentar os desabafos. Então valoriza quem tá contigo, Stefaninha. Os seus amigos, e até a sua família, se eles forem receptivos. Não foi muito o meu caso, mas...

– A sua família não te apoia? – Por que eu subitamente quero dar bronca em pessoas que eu nem conheço? – Mas você sempre posta foto com eles, como se todos estivessem supercontentes!

– Só se for agora. No início, tentaram até me mandar para a igreja!

Ela ri, as ombreiras azuis da sua roupa fazendo *clec*, *clec*. A encaro de boca aberta.

– Com o tempo e com a minha insistência, eles foram aprendendo a tolerar – ela explica. – O fato de que comecei a ganhar concursos e fiquei famosa ajudou também. Acho que isso trouxe algum orgulho pra eles. E pra mim mesma, o que é um escudo excelente na hora de aguentar os olhares tortos.

– Eu sinto muito que você tenha tido que passar por isso – digo, angustiada.

– Eu também sinto. – Ela se perde em pensamentos um breve momento e volta a me olhar. – Espero que você tenha mais sorte com isso.

Me vêm memórias gostosas de tardes de domingo assistindo a tutoriais de *cosplayers* na internet com minha tia Leda.

– Tive muita sorte de ter uma tia que me apoiou e me ajudou a fazer a roupa – digo. – Já meus pais... Não é que não aprovem, só parecem ser um pouco ignorantes sobre o assunto. Pra quem só conhece roupas de escritório e salas de audiência, me ver de Capitã Plutão deve ser como encontrar um alienígena atravessando a rua. Fico querendo rir e chorar ao mesmo tempo com a ideia. Mas... mas sinto que tentam me apoiar, do jeito deles.

– Com o tempo, vão aprender a sentir orgulho de você por isso também. – Karen sorri para mim.

Meus olhos lacrimejam, mas sou poupada da vergonha de deixar que veja porque ela se distrai com mais um casal querendo se inscrever na gincana. Pega duas das folhas de questionários que grampeei, levanta e vai até eles.

E o casal parado do lado do palco é ninguém menos que Lorena e um dos garotos que vieram conosco na excursão, aparentemente seu arqui-inimigo, aparentemente seu namorado.

Lorena

A apresentadora da gincana e guardiã do meu kit, que veste um *cosplay* do que presumo ser algum figurino da Pabllo Vittar, se apresenta como Karen. Imediatamente entendo que é a Karen GO de Stefana e espio em volta. De fato, encontro a menina sentada em uma mesinha de plástico atrás do palco. Aceno para ela, que acena de volta, toda sorridente. Mas não me aproximo, subitamente preocupada. Ela não sabe que estou escondendo de Gabriel que não tenho senhas para encontrar a Cassarola Star e tenho medo de que mencione algo na frente dele sem querer.

Karen nos empurra duas duplas de folhas grampeadas com uma lista de perguntas em cada.

— E eu com medo do Enem — resmunga Gabriel, segurando o seu par pela pontinha, com medo de que as perguntas o mordam.

— Ou preenche, ou não dá pra brincar — diz Karen. — É eliminatório.

Estou doida para lhe contar algo sobre meu relacionamento falso com Gabriel e testar minha história, mas ela não pergunta nada. Agora entendo esses casais que postam tudo sobre a sua intimidade nas redes sociais. Provavelmente porque o mundo real não se dá ao trabalho de querer saber espontaneamente.

— Tem quase cinquenta perguntas aqui! — choraminga Gabriel. — "Quantos anos você tem? Qual é o seu signo? Qual é a sua comida favorita?" Pra que você quer saber essas coisas? Vai montar a nossa ficha de RPG?

— Vocês têm dez minutos. — Karen nos entrega duas canetas e volta para a mesa de Stefana.

Gabriel desce uma expressão de pura desolação para seu questionário.

— Tá boooom! — Arranco-o da sua mão. — Deixa que eu faço.

Junto nossos papéis e vou para uma parede próxima fora do campo de visão de Karen para preenchê-los juntos. Não sei muito sobre o garoto comigo além dos seus dados mais básicos, então pergunto algumas coisas no início.

— Cor favorita?

— Sei lá. Cinza?

— Comida.

— Pode ser tudo?

— *Ship*?

— Isso é o quê, mesmo?

— Meu Deus, Gabriel, em que mundo você vive?

Com o tempo, acabo desistindo e inventando as respostas. *Hobby* favorito? Fazer *babyliss* nos meus cachos. Programa de TV? **Casos de Família**. Que personagem ficcional gostaria de ser? Dollynho, o mascote da marca de refrigerantes.

– Quanto trabalho – murmura Gabriel ao me espiar, sem desconfiar da linda personalidade que estou criando para ele, muito mais interessante que a real.

Termino minha obra-prima e preciso preencher o meu próprio questionário correndo para entregá-los a tempo.

– Até que enfim! – Karen os toma de mim e nos apressa para a escada do palco do **Mundo Fã**. – Vão subindo. Eu fiquei batendo papo e perdi a hora. A gincana tá atrasada.

– Assim, direto? – Viro nos seus três degraus. – Você não vai nem ler? Pensei que fosse eliminatório!

– Os outros já estão esperando vocês. – Ela sobe, nos empurrando para cima e colocando na cabeça o microfone.

– Os outr...

– Estamos de volta, galerinha linda desse meu *fandom*! – Karen abre para o público um sorriso que quase não cabe no seu rosto. Como se alguém tivesse acendido uma luminária dentro dela, e agora ela emana luz e energia. – Aqui é Karen GO e vai começar mais uma gincana "*Ships* na vida, *ships* na ficção"! Uma salva de palmas para os casais corajosos que vieram participar aqui conosco!

Uma dúzia de pessoas a obedece com aplausos fracos. Apenas metade dos pufes quadrados na frente do palco está ocupada, e é por visitantes mais preocupados em descansar do que em assistir à programação. Porém, o barulho alerta o público em outras áreas do **Mundo Fã** e mais gente vai se aproximando. A sensação é de que todos estão olhando para mim. Karen continua falando ao microfone, mas não consigo nem mais prestar atenção. Meu estômago parece se revirar com algo grudento e desconfortável. Dou um passo para trás. O kit não parece mais tão importante assim.

– Por que você não me impediu quando eu tive essa ideia ridícula de participar da gincana?! – sussurro-grito para Gabriel.

– Quê?! Mas eu tentei!

Aperto dois dedos no interior do meu pulso.

– Acho que estou tendo um ataque cardíaco.

– Não é assim que se mede isso.

– Participantes – convoca Karen, abanando a mão para nos afastarmos. – Deixem as bolsas e mochilas aqui no canto e vão para as suas posições no outro lado do palco, por favor. Isso, vai, vai mais.

Obedecemos. Pela primeira vez reparo nos outros dois casais conosco. Um é de um menino e uma menina com cabelos coloridos que, juntos, completariam um arco-íris inteiro. O outro é de dois *otakus,* claramente identificados pelos chapeuzinhos de personagens de desenhos japoneses, cujo garoto sorridente parece bem mais empolgado do que seu namorado baixinho olhando fixamente para o chão.

Todos nos juntamos no outro extremo do palco e giramos de volta para Karen, perto da escada.

– Pelo menos a concorrência é pequena – sussurra Gabriel atrás de mim. – Acha que conseguimos ganhar dessas pessoas?

A pergunta me traz de volta à realidade.

Lembra da sua promessa para os seus pais, Lorena. Para si mesma. Você vai ser a melhor. Vai fazer o mundo te reconhecer.

Vai ser alguém que nunca mais vão deixar para trás.

Forço os músculos do meu abdômen a se enrijecerem contra o bolo de piche lá dentro e puxo as rédeas de mim mesma.

– É claro que conseguimos – respondo, engolindo o tremor na minha voz. – Eu sempre tenho que ganhar.

Gabriel

– Pra aquecer, vamos começar com um *quiz* do *Mundo fã*! – anuncia a apresentadora Karen depois de fazer cada um de nós nos apresentarmos para a plateia. Ela veste um *cosplay* que tenho quase certeza de que é de um jogo de tiro espacial que nunca joguei (... eu acho?). – Estão vendo essa mesa com os brindes aqui do meu lado, casais? Vou deixar esse microfone em cima dela. Toda vez que eu fizer uma pergunta e disser "vai", quem souber a resposta corre para pegá-lo. Acertou, dez pontos para o casal. Errou, menos dez, porque desgraça também dá audiência e eu tenho certeza de que os meus amigos aqui estão doidos pra ver o circo pegar fogo, não é mesmo?

Ela pisca o olho dramaticamente para a plateia, que ri, cúmplice. Volta para nós.

– Todos prontos?

– Manda ver! – Lorena afasta os pés e fecha os punhos. Dou um passo seguro para trás.

– A palavra *ship* é abreviação de quê? – Karen começa.

– Vai!

Lorena voa como uma falcoa, captura o microfone com as garras e grita, quase raivosa:

— *Relationship*! Relacionamento!

— Dez pontos! — anota Karen com uma caneta num quadro branco.

Todos os que correram voltam às posições iniciais. Lorena sorri para mim de um jeito que faz seus dentes parecem presas. Arregalo os olhos em resposta. Ela me ignora, vira e se prepara para a próxima pergunta.

A competição segue assim, com Karen perguntando de gírias do universo dos fãs. *Fanfic*. *Fandom*. *Cânon*. E mesmo que eu tenha certeza de que ela está inventado na hora essas palavras, Lorena vai lá e acerta quase todas elas.

— Eu vivo nos sites e grupos de fãs de *Cometas da Galáxia* na internet — ela me explica entre uma vitória e outra.

Em uma das poucas perguntas que ela não sabe, acontece alguma falha no tecido do universo e eu sei a resposta no seu lugar.

— *Lag* é gíria pra quando a internet tá lenta e um jogo on-line fica travando — sussurro no seu ouvido.

— E por que você não foi lá...?!

Mas a menina de cabelo colorido pega o microfone e os pontos são dela. Lorena faz cara feia para mim. Subo um ombro em um pedido de desculpas.

Conforme a plateia aumenta para assistir a gincana, mais pessoas sopram as respostas para o palco. Chega uma hora que a competição vira mais uma corrida que uma batalha de inteligência. O que, considerando a agilidade de Lorena, ainda funciona a nosso favor.

– E essa foi a última pergunta da primeira etapa da gincana! – anuncia Karen GO. – Vamos contar os pontos, e... uma salva de palmas para o casal três, que está com cinquenta pontos de vantagem no placar!

Somos nós. Os visitantes aplaudem modestamente.

– Eu tô só começando – murmura Lorena, alongando os ombros. – Vou *arrebentar* essa gincana.

Encolho o queixo contra o pescoço e a observo meio de lado.

– A menina quietinha da sala foi substituída por uma versão alienígena e superagressiva e talvez eu tenha que entrar em contato com o Pentágono.

– Foco no jogo, Gabriel. Foco no jogo.

– Para a próxima etapa – continua Karen ao microfone –, vamos fazer jus ao título da gincana e mergulhar nessa linda ciência gramatical que é a criação dos nomes dos *ships*!

A apresentadora prende alguns títulos de universos ficcionais diferentes na parede do fundo do palco, um ao lado do outro. Em seguida, levanta uma sacola cheia de papéis e balança para o público.

– Eu tenho aqui uma série de nomes de *ships* criados pelo mundo dos fãs. Cada casal vai sortear um na sua vez e o prender na parede no universo em que ele se encaixa. Por exemplo, se vier a palavra *Pluren*, vocês têm que colocar aqui, embaixo de *Cometas da Galáxia*, porque esse é o *ship* formado pela Capitã Plutão e, bom... euzinha, Karen GO.

Ela ri com a audiência. Algumas pessoas batem palma.

— Se a Stefana ouviu isso — Lorena comenta comigo —, vamos precisar de um desfibrilador.

— Brincadeira — continua Karen. — Eu infelizmente não estou em *Cometas da Galáxia*. Mas a ideia é essa. Todos entenderam?

Lorena assente, mas a confiança de antes sumiu. Seus ombros estão tensos.

— O que foi? — pergunto.

— Eu não conheço quase nada de nenhum desses outros universos que ela pendurou que não são *Cometas*. Gabriel... — Seus olhos planetários estão do tamanho de Júpiter. — Como vamos conseguir vencer desse jeito?

Me prendo um momento na sua gravidade. Então quero ajudá-la. Quero ganhar a gincana inteira para ela.

Analiso os títulos na parede.

— Eu até conheço alguns, tipo *Marvel* e *Star Wars*, mas... — balanço a cabeça — ... nunca vou adivinhar esses nomes de *ships* que ela quer.

Do outro lado do palco, Karen abre os braços.

— Que comece a segunda rodada!

Stefana

Já li livros de comédia romântica suficientes para reconhecer direitinho o que Lorena e o garoto magro que se apresentou no microfone como Gabriel (de quem, pensando bem, tenho quase certeza de que Lorena se escondeu no ônibus da excursão me usando como escudo) estão fazendo juntos agora na gincana: fingindo um relacionamento, apesar de suas desavenças, para atingir objetivos secretos individuais.

Quer dizer, ou isso ou um está chantageando o outro com informações comprometedoras, mas eu leio menos livros policiais do que românticos, então vou tender para a primeira opção.

(Mesmo que eu não faça a menor ideia de por que participar de uma gincana de casais se encaixe em nenhum dos dois enredos, mas vamos aguardar os próximos capítulos.)

Ajeito minha posição atrás do canto do palco e um sorrisinho vai brotando nos meus lábios.

Pare de shippar pessoas reais, Stefana!, briga minha consciência racional. *Isso não é educado e você já tem casais ficcionais que nunca dariam certo suficientes para se preocupar.*

Como, por exemplo, todos esses que os competidores estão tirando da sacolinha para prender na parede.

– Ponto para o casal dois! – grita Karen, anotando no quadro.

Esse casal de menino e menina de cabelos pintados é o que mais pontua nessa rodada, e mesmo assim eles nem acertam muito. Pessoas normais não são veteranas de *ships* como eu, que teria todas as respostas na ponta da língua mesmo se eu mesma não tivesse feito as perguntas.

A plateia se diverte com os competidores cada vez mais desajeitados. E ninguém está mais confuso do que Lorena e Gabriel. Sinto que Lô não conhece muito além de *Cometas*, e o menino, bem, com essa cara de perdido, ele parece o tipo de garoto que só entenderia o que a palavra *ship* significa se você explicasse usando uma metáfora de, sei lá, UFC, ou o que quer que meninos do terrível Mundo de Fora do Fandom gostam esses dias. "Então, se você juntar o nome do lutador X com o lutador Y..."

– Outro ponto para o casal dois, olha só! – Karen rabisca o quadro branco. – Estamos tendo uma virada incrível nessa rodada!

Lorena vira o rosto sobre o ombro e encara, com olhos de pânico, o kit de *Cometas da Galáxia* em cima da mesa no palco. O que li na programação que vem com um livro autografado dentro.

Entendo tudo.

Meu peito aperta. Essa foi a forma que ela encontrou de ter um pedacinho da Cassarola Star. E está lutando por ele como se sua vida dependesse disso. Como se perder fosse apagar aquela chama que vi queimar nela mais cedo.

Não quero que apague.

E Gabriel também não, ao que parece. Quando chega a vez deles de novo e Lorena lê o papel meio desengonçada, o garoto dá um passo à frente e acena com as palmas das mãos abertas pra cima para a plateia, pedindo ajuda de quem puder soprar as respostas.

Sou a primeira a fazer isso. Lorena parece nervosa demais para ouvir, mas os olhos de Gabriel logo encontram os meus. Ele pega o papel e o cola no lugar que sugeri.

— Ponto para o casal três! — anuncia Karen nos alto--falantes.

E me preparo para a próxima rodada.

Me sinto culpada de estar ajudando os dois, já que participei da organização, e acabo soprando uma ou outra resposta para os outros casais também, o que bagunça o placar, conforme a prova vai chegando ao fim.

Lorena prende o último nome embaixo do título de *Cometas da Galáxia*.

— Ponto para o casal três, encerrando a segunda rodada da gincana! — Karen escreve no quadro e se afasta para observá-lo. — Quantas reviravoltas incríveis, amigos!

Me estico do canto do palco para espiar o placar. Mesmo

com meus esforços, Loriel (esse é o nome do *ship* de Gabriel e Lorena que acabei de inventar, porque Galo fica meio esquisito) caiu para o segundo lugar.

Gabriel repara em mim e sorri em agradecimento, levantando um polegar. Lorena agarra seu braço e o obriga a se virar para ela.

— A gente precisa *arrasar* no desafio final! — ela diz, sem se preocupar se os outros estão ouvindo. — Fica perto de mim, que é melhor criarmos uma estratégia em conjunto.

— Para o desafio final — anuncia Karen —, um parceiro pra cada lado do palco!

Ok, eles já começaram mal.

Todos os casais se separam. Karen distribui uma placa de quadro branco, uma caneta e um apagador para cada um dos participantes.

— É agora, grande público, que chegamos ao *clímax* do nosso espetáculo. A parte onde o amor é colocado à prova. Onde casais se descobrem almas gêmeas e onde relações de anos desabam em pó. Senhoras e senhores, é hora da... *treta do amor!*

A plateia aplaude, empolgada. Algumas pessoas até gritam.

E eu tenho um péssimo pressentimento.

Lorena

Tenho um péssimo pressentimento.

Karen vai até sua mesa no fundo do palco e recupera alguns punhados de folhas enquanto explica:

— Antes de começar a gincana, pedi, como quem não quer nada, que cada um dos participantes respondesse um questionário sobre si mesmo. Agora, com essas respostas, nós vamos para o terceiro e último grande desafio dessa gincana. Um *quiz* — ela aponta com as folhas para nós — sobre eles mesmos!

Ah, não, não brinca que nós vamos ter que...

— Isso aí! — Karen vira na nossa direção. — Vou fazer uma pergunta aleatória dentre as da lista e cada um de vocês vai ter que escrever no quadro o que acham que o seu parceiro respondeu.

NÃO!!!

Droga, droga, droga, droga! Eu sei todas as respostas de Gabriel, já que eu mesma as escrevi, mas ele não sabe nada sobre mim!

Capturo o olhar do garoto no outro lado do palco, já arfando pelo desastre iminente. Ele me responde colocando as mãos dentro dos bolsos da calça e puxando os cantos da boca para baixo com uma expressão neutra de "que coisa, né?".

– Prontos para o último desafio?! – grita Karen, e desce os olhos para os nossos questionários. – Vamos começar com uma pergunta fácil. Qual é a cor favorita do seu amorzinho?

Essa é fácil para mim. Cinza. Escrevo no meu quadro com a letra mais feia que já fiz, já que minhas mãos estão tremendo. Mas Gabriel nunca vai acertar de volta. Nunca...

Levantamos as placas. Ele acerta. Roxo.

Entorto a cabeça para ele enquanto Karen passa para conferir. Gabriel aponta para o meu corpo fazendo um círculo com o dedo. Reparo que minha bolsa é roxa. Minhas unhas são roxas. Minha blusa tem detalhes em roxo.

Tá, mas foi sorte. As outras perguntas não serão tão fáceis assim.

Ambos do casal de cabelo colorido não acertam (o que é irônico). Do outro, só um dos garotos *otaku* parece conhecer bem o namorado. A resposta do outro foi "...?".

Karen adiciona nossas pontuações no quadro e volta para a plateia.

– Próxima! Comida favorita. Valendo!

"Todas", escrevo, já sem fé que Gabriel vá chutar tão bem dessa vez.

Mas ele consegue. Chocolate. Dez pontos para nós.

E não para por aí. Ele acerta qual é a minha matéria favorita do colégio (Física). Acerta meu livro favorito também (quadrinho de *Cometas da Galáxia*). Acerta que faculdade quero fazer (Ciência da Computação – a mesma que ele). E até acerta o personagem ficcional que eu mais gostaria de ser (não que essa seja tão difícil assim).

"Sophitia", Gabriel mostra na sua placa. No alvo.

Nessa hora, abaixo o queixo com um sorriso amarelo e levanto bem timidamente a minha escrita "Dollynho".

– Uau – comenta Karen ao conferir –, alguns gostos peculiares aqui no casal três, mas tá certo! Ponto pra eles!

Gabriel franze a testa para mim e vira as palmas das mãos para fora do corpo em um "Mas que por-...?!" silencioso. Dou de ombros em um "Mal aí."

Apesar desses acertos, meu nêmesis não acerta todas. É difícil saber qual é o meu maior sonho ou medo só por observação, por mais que ele seja quase Sherlock Holmes nesse quesito. E é impossível adivinhar os nomes dos meus pais se até eu mesma evito falá-los na minha vida.

Nessa pergunta em especial, quando Gabriel levanta a placa em branco, fico um pouco aliviada. Me perturbaria ver aqueles dois agora, mesmo que só como nomes rabiscados de marcador azul, invadindo minha convenção. Se eles escolheram me deixar com meus avós e seguir outros caminhos sem mim, não lhes dou o direito de reaparecerem só para estragar o que é importante para mim.

Os outros casais estão indo ainda pior do que nós. O clima fica mais pesado a cada resposta errada. A partir da sexta rodada, os *otakus* reclamam um com o outro abertamente e os de cabelo colorido evitam se olhar.

Balanço a cabeça para mim mesma. Infelizmente os outros casais não têm uma relação tão forte quanto a minha e de Gabriel, completamente pautada em competitividade saudável, racionalidade e trabalho em equipe para atingir nossos próprios objetivos individuais. Quem precisa de amor, não é mesmo?

– E nós chegamos à última pergunta da gincana! – vibra Karen, parando na frente do placar. – Olhem só, o casal dois está na frente do casal três por uma diferença de só dez pontos. Quem será que vai sair vitorioso da nossa batalha épica de gladiadores do *Mundo Fã*? Que rufem os tambores!

Dou pulinhos no lugar, extravasando adrenalina. Meus braços não conseguem ficar parados. É minha última chance. Precisamos acertar agora para empatar.

– Eu quero saber, dos seus queridos parceiros... – Karen levanta nossos questionários acima de si. – ... Qual é, do universo inteiro e de todas as suas dimensões paralelas, o *ship* favorito do amor de vocês?!

A placa quase escorrega da minha mão de tão rápido que a levanto para escrever "Sophitia e Aleksander". Respondi isso no questionário de Gabriel também, já que é tão importante para mim que achei justo repetir. Mas será que o garoto saberá?

Olho para ele. Gabriel encara sua placa com a caneta levantada, sem escrever. Uma marquinha de tensão separa suas sobrancelhas quase escondidas embaixo dos cachos claros. Ele não sabe? Acho que ele não sabe. Ele não sabe! Vamos perder!

– Olha o tempo, casal três! – Karen nos apressa.

Gabriel escreve algo rápido e assente para ela.

– Podem mostrar!

Ergo a minha resposta. Gabriel demora. Admira seu trabalho mais uma vez. *Anda logo!* Gira o quadro devagar. Encravo minhas unhas na palma da mão.

"Sophitia e Aleksander."

O "k" está um pouco rabiscado, como se não tivesse certeza se deveria trocá-lo pelo "x".

– Escrito errado – diz Karen –, mas eu mal uso vírgula no Twitter, então quem sou eu pra julgar erro de português, não é mesmo? Ponto para o casal três!

Berro, pulo, jogo meus punhos para o alto. A plateia vai à loucura. Corro para Gabriel. Ele arregala os olhos. Vira um pouco na minha direção. Fecho as mãos e dou soquinhos de brincadeira no seu peito.

– Você é um gênio! – grito, bêbada pela vitória e me esquecendo completamente das regras de decoro entre inimigos mortais.

Os namorados *otaku,* que ficaram em terceiro lugar, descem do palco discutindo. Nós e os dois de cabelo colorido esperamos que Karen nos diga o que fazer sobre o empate.

– É cada reviravolta surpreendente na nossa gincana! – ela vibra, se alimentando de sangue derramado. – Mas empate não é vitória. Ainda precisamos de um vencedor, então que os jogos continuem! Faremos uma única prova a mais, que vai decidir o destino desses casais. E, ó, vou ser sincera: estou desde semana passada, quando começou a LivroCon, esperando por esse momento.

Ela vai toda sorridente para a ponta do palco e debruça o corpo para olhar atrás dele, enquanto fala:

– A minha assistente especial de palco pode pegar a nossa arma secreta? – Ela estende o braço para trás, esperando, e vira o rosto para o público. – Como vocês já devem saber, aqui no *Mundo Fã* nós temos várias atrações, muito além das gincanas desta que vos fala. Se repararem ali perto da entrada principal, temos uma exposição com os ganhadores do concurso de *fanfiction* do *Fanfica.net* deste ano. Depois deem uma volta por lá. Dá pra ler algumas das melhores cenas. E é com um trecho de uma delas que nós vamos brincar agora.

Karen aceita algo de trás do palco, provavelmente de Stefana, e mostra um novo punhado de papéis grampeados para o público.

– Eu tenho aqui em minhas mãos um trecho da *fanfic* ganhadora do concurso. Uma linda cena de amor com um dos nossos casais favoritos de *Cometas da Galáxia*, Sandy Burnes e Jake Ruben.

Um pouco decepcionante não ser da Sophitia e do

Aleksander, mas tudo bem. Esses são dois cometas coadjuvantes de que não desgosto. Como seu romance nunca aconteceu em nenhum dos livros, já que são rivais, o amor proibido é um queridinho do *fandom*.

– Para a grande provação final que desempatará nossas duas equipes cheias de sangue nos olhos pela vitória... – Karen faz uma pausa dramática. Observa a reação da plateia.

– ... Que ganhe a melhor leitura dramática! Se já existiu sangue no meu corpo, não me lembro.

– Me sinto em um daqueles contos de mitologia grega – murmura Gabriel atrás de mim –, onde o personagem é torturado e torturado por toda a eternidade por aceitar uma barganha com algum deus sacana.

– Tragédias gregas têm finais mais felizes do que o nosso nessa gincana – digo, minha boca seca. – Meu sonho nesse momento é que minhas sandálias tivessem um botão de ejetar. Constrói pra mim, depois?

Karen entrega uma cópia da *fanfic* para cada um de nós. Toco o papel esperando que ele queime meus dedos, lamba-se em chamas e desapareça em cinzas. Não acontece, e Gabriel e eu nos debruçamos para ler. É uma cena curta de declaração de amor. Sozinha em casa, eu daria risadinhas pelo romantismo de um *ship* de que eu até gosto. Aqui, quero me contorcer de breguice enquanto amaldiçoo toda a literatura mundial que insiste nessa ideia absurda de escrever sobre amor. Eu nunca falei coisas assim nem para uma pessoa da vida real, e agora terei que interpretar

para uma plateia inteira! E ainda por cima para o meu arqui-
-inimigo do colégio!

Não posso fazer isso. Tenho que desistir.

Então reparo que o casal adversário está olhando para mim. Sussurram algo entre si e abaixam o queixo em uma expressão maquiavélica. Uma expressão que promete guerra.

Assim como eu, eles estão jogando para ganhar.

Ganhar meu kit. Meu livro autografado da Cassarola Star.

A vontade de lutar ressurge acima de todos os meus níveis de introspecção ou vergonha.

Eu preciso ser a melhor. Custe o que custar.

– Nem que me paguem eu vou falar essas coisas em público – grunhe Gabriel.

– É só um texto. Você só precisa ler. Deixa a parte de interpretar comigo que eu compenso a sua falta de carisma.

– Mas é tudo tão... Humilhante!

– Pensa que eu sou uma pessoa que você gosta ou algo assim, que fica mais natural.

Ele me encara, aperta os lábios até sumirem em uma linha e não rebate.

Eu e a menina colorida jogamos no par ou ímpar para decidir quem irá começar. Ganho e deixo que sejam eles. Eles vão para o centro do palco enquanto eu e Gabriel nos encolhemos no canto.

O garoto colorido acena com uma mão para o público e, com a outra, lê o papel com emoção.

– Sandy, o mundo está acabando e o apocalipse destruirá tudo o que amamos em breve!

Sua parceira nem levanta os olhos para a plateia e responde com a dicção robótica da moça do GPS no carro do meu avô:

– No fim, nós dois perdemos, Jake. O chão tremia tanto quanto os lábios de Sandy quando... – A garota pausa. – Ah, espera, não era pra eu ler essa parte, né?

– Só as falas, amiga – orienta Karen, rindo com a plateia. O que só deixa a menina mais nervosa nas falas que se seguem. Tentando colocar alguma emoção na interpretação dela à força, o namorado segura seu ombro e a vira para si. Seus olhos quicam no roteiro e voltam para ela.

– Se essa é a minha última chance de te ter comigo, não vou desperdiçá-la. Dane-se que somos inimigos desde que nos encontramos pela primeira vez. Sandy, reencontrei a alegria quando te conheci. Só você acaba com meu mau humor de sempre. Faz eu me sentir leve.

– E você me faz sorrir.

– Credo, eles estão encenando um comercial de iogurte para o intestino? – sussurra Gabriel. – "Acaba com o mau humor. Faz sorrir. Deixa mais leve". Cadê o logo da marca patrocinando essa gincana?

– Presta atenção! – brigo. – Precisamos estudar os nossos adversários se quisermos superá-los.

– Ah, então você leu mesmo a *Arte da Guerra* quando a professora de Literatura pediu no ano passado?

– É claro que não! – Entorto o pescoço por cima do ombro para lhe mostrar minha expressão de indignação. – Eu já tinha lido antes. E li de novo esse ano. É muito instrutivo.

A plateia explode em aplausos quando o casal termina e se curva em agradecimento. O namorado passa um braço por cima do ombro da namorada e dá um beijo no rosa--choque do topo da sua cabeça. A plateia faz um *"awnnn"* empolgado e aplaude ainda mais.

– Droga, parece que gostaram! – Cruzo os braços. – Vamos ter que fazer melhor do que eles. Gabriel, por acaso você tá usando uma daquelas calças de *stripper* masculino, que dá pra arrancar *assim,* rápido?

– Quê?! Não! Por que eu...

Aceno com a palma da mão.

– Imaginei, mas não custava perguntar.

Solto meu cabelo do coque. Ele cai em cachos bagunçados e cheios sobre meus ombros. Passo os dedos por ele, tentando moldá-lo em algo apresentável. Respiro fundo. Viro para Gabriel.

– Vamos?

Ele separa os lábios sem responder. Seus olhos passeiam pelo meu novo penteado por tempo demais. Meu rosto esquenta. Não estou acostumada a ficar em público de cabelo solto.

Dou-lhe as costas e indico para Karen que estamos prontos.

Ela nos dá os microfones. Aceito o meu com mãos trêmulas, mas me forço a virar de frente para a plateia mesmo assim. A primeira fala é de Gabriel. Subo os centros das minhas sobrancelhas para ele em súplica. Ele olha para o céu, lamentando seu destino cruel.

— Sandy, o mundo está acabando e o apocalipse destruirá tudo o que amamos em breve — ele diz com a entonação de quem está lendo o manual do Banco Imobiliário e não entende qual é a necessidade da hipoteca.

Levo as costas de uma mão à minha testa e olho para o horizonte.

— Sim! — Pausa dramática. — Nós dois perdemos, Jake! Estou com vergonha? Estou. Tem uma parte do meu cérebro repetindo incessantemente que nunca mais sairei em público depois de hoje? Tem. Mas não consigo ouvi-la no momento.

Com meu livro autografado em jogo, fecho todas as janelas de atenção da minha mente, exceto a que me levará até ele. Gabriel estava certo: eu realmente tenho uma tremenda capacidade de concentração seletiva.

O garoto não se controla quando chegamos à parte do comercial de iogurte.

— Só você acaba com meu mau humor. — Ele deixa um sorriso escapar. — Faz eu me sentir leve.

— E você me faz sorrir — rio também, contagiada.

O que, sem querer, combina. Alguém da plateia repete até um "awn" curto para nós.

Mas não conseguimos ler tão bem o resto. Nossa apresentação está no mesmo nível que a de nossos oponentes. Talvez pior.

Começo a exagerar demais no nervosismo. Me afasto pelo palco e paro de costas para Gabriel.

– Olhe pela janela, Jake! – Espio o papel. Volto a interpretar. – O mundo está em chamas. E é tudo culpa nossa. Coleciono um arsenal inteiro de erros e arrependimentos que reuni no caminho até aqui, mas sabe qual é o que mais me corrói, de todos eles?

– Me diga.

Viro de volta para ele jogando o cabelo estilo novela mexicana.

– Que eu precisei chegar ao colapso final para admitir que eu te amo.

Senhor do Céu, nunca me senti tão constrangida em toda a minha vida. Meu rosto está perto de entrar em combustão e a mão do microfone está tão suada que tenho medo de que ele escorregue.

Mas falta pouco para acabar o sofrimento. Só mais uma fala.

Só que Gabriel não a diz. A plateia se debruça em suas cadeiras, ansiosa para que continuemos. E o garoto me encara em silêncio, deixando o peso de minha declaração cair sobre todos nós. Tem algo estranho na sua expressão. Algo desconfortável. Me lembra daquela vez em que tive que apresentar um trabalho na frente da turma e tinha nascido uma espinha/minivulcão Eyjafjallajökull bem na ponta do meu nariz.

Enfim, o garoto lambe a boca e lê o papel.

– Você disse que nós perdemos. Pode ser. O mundo vai acabar mesmo. – Ele sobe os olhos para mim e completa de memória: – Mas ainda podemos sair dele com essa pequena vitória.

Então, Gabriel joga o roteiro no chão. Avança a passadas largas pelo palco. O que...? Captura minhas bochechas com suas mãos e me puxa para si.

A LivroCon explode em aplausos e gritos. Alguém perto do palco berra tão esganiçado que poderia partir taças de vinho. Todos vibram pelo nosso beijo.

Só que não é um beijo. No último segundo, Gabriel virou minha cabeça de costas para o público e cobriu nossos rostos com as mãos. Nossos narizes encostam, mas só isso. Sinto o sangue do meu corpo inteiro subindo pelo pescoço. Seus olhos estão tão perto dos meus que só consigo focar em um de cada vez. Ele levanta as sobrancelhas para mim.

E me gira de volta para a plateia. Aceitamos suas ovações lado a lado, Gabriel com o rosto tão vermelho quanto as pontas dos cabelos do casal adversário voltando para o centro do palco.

– Já podem cancelar os seus serviços de *streaming* – grita Karen –, porque drama mesmo a gente assiste aqui na LivroCon! Estão prontos para votar em quem será o ganhador supremo e imbatível da nossa batalha épica de casais?

Quem acha que foi o casal dois, faz barulho aí!

A plateia entra em euforia, e meu estômago vai ao chão. Minha respiração acelera. A vergonha ainda nem passou, e já tem vários outros sentimentos brigando pela minha atenção. Sinto que vou explodir.

Karen passa para nós, pedindo gritos a nosso favor, e a plateia demonstra a mesma empolgação.

— Ih, acho que vai ser difícil, hein! Vamos votar de novo. Casal dois!

A plateia grita.

E é nessa hora que a menina de cabelos coloridos começa a chorar.

Não é um choro de tristeza. Ela sorri, como que emocionada com o apoio, e abaixa a cabeça em agradecimento. Seu namorado a abraça.

Os gritos da plateia aumentam.

— Agora casal três!

Sei que preciso fazer algo. Os gritos estão mais fracos. A plateia espera que eu ou Gabriel nos emocionemos também. Que algum de nós chore.

A última vez que deixei uma lágrima escorrer em público foi quando tinha 10 anos e nem minha mãe nem meu pai apareceram para a minha festa de aniversário.

Gabriel tenta segurar minha mão, mas é tarde demais.

Pego minha bolsa e deixo o palco enquanto Karen entrega o kit de *Cometas da Galáxia* para o casal dois.

Stefana

Lorena surge pela lateral do palco e para com as costas no canto atrás dele. Por um segundo, fico sem reação. Então ela cobre o rosto com as mãos, sem nem lembrar que estou ali. Um gesto de quem quer apagar o mundo, agora que perdeu seu último contato com a Cassarola Star.

Me levanto, o barulho do arrastar da cadeira sendo abafado pelo público ainda ovacionando os ganhadores da gincana.

— Lorena — digo na sua frente, já querendo chorar com ela.

Esse é o problema das pessoas que leem livros demais. Nós aprendemos a absorver muito rápido os sentimentos dos outros. Estalamos os dedos e pronto, nosso coração está partido por outra pessoa.

Ela descobre o rosto no susto. Seus olhos estão vermelhos, mas suas bochechas estão secas. Sua testa, tensa.

— Stefana! Eu esqueci que você estava aqui. Espera, acho que estou com alergia a algo. Provavelmente ao Gabriel. —

Ela esfrega os olhos.

– Tá tudo bem, Lô? Eu vi vocês na gincana.

Ela termina de esfregar o rosto já o apertando em uma careta.

– Tá aí algo que nunca vou conseguir apagar da minha página da Wikipédia no futuro. O dia em que minha reputação foi para o espaço, sofrendo uma gincana de casais justo com meu arqui-inimigo, e *perdendo* ainda por cima...

Então são inimigos mesmo? Meu *ship* acaba de se intensificar.

– Sinto muito que não conseguiram ganhar – digo. – Não acho justo. Vocês se esforçaram.

Ela balança a cabeça. Com o rosto abaixado, é difícil ver seus olhos através dos cílios, e sou tomada pelo medo súbito de que aquela energia queimando neles finalmente se apagou.

Lorena lambe os lábios e responde, sua voz fria.

– A vida nunca me deu vitórias fáceis. Por que seria diferente agora, com esse prêmio? Criar expectativas foi um erro, e por isso quebrei a cara. A lição que fica é que ter esperança demais é uma falha de planejamento.

Repouso uma mão sobre o peito, com pena.

– Lô, não me diga que você está pensando em desistir da LivroCon de novo?

Lorena sobe o rosto, indignada.

– É claro que não! Pelo contrário, porque agora eu tô frustrada e irritada, e a força do ódio é o melhor combustível pra conseguir o que eu quero. Nem que eu tenha que arrancar com os dentes esse livro da Cassarola Star das mãos de qualquer que seja a entidade superior que hoje resolveu ficar brincando com o meu destino.

Seus olhos estão realmente molhados agora, mas as chamas continuam lá, queimando. Perenes. Uma prova indubitável de que, mesmo que você aposte tudo por um sonho e as coisas deem errado, é possível seguir em frente. Fico sem palavras por um momento, a encarando. E algo que estava dormindo em mim começa a acordar. Essa é a virtude das pessoas que leem livros demais. Nós aprendemos a absorver muito rápido a força dos outros também.

— Ainda não pensei em um novo plano — diz Lorena —, mas...

— Eu sei qual vai ser o plano — a interrompo, entendendo subitamente o que preciso fazer.

Corre atrás e toma o mundo pra você, minha tia Leda me disse uma vez.

Eles vão sentir orgulho de você por isso também, Karen me assegurou depois.

E agora, Lorena.

Você está num livro e essa é a sua história, é a vez de dizer para mim mesma. *Seja determinada.*

— Eu vou vestir minha roupa e pegar com meus amigos a senha para autografar os livros — anuncio, selando minha decisão — e nós vamos encontrar a Cassarola Star juntas.

Lorena abre a boca, mas não fala por um longo momento. Não sei ao certo o que eu estava esperando da parte dela – talvez uns fogos de artifício? –, mas com certeza não era isso.

– Eu não tenho nada pra te dar em troca – ela diz, enfim.

– Ahn? De onde você tirou que eu tô pedindo algo?

– É que é uma dívida que eu nunca teria como pagar – ela insiste, em tom de quem não está disposta a ceder.

Ela precisa sentir que não está ganhando nada de graça?

– Que tal a gente fazer um pacto? – ofereço. – Você mencionou mais cedo que ia fazer um desenho para a autora. Se eu conseguir a senha, nós o entregamos como se fosse um presente de nós duas.

– Um pacto... – Ela passa os dentes pelo lábio de baixo. – Acho que posso aceitar isso.

– Então tá fechado. Cassarola Star, aí vamos nós!

Ver o sorriso brotando no seu rosto é como assistir a um desses vídeos de flores desabrochando em câmera rápida na internet.

– Nós vamos ver a Cassarola Star – ela fala, e repete mais alto, pulando um pouquinho: – nós vamos ver a Cassarola Star!!

Então arregala os olhos castanhos e coloca as mãos nos cantos do rosto, me lembrando um pouco daquele quadro *O Grito*.

– A sessão de autógrafos já deve ter começado!

– As filas costumam durar algumas horas – digo por experiência. – Temos bastante tempo.

– Mesmo assim, não podemos arriscar!

– Vamos nos separar, então. Eu cuido das senhas e você cuida do desenho. Assim a gente otimiza o tempo.

Ela hesita por um segundo.

– Nos separar? – pergunta devagar.

– Pode ficar tranquila que não vou te abandonar – brinco, então reparo na expressão desconfortável no seu rosto. Ela realmente acha que eu faria isso? Me encho de pena. – Se quiser, podemos ficar juntas, só vai ser um pouco mais...

– Não, não. – Ela balança a cabeça. – Você tá certa. É a melhor estratégia. Nos encontramos depois.

Alguém surge de súbito pela lateral do palco. Gabriel para quando nos vê.

– Eu tentei roubar o kit, mas infelizmente tinha uma plateia de cinquenta desocupados me olhando. – Ele vira para mim. – Oi!

Lorena nos apresenta rápido. Gabriel me cumprimenta com um sorriso simpático e volta à garota consigo. O sorriso é encoberto por uma sombra de preocupação.

– Você tá... – Seus olhos passeiam de um lado para o outro do rosto dela. – ... Com fome? – termina. Chuto que ia perguntar se está bem, mas mudou de ideia no meio do caminho. – Podemos ir comer algo enquanto xingamos o casal que ganhou.

Prendo um sorriso. Ele realmente sabe falar a língua dela.

– Entre os pavilhões têm uns jardins onde o pessoal descansa – sugiro. – Por que não se sentam lá pra lanchar? Dá pra desenhar o que vamos entregar para a Cassarola Star também.

– Você não quer comer com a gente? – Lorena me pergunta. Espia Gabriel brevemente antes de continuar: – Acho que dá tempo antes de irmos para os autógrafos, pelo que você disse.

– Quero cuidar do meu *cosplay* logo. – Não quero admitir que agora eu nunca conseguiria engolir nada que não voltasse imediatamente pela minha garganta. – A gente vai se falando por mensagem. Vou só me despedir da Karen.

Ando até a mesa de plástico e pego minha mochila no chão.

– Stefana... – Lorena me chama.

Visto as alças da mochila e espero, mas ela não completa. É Gabriel que diz:

– Obrigado na gincana por...

– Ei! – Lorena vira irritadíssima para ele. – Eu que ia agradecer a ela!

– Mas você não disse nada!

– Eu estava me *preparando*! O que você tem pra agradecer, que é tão importante assim pra passar na minha frente?

Ele sobe as sobrancelhas:

– O que *você* tem pra agradecer?

Lorena abre a boca, então a fecha, emburrada.

– De nada – digo rindo, e os deixo discutindo feito um casal de idosos.

Quando viro de costas e as garrinhas da ansiedade vão escorregando pela minha pele, tentando me paralisar, não as deixo.

Se estou num livro e essa é a minha história, chegou a hora de virar a página.

COMETAS DA GALÁXIA

— Quem foi o desgraçado que comprou leite integral para o estoque da nave? — esbraveja Jake, balançando a caixa pela sala de convivência. Sandy larga o kit de maquiagens com poeira estelar que esperou a semana toda para experimentar e gira a cadeira para ele, cruzando os braços.

— Fui eu mesma, algum problema?

— Todos os problemas! Todo mundo sabe que eu só bebo leite desnatado! É a dieta da nutricionista da academia!

— Lá vamos nós de novo — murmura Aleksander sem erguer os olhos de seu leitor digital, os pés para cima na rede pendurada na janela da nave, o gato espacial Toninho dormindo contente no seu colo.

— Calma, marombeiro. — Sandy rola os olhos. — Não é o fim da galáxia. Eu bebo o integral e a gente compra o seu leitinho no próximo planeta.

— Nós somos fugitivos, Sandy! Você sabe o quanto é difícil arranjar um supermercado decente pra fazer as compras do mês, quando só os planetas mais duvidosos aceitam pousar um bando de cometas deserdados com uma nave roubada?!

COMETAS DA GALÁXIA E O PLANETA DE TODAS AS CORES
CASSAROLA STAR

– Eu já falei que não sabia! Se você quisesse trabalhar com gente que lê a sua mente, devia ter se alistado na escola de magia, e não na academia de cometas!

As portas automáticas se abrem e Sophitia surge apressada.

– Todos nas posições, galera. – Ela segue para a cabine de comando. – Os Ursinhos Piratas estão começando mais uma guerra pelo controle da Lua de Açúcar. Essas criaturas brigam por cada coisa boba.

Gabriel

— Quando você desceu do palco, pensei que estava mais… impactada — comento para Lorena enquanto saímos do *Mundo Fã*. O que será que Stefana, a garota alta e negra que nos salvou durante a gincana, disse para ela para que mudasse tanto de humor?

— Pensei melhor. — Ela dá de ombros. — Não sinto que perdi, porque fomos melhores que eles. Então tecnicamente não foi uma derrota. Tenho minha consciência limpa.

A estudo de canto de olho. Tem uma tensão na sua expressão que não condiz com a tranquilidade na sua voz.

— E a sua amiga? — investigo.

— Quê? Ah! Eu arranjo outra coisa pra ela. Vou dar um jeito.

Tenho certeza absoluta de que Lorena está escondendo algo de mim, mas não posso perguntar. Ela finalmente está ficando confortável comigo. Não vou arriscar assustá-la de novo para que volte para a toca dentro de si mesma. Prefiro esperar o ritmo dela.

– No final da gincana – ela pergunta de súbito –, de onde você tirou aquela ideia de...

Ela não termina. Minha cara fica quente de novo, lembrando quando fingi que a beijei na frente de um Maracanã de gente. Mas finjo costume, porque prefiro morrer a admitir que isso me afeta e manchar a minha imagem de Gabriel, o Grande Pegador de Pessoas. (Ninguém sabe que eu tenho essa imagem ainda, eu acho, até porque nunca peguei tanta gente em lugar nenhum, mas preciso zelar por ela por motivos de pressão social e, sei lá, masculinidade tóxica?)

– Como você sabia todas aquelas coisas sobre mim durante o quiz? – Lorena conserta, deixando a pergunta para lá, tão desconfortável quanto eu.

– Eram perguntas óbvias. – Estico um dedo em cada frase seguinte, contando meus acertos. – Física: é a única aula em que você presta atenção sem ficar desenhando no caderno. Faculdade: eu já sei que somos os únicos da turma que vamos para Ciência da Computação. Livro: você me disse mais cedo que aquele quadrinho de *Cometas da Galáxia* era o seu favorito. Personagem: você não para de falar na Sophitia. E comida... Bom, comida foi só um chute mesmo. É que eu sempre te vejo beliscando chocolate no intervalo.

Ela me lança um meio-sorriso com a cabeça abaixada. Aquele que faz o seu rosto ficar do formato de um coração.

Por um segundo de insanidade, sinto que a gincana não foi tão ruim assim.

– Você repara mesmo em mim, hein? – ela diz.

Meu sangue aumenta uns cinco graus de temperatura. Lorena está *ME DANDO MOLE?!*

– Mas saiba que é em vão – ela continua. – Não importa o quanto você olhe, não vai achar os meus pontos fracos para me derrotar.

Engasgo numa risada. Será que na internet tem algum manual que eu possa baixar para entender essa garota?

– Ah, mas eu descobri um ponto fraco hoje, sim. – A provoco. – Você é a pessoa mais competitiva da história do universo. Nunca que eu ia adivinhar isso. No colégio, você tá sempre quieta, na sua.

– Ponto fraco? – Ela abre a bolsa e pesca um lápis, distraída. – Mas essa é uma das minhas maiores qualidades!

Enquanto anda, ela o usa para prender seus cachos, muito mais enrolados que os meus, de volta em um coque.

Me lembro de quando os soltou na gincana e tenho uma vontade súbita de tirar o lápis eu mesmo. Observar os fios presos se desfazendo de novo.

Lorena provavelmente pegaria o lápis e furaria os meus olhos.

Mas quem sabe valeria a pena.

– Tá certa – concordo, porque nem me lembro mais do que estávamos falando.

– É claro que tô.

Ela percebe que estou olhando seu cabelo e checa se o lápis está preso mesmo. Desvio os olhos.

– Vamos passar na praça de alimentação pra comprar algo? – mudo o assunto. Ela me encara por baixo das sobrancelhas grossas como se eu tivesse acabado de sugerir para corrermos pelados pela LivroCon.

(*Gabriel, para de aproveitar qualquer oportunidade para imaginar vocês pelados, que isso NÃO é hora!*) – Você tá brincando, né? – ela diz. – Os lugares dessa convenção cobram trinta reais por um pastel! Isso é uma afronta à dignidade da minha carteira.

– Mas morrer de fome é uma afronta à dignidade do meu estômago, ué.

Ela dá dois tapas na bolsa.

– Quem disse que a gente vai passar fome? Minha avó preparou uns vinte sanduíches pra mim hoje de manhã. Acho que ela sempre considera que se o apocalipse zumbi acontecer eu vou precisar de mantimentos suficientes pra chegar até alguma base de refugiados ou algo assim. Minha avó é bem precavida. Então você pode comer comigo. – Ela olha pra frente quando continua: – A menos que vá comer com os seus amigos.

– Não vou. Não faço ideia de onde estão, inclusive, e o *chat* com eles tá bem... nebuloso. Tenho a impressão de que estão ocupados.

Da última vez que olhei, o "Cavaleiros do ApoCAOSlipse" tinha uma série de mensagens desconexas de pessoas que provavelmente se encontraram ao vivo e terminaram de resolver o assunto cara a cara. Se eu quero saber em que contexto estavam inseridas as frases "É, time, ninguém vai poder casar com o Pato Donald hoje", "Aê, arranjei as oito bananas e os dois litros de cola de sapateiro" e "A galinha vai voar no pavilhão cinco, prepara os Barões da Pisadinha"? Não, não quero.

– Então você vai aceitar um sanduíche como recompensa pela ajuda na gincana – decide Lorena. – É uma pena que Stefana não tenha vindo, pra receber o seu pagamento também.

– Você deve algo a ela?

Lorena fica séria.

– Ela tem sido bondosa comigo.

– Você fala como se fosse algo ruim.

– Não me sinto confortável contraindo dívidas com outras pessoas.

Quero perguntar que tipo de raciocínio louco ela fez para chegar à conclusão de que generosidade gera dívida. Ou por que ela precisa ser tão intensa com tudo, de um modo geral.

Mas ela vira para mim com um sorrisinho de novo e deixo todas as perguntas para lá.

– Espero que você seja o tipo de pessoa que gosta de um pouco de pimenta em tudo – ela diz.

– Eu acho que gosto – respondo, pensativo, porque sinto algo no estômago que não tem nada a ver com fome.

Stefana

Ajeito minha mochila no ombro, tentando ocupar menos espaço para que as pessoas parem de esbarrar em mim quando entram e saem do camarim das *cosplayers* do pavilhão dois. Como hoje é o dia da LivroCon em que não pagam ingresso, agora o lugar está lotado, e espero na fila para entrar.

Tento espiar lá dentro. Suspeito que seja um banheiro normal, mas ainda há muitas pessoas na minha frente, já de fantasia ou não. Troco de pé de apoio. Checo de novo. Volto para o outro pé.

O ato de *esperar* foi criado com o único objetivo de multiplicar ansiedade.

Será que tem cabines grandes o suficiente para eu vestir a fantasia? Será que tem *cabines mesmo*, pelo menos? Ou todo mundo tem que ficar se trocando junto como se fosse, sei lá, uma casa de banho público da antiga Mesopotâmia?! (Eu não sei se existiam casas de banho público na antiga Mesopotâmia, estou nervosa demais para ser historicamente precisa.)

Sinto um arrepio por pensar nisso. Trocar de roupa na frente de estranhos é um dos meus piores pesadelos. Não quero ninguém olhando meu corpo. Fico desconfortável inclusive quando são as outras pessoas que trocam de roupa na minha frente. Minha ideia de inferno pessoal passa bem perto de precisar me despir em um vestiário de academia, com todas aquelas mulheres conversando com os peitos de fora, como se fosse a coisa mais natural do mundo. Dá vontade de gritar: "amigas, isso aqui não é a Mesopotâmia, não!".

Céus, eu não consigo parar de pensar na Mesopotâmia. Isso está saindo do controle.

Tentando me distrair, checo os *updates* nas redes sociais de Karen GO. Não há nenhum. Ela deve estar apresentando outra atividade no *Mundo Fã*. Fecho as redes e abro o aplicativo de mensagens. Passo os olhos por todos os *chats* cheios de mensagens que estou ignorando e abro a conversa com Lorena.

> **STEFANA**
>
> Não pense que você vai escapar de me contar por que o seu suposto maior inimigo estava participando contigo de uma gincana de casais.

> **STEFANA**
>
> Tem uma história excelente aí e eu quero ela na minha mesa até às seis.

> **LORENA PERA**
>
> Nós só fizemos uma trégua!!!

> **LORENA PERA**
>
> Depois vamos voltar a batalhar sob a tempestade pelo controle do universo etc, conforme o protocolo

> **STEFANA**
>
> Hum, seeei.

Envio uma figurinha do Aladdin e da princesa Jasmine voando, só que em vez do tapete mágico eles estão sentados em uma fatia gigante de pizza. Estou há semanas com ela salva, só esperando o momento certo para usá-la, pois sei que algumas figurinhas são tão sensacionais que o universo se sente obrigado a se contorcer para se encaixar nelas.

Lorena esperneia mais um pouco sobre Gabriel e mudo o assunto para a gincana. Brinco que, de todas as distopias que já li com esse sistema de adolescentes se matando em campeonatos por motivos escusos, a que assisti com eles foi provavelmente a mais sanguinária. Ela lembra uma *fanfic* de *Cometas da Galáxia* nesse tema. Quando dou por mim, já rolamos mais de cinquenta mensagens criando teorias sobre os livros.

De tempos em tempos, Lorena deixa escapar um "Gabriel disse aqui que" discreto, e suspeito que a conversa esteja acontecendo a três. Sorrio comigo mesma.

Sem que eu perceba, sou a próxima na fila.

Você está num livro e essa é a sua história. Seja confiante.

> **STEFANA**
> Chegou a minha vez na fila do camarim.
> Te aviso quando tiver as senhas.

Lorena

Desligo a tela e guardo o celular na bolsa.

Jamais imaginaria, quando montei meu plano perfeito de hoje para a LivroCon, que eu acabaria sentada no gramado entre os pavilhões do evento, sob a sombra de uma árvore mais afastada dos outros grupos de pessoas, comendo e discutindo *Cometas da Galáxia* com meu grande arqui-inimigo enquanto troco mensagens com uma menina que mal conheço, mas que salvou a minha vida.

Ainda me sinto meio incrédula por Stefana ter oferecido dividir a senha comigo. Comigo! As pessoas não costumam direcionar esse tipo de generosidade a mim. É quase como se ela me considerasse uma... amiga? Mas não somos amigas, eu acho. Quer dizer, somos? Nós estávamos conversando por mensagem como se fôssemos. Fiquei empolgada e acabei falando demais. Foi estranho. Só que foi legal. Isso significa que somos amigas? Como se define isso?

É um absurdo que seres humanos não venham com um manual de usuário.

Queria que nossa relação fosse tão transparente como a minha com Gabriel, sentado ao meu lado, alternando mordidas nos sanduíches e goles na garrafa d'água, porque ele não aguenta a pimenta, mas não quer admitir.

Ele e eu somos inimigos. Simples assim.

Inimigos almoçando juntos. Oferecendo álcool em gel um para o outro com cuidado. Brigando para deixar o outro escolher o sanduíche que quiser primeiro. Dividindo a garrafa d'água quando a de um dos dois já acabou.

Supernormal. Apenas uma trégua, por respeito mútuo à nossa rivalidade.

Olho para o gargalo da nossa garrafa, absorvendo a informação de que ela encostou na boca dele e que agora vai encostar na minha. E bebo.

Muito simples, mesmo.

— É sério que você gosta do *O Bing Bang Final*? — Gabriel continua o assunto. Estávamos discutindo com Stefana sobre um dos filmes *spin-off* de *Cometas da Galáxia*, o mais duvidoso deles. — Você sabe que ele é reconhecido como uma das piores adaptações cinematográficas de livros da história da humanidade, tanto passada quanto futura, atravessando inclusive as barreiras do espaço-tempo, não sabe?

— Mas é que é tão ruim, tão *lixo*, que fica bom, sabe? — Dou uma mordida.

— Não sei, não. — Gabriel amassa o guardanapo vazio onde estava o seu. — A única parte do filme inteiro que salva é quando aparece a Ana Maria Braga.

Franzo uma sobrancelha.

– Você tá falando daquele personagem loiro com cabelo de *Kpopper*?

– Não, a Ana Maria mesmo! Na cena em que eles invadem um estúdio de TV.

Franzo a testa inteira. Entorto a cabeça.

– Que filme é esse a que você assistiu, Gabriel?

– O filme real, ué! – Ele coça o canto do rosto. – Pra ser sincero, eu só assisti a algumas cenas, na internet. Mas o título do vídeo dizia que eram as melhores!

Começo a perder o controle do riso.

– Você tá brincando que você assistiu a uma edição de zoeira do pior filme da história, como se isso já não fosse suficiente, e achou que era a versão real?! Eu não ACREDITO!

– Não era real?!

Bebo outro gole de água para tentar controlar o riso borbulhando na minha barriga. O garoto olha para o horizonte, genuinamente triste:

– Então não tem mesmo o Louro José em *Cometas da Galáxia*?

Cuspo a água e engasgo. Começo a *torrir* (tossir e rir ao mesmo tempo, uma coisa só). Gabriel tenta dar tapinhas nas minhas costas.

– A água saiu pelo meu nariz – guincho sem fôlego, meus olhos lacrimejando.

E ambos caímos na gargalhada.

É um som gostoso, a risada dele. Do tipo que te aconchega e te faz esquecer o mundo.

Demoro um tempo e diversas puxadas de ar para conseguir falar novamente.

— Tá vendo — respiro. Minha barriga dói. — É rindo desse jeito que eu fico quando assisto ao *O Bing Bang Final*. A versão original, no caso, não a sua versão. Mas ela parece ótima também. Um grande tributo em memória ao Louro José.

— Então, além de ruim, o filme é um perigo pra sua saúde, porque você tá quase morrendo. Francamente, Lorena! Como os seus pais te deixam assistir a essa arma de destruição em massa?

O sorriso esmaece na minha boca.

— Eles não devem fazer nem ideia do que eu assisto ou não.

Me arrependo automaticamente por falar isso e forço uma risada meio rouca, como se fosse piada. Como se palavras como essas não arranhassem a minha garganta no caminho para fora.

Mas o maldito, como sempre, repara.

— Como assim? — pergunta com cuidado, deixando a graça de lado também.

Enrosco a tampa da garrafa. Ela fica torta. Abro-a de novo. Dou outro gole.

— Foi mal pela pergunta — ele adiciona, percebendo que não vou responder. — Você não precisa falar se não quiser.

Ele junta os guardanapos e folhas de papel-alumínio dos nossos sanduíches em uma sacola para o lixo. Está dando um nó temporário quando digo:

— Eu não sou muito próxima dos meus pais. A nossa história é um pouco complicada.

Não sei por que digo a verdade. Falar de mim é expor minhas falhas. E a regra número um do manual do bom estrategista é nunca deixar que seus rivais descubram os seus pontos fracos.

Gabriel me olha, esperando que eu continue.

O manual não considera, porém, que todos os grandes rivais são no fundo próximos. E que estão destinados a se entender.

Falar se mostra terrivelmente fácil.

— Eles me tiveram muito jovens — continuo. — Com 16 anos, segundo a minha avó. Mais novos que eu, hoje. Logo de cara, meu pai decidiu que era cedo demais pra ele e largou nós duas.

Gabriel fecha os punhos na grama e se debruça para frente, indignado.

— Ele acha que existe essa *opção* de escolher ou não ser pai?! Que absurdo!

— Pois é. Culpe a sociedade machista etc. — Falo sério, mas meu tom é o resignado de quem já teve muitos anos para se acostumar com a dureza disso. — Não que a minha mãe tenha sido muito diferente, depois. Ela ficou comigo por só três anos mais até... sei lá, encher o saco da vida materna e me largar com os meus avós pra fazer faculdade em Curitiba. Seguir a vida que ela queria de verdade, mesmo que tivesse que me deixar pra trás no processo.

– Que droga... – Gabriel passa os dentes pelos lábios. Eles ficam um pouco mais vermelhos. – Posso xingar os seus pais ou isso te ofende?

Solto uma risada, tentando forçar humor para aliviar o peso no meu peito e entre nós.

– Fique à vontade. Eu sou nível atleta olímpico nessa modalidade esportiva, inclusive. Se você quiser, eu posso te avaliar e te dar nota.

– Tá. Lorena, seus pais são uns idiotas.

– *Hummm*, nota três. Você pode fazer melhor que isso.

– Porque só gente muito idiota ia deixar pra trás alguém como você.

Não dou nota nenhuma. Encaro-o em choque momentâneo, então abaixo o rosto. Sobe tanto sangue para ele que até minhas orelhas começam a pulsar. Quase amasso o plástico da minha garrafa.

– Porque você é inteligente e, tipo... – Gabriel gagueja um pouco. – ...Você é gente boa. É isso.

Descubro como é difícil beber na boca de uma garrafa quando você está prendendo um sorriso bobo.

– Enfim, desculpa ter falado deles – pede o garoto. – Não queria fazer você se sentir mal.

– Não me sinto. Quer dizer, me sinto, mas passa rápido. Já tô acostumada. Faz muito tempo. Nem falo mais direito com meu pai desde que ele casou com a mulher nova. Descobri que nasceu meu meio-irmão no ano passado por foto nas redes sociais. E minha mãe, bem, ela tem emprego em Curitiba, mora com um cara que ganha bem. Construiu uma vida toda lá, exatamente como ela queria. Ainda vem nos visitar algumas vezes por ano, mas de uns tempos pra cá tenho tido cada vez mais a sensação de que ela, sei lá... Arranja desculpas para não vir. E nós vamos nos afastando. É a vida.

O garoto me estuda, as peças do cubo mágico que eu sou se encaixando uma a uma.

– Vamos parar de falar disso – digo, e lhe estendo minha garrafa vazia, encerrando o assunto. – Joga fora pra mim?

Ele me olha um último segundo antes de aceitá-la. A coloca no saco sem falar nada e levanta para ir ao lixo mais próximo.

Quando volta, já tirei meu bloco de desenho da bolsa e o abri em uma página em branco.

– Você vai desenhar algo pra mim?! – Ele se anima, sentando na minha frente e tentando me espiar. Escondo a página dele.

– Quem disse que eu tô desenhando?

Escrevo algo com o papel quase rente ao peito, arranco e entrego para ele, que lê em voz alta:

– "Vale 1 (um) mês de trabalhos do colégio a partir da presente data."

– É o seu pagamento pela gincana. – Encosto uma palma esticada na testa como um soldado. – A nação te agradece pelos serviços prestados.

Gabriel encara o papel por um momento, e quando vou perguntar se minha letra é tão feia assim que ele precisa reler tantas vezes, o garoto o devolve.

– É melhor eu fazer os meus próprios trabalhos.

– Quê?! – Empurro o papel de volta. – Mas esse era o nosso trato pra você participar comigo!

– Pensei melhor.

– Por quê?

Ele me oferece um sorriso cínico.

– Se eu não estudar, não vou passar no vestibular, ué. Você tá querendo me sabotar pra pegar a minha vaga na faculdade?

Abro a boca, indignada. Fecho-a de novo. Até que é uma estratégia inteligente. Não. Não vou jogar sujo assim. Eu...

– Esses são os seus desenhos?

Gabriel acena com o rosto para o meu bloco, esquecido aberto no colo. Fecho-o correndo, já sentindo meu rosto esquentar de novo.

– Não são nada de mais.

– Posso ver?

"Não". A palavra já está na minha língua para sair.

Mas não sai. Até tento. Me esforço. Era para ser fácil dizer não a alguém com quem implico há anos. Mas sua mão está esticada para mim, esperando resposta, e ela não é vermelha e cheia de escamas feito o demônio que eu sempre me forcei a imaginar, e sim pálida, rosada, confortável. Real.

E nesse momento, pela primeira vez, chamá-lo de inimigo não se encaixa tão bem nos meus resmungos mentais.

Mordo meu lábio de baixo e não protesto quando Gabriel, entendendo meu silêncio, puxa lentamente o bloco de mim. Ele senta mais perto para olharmos juntos. Já abre na página de um dos meus 27 desenhos da Sophitia e do Aleksander se pegando.

O garoto bufa em uma risada surpresa.

– Então é isso o que você fica fazendo na aula de História? Que safada!

Cogito cavar um buraco na terra e pedir asilo político para a população de tatus. Mas Gabriel continua:

– Você desenha muito bem – ele diz, com uma camada discreta de admiração na voz.

Quando vira a página, me escolho de novo, me preparando para o próximo riso.

Só que ele não ri. Só folheia o bloco entretido, fazendo pequenos comentários aqui e ali. "Que cores bonitas". "Gosto do seu estilo". "Eu não sabia que a Sophitia usava uma espada medieval nos quadrinhos, e agora eu com certeza quero ler".

No meio de algum dos desenhos, não sei exatamente em qual, paro de me arrepender de tê-lo deixado vê-los, e me distraio contando as pintinhas nos seus braços claros passando as páginas. Quantas constelações eu poderia fazer se as ligasse com as minhas canetas?

Stefana

O espaço realmente parece um banheiro glorificado, com algumas cabines num canto e pias na frente de um espelho enorme onde as *cosplayers* se ajeitam. Há um banco longo no meio de tudo, com mochilas e peças de fantasia apoiadas. Passo direto, ignorando as pessoas seminuas, e me tranco em uma cabine vaga.

Ela é incrivelmente pequena. O trinco da porta está quebrado, mas não tem problema. Uma pessoa não conseguiria abrir esse cubículo comigo e com minha mochila descomunal aqui nem se quisesse. Fecho a tampa do vaso e repouso a mochila em cima, abrindo seu laço. Tiro minha camiseta de unicórnio favorita e pego a blusa da Capitã Plutão. É uma regata de couro sintético bem apertada que tia Leda costurou sob medida.

No dia a dia, eu nunca sairia na rua vestindo algo apertado desse jeito. Não só por me fazer ficar consciente de cada grama de gordura do meu ser – e admito que estou um pouco "acima do peso", de acordo com as expectativas irreais dos meus conhecidos mais enxeridos –, mas porque nunca me senti confortável expondo o meu corpo como um todo. Minha estrutura não segue o padrão das mulheres com milhares de curtidas da internet. Não sou pequena, delicada, com cintura fina. Sou grande. Forte. Sem falar no marrom-escuro da minha pele, que já enfrenta um universo de hostilidades por si só. A conclusão é que, bom, nunca fui o tipo de pessoa que gosta de chamar a atenção do mundo para que ele note o quanto não me encaixo no que espera de mim.

Mas hoje...

Hoje o mundo não importa. Hoje, serei a Capitã Plutão.

Estico a regata entre as mãos.

É agora. Eu tô realmente fazendo isso.

Meu coração bate tão forte que posso senti-lo pulsando no meu pescoço.

Se para fazer o que eu amo tenho que lutar contra todos esses preconceitos, decidi que vou estar pronta pra guerra.

É o que eu amo também, Karen. Não posso negar o raio de antecipação que corre em mim agora, me dando vontade de me sacudir toda. Não posso negar o sorriso que mal consigo prender, apesar de tudo.

Passo a blusa pela cabeça. Coloco um braço, o outro. Ela está um pouco apertada. Consigo passar um ombro. O outro está mais difícil, mas me esforço. A regata vem descendo.

Até que para.

Me contorço para puxá-la. Consigo só um pouco, mas ela não desce mais. Xingo mentalmente. É a primeira vez que tento vesti-la sem a ajuda da minha tia. Eu não sabia que seria tão difícil.

Tudo bem, Stefana, diz a parte racional do meu cérebro, *podemos fazer o cosplay sem essa blusinha. Ela nem é tão importante.*

Só que não consigo tirá-la. Rebolo, puxo com as pontas dos dedos. É em vão. A regata está entalada nos meus ombros ridículos de largos, meus braços presos para cima. E eu, sozinha dentro de um cubículo de banheiro da LivroCon.

É aí que começa a bater o pânico.

Me contorço com mais força, bato com os cotovelos na porta. Não adianta. Dobro o braço até doer, puxo com minhas unhas sem medo de quebrá-las. Até quebro uma. Nada.

Eu quero mexer os braços.

Não consigo mexer os braços!!!

Minha respiração começa a arfar. Estou presa e sozinha. Vou ficar assim para sempre.

Não posso ficar assim para sempre. Preciso de ajuda.

Não quero pedir.

Não tenho escolha.

Curvada e de olhos molhados, abro com o joelho a porta do banheiro e saio.

– Alguém me ajuda? – minha voz soa rouca.

Duas garotas correm na minha direção. O resto do camarim inteiro assiste enquanto elas puxam a regata para cima. Viro de costas, sem coragem de encarar a plateia no camarote, que com certeza está rindo de mim. Então elas puxam. E puxam. E puxam.

Meu rosto e meus olhos queimam quando a regata finalmente sai. Estou só de sutiã, com a barriga toda à mostra. Na frente do mundo inteiro.

— Amiga, não fica assim, não — diz uma das moças que me ajudou, me entregando a blusa. Pego-a rápido, assinto com a cabeça e volto para dentro do meu cubículo antes que eu desabe em público. Encosto as costas na porta e tento controlar a respiração. Minhas orelhas estão gritando. Meu rosto parece que vai explodir.

As lágrimas escorrem, quentes.

Nunca fui tão humilhada em toda a minha vida.

Visto a camiseta com que vim de um jeito bruto, desesperado, e a abraço contra meu corpo, sentindo a suavidade do tecido contra minha pele fervendo. Não é suficiente. Encolho os ombros, querendo dobrar sobre mim mesma feito um papel, e dobrar e dobrar e dobrar, até desaparecer.

Como pude ser tão idiota a ponto de acreditar algum dia que fazer *cosplay* com o meu corpo totalmente fora do padrão seria uma boa ideia?

Empurro minha mochila para trás e me sento no vaso fechado. Apoio os cotovelos nos joelhos e deixo meu rosto cair nas mãos.

Gabriel

Lorena espalha o material na grama em volta de si. Seu estojo parece uma coleção de bagulhos aleatórios tipo a casa daquelas pessoas nos programas de acumuladores de lixo na TV a cabo.

— Você precisa de tudo isso pra fazer o desenho para a Cassarola Star? — pergunto, intrigado.

— O segredo da arte de qualidade é usar ferramentas de qualidade.

Não acho que seja só isso, mas fico quieto. É preciso talento, independentemente de qualquer canetinha. E isso, pelo que vi nas páginas do seu bloco, Lorena tem de sobra.

Mas mais do que proporções e cores combinadas de um jeito legal, ver os seus desenhos foi uma viagem impressionante para dentro do mundo daquela menina de cabelo marrom-escuro e rosto de coração do meu lado. Eu achava que as facetas de Lorena eram uma escala linear, que iam dos seus silêncios tímidos no colégio aos seus surtos em planos megalomaníacos tentando dominar gincanas e planetas.

Mas vão muito além. É uma garota com um universo inteiro dentro de si.

Tenho vontade de explorar cada segredo dele.

Ela escolhe um lápis de grafite comum e estuda a ponta. Seus dedos têm manchas de tinta ou caneta aqui e ali. Mãos de artista.

Penso em começar por ali. Pegá-las e examiná-las, contar quantas cores cabem nas suas palmas.

– Você sabe que eu não aceitei participar da gincana porque se ofereceu para fazer meus trabalhos, não sabe? – digo, minhas próprias palmas um pouco suadas. – Foi porque você insistiu. Disse que era importante pra você.

– E o que você tem a ver com o que é importante pra mim? – Ela se concentra em apontar o lápis.

– Como assim, o que tenho a ver? Eu queria te ajudar.

– Por quê? Você nem gosta de mim.

Franzo a testa.

– Quem te disse isso? Porque, se foram os garotos, eu...

– Ninguém me disse. Eu só presumi.

– Por que eu não gostaria de você? É claro que eu gosto de você. – Olho suas mãos de novo. Subo de volta para seu rosto.

Ela tira o lápis do apontador e me encara. Torce o pescoço e me avalia – essa é a melhor palavra para descrever o jeito com que os seus olhos cortam por cada canto meu feito bolinhas de *pinball*. Param no meu rosto.

– Será que eu estava errada esse tempo todo em não

gostar de você também? – ela conclui, como se fosse uma revelação bombástica.

– Você não gosta? – Uma preocupação súbita me pega e varro minha memória. É claro que ela tem todo o direito de não gostar, mas nós mal nos falamos antes de hoje. – Eu fiz algo de errado?

– É bobeira. – Ela pega o lápis de volta e examina sua ponta, agora afiada. – Deixa pra lá. Você vai rir.

– Não vou. É por causa dos garotos? Você foi uma das pessoas que eles assustaram naquele dia com o traje de pato na saída do colégio? Eu juro por Deus, Lorena, se aqueles animais fizeram um *quác* que seja pra você, eu...

– Não! Não tem nada a ver com eles. – Ela aperta a boca. Respira fundo e solta o ar pelo nariz. – Você disse que já reparou que eu sou um *pouquinho* competitiva, né?

– *Pouquinho* não é bem a palavra, mas continue.

– Pois é. Então. Quando decidi fazer faculdade de Ciência da Computação no primeiro ano, você disse na turma que ia fazer também. *Agora* eu imagino que *talvez* tenha sido coincidência, mas na *época* eu achei que estava tentando me provocar pra competir comigo. Fui construindo essa ideia na minha cabeça com cuidado e carinho conforme o tempo passava, colhendo cada nota mais alta sua, cada trabalho mais bem-apresentado, já que eu adoro uma boa competição, e pronto, você virou o meu arqui-inimigo do colégio. Confessar isso em voz alta agora faz soar um pouco bobo, né?

Ela força uma risada que não acompanho.

— Você realmente pensava isso? — tento assimilar.

— Pensava, mas hoje percebi que preciso reorganizar algumas coisas na cabeça.

Deixo o que disse decantar um momento. É difícil de engolir de uma vez.

— Eu era o seu... — dou uma hesitada, porque ainda é surreal. — ... inimigo? Todas aquelas vezes em que tentei falar contigo, só porque te via lendo *Cometas da Galáxia* na aula e achava que era uma pessoa legal, você fugia porque... me odiava?

— Eu nunca te odiei de verdade. Ser inimigo não tem nada a ver com isso. Dá raiva, mas é uma raiva *boa*. — Ela percebe que não me convenceu e morde o interior das bochechas. — Foi mal.

Quero ser maduro e deixar para lá, mas me sinto meio trouxa com isso tudo. É uma ironia bem sacana, uma pessoa que eu gosto passar anos me dando foras por causa de um motivo completamente aleatório, um curso de faculdade que eu nem sei mesmo se quero fazer. Que estou sendo obrigado a fazer, para ser mais sincero.

— Eu achei que você soubesse da inimizade e tal — continua Lorena. — Já ouvi seus amigos te zoando comigo. Falando que você ia falar com a *esposinha* ou algo assim.

— Era só zoeira. — Coço embaixo da orelha, tentando materializar por força de pensamento e enviar telepaticamente um soco em cada um deles.

– Ah. – Ela vira as páginas do bloco de desenho para uma folha em branco. – Tudo bem, admito que eu também ficava um pouco irritada contigo porque você anda com os seus amigos. E eles são... *eles*.

Arqueio as sobrancelhas para ela.

– Você também ficou chateada comigo por causa de *outras pessoas*?

– Ai, Gabriel! – Ela revira os olhos, sem paciência. – Vai falar que não ia ficar irritado também, se me visse andando sempre com um monte de garoto que quer virar *influencer* gravando vídeo de pato?

– Em primeiro lugar, patos são bestas magníficas. – Ela aperta a boca, descrente. – Em segundo lugar, é claro que não ia ficar chateado. Cada um se diverte da forma que quiser. Olha o ano em que a gente tá, Lô. Não acho que é momento de julgar as pessoas pelas porcarias duvidosas que fazemos para a internet. Pelo menos eles não tão machucando ninguém. Você já viu o que os outros garotos da nossa idade fazem? É melhor que estejam concentrados em gravar vídeo de pato mesmo.

– Bom, pelo menos não é vídeo de dancinha.

– Mesmo que fosse! – Não acrescento que eles ensaiaram vários passinhos para gravar hoje, na LivroCon. E que ficaram, para ser sincero, até legais. – Se vídeo de dancinha definisse caráter, a nossa geração inteira estaria perdida.

– Julgando por eles, talvez esteja.

Balanço a cabeça.

– Por que você é tão implicante com os meus amigos?
Ela guarda o lápis de volta no estojo com mais força que
o necessário. Ele faz um *clec* alto ao bater contra os outros.

– Porque eu nunca entendi o que você faz ali no meio!
Você, Gabriel, meu maior rival, meu *nêmesis*, gastando o seu
potencial todo com gente boba desse jeito!
Meu sangue esquenta. Dói naquela ferida sempre aberta
dentro de mim.

– Agora até na minha escolha de amigos eu tô gastando
o meu potencial? – rebato. – Você andou fazendo curso com
a minha família? Era só o que eu precisava, mais uma pessoa me dizendo que tudo o que eu faço é um andar a mais
que desço no buraco do fracasso.

Ela fica confusa por um segundo.

– Eu não quis dizer isso. – Mas volta ao tom incisivo.

– Pelo contrário! Eu só te construí como meu inimigo porque eu sei da sua capacidade. Você devia estar competindo
comigo pela dominação mundial, não gastando seu tempo
todo com gente que não te merece!

– Quem julga quem ou o quê merece o meu tempo
deveria ser eu.

– E isso me deixa tão irritada!

– Irritada ou com ciúmes?!

Ela abre a boca em um O, as sobrancelhas quase juntas na testa. O trem da discussão descarrilou e estamos
correndo e gritando de um lado para o outro sem saber
onde é o freio.

– Não é ciúmes, é indignação! E eu sei que tô certa! Se os garotos te merecem mesmo, por que você morre de vergonha de contar pra eles que gosta de *Cometas da Galáxia*?

A acusação me acerta tão em cheio que fico na defensiva.

– Não tenho vergonha!

– Por que não conta, então? Ou você acha que eles são burros demais pra te entender, ou acha que vão rir de você. Nenhuma das duas opções é boa.

– Não é tão simples assim! Eu... Não é por isso, eu só nunca tive boas experiências e, sei lá, não faz muito sentido porque são pessoas completamente diferentes, mas... – Solto o ar pelo nariz. – Não tem motivo pra não contar. Mas é complicado.

– Se não tem motivo, você é só covarde?

A encaro, meu rosto tão quente quanto um incêndio.

– Eu era o seu inimigo – digo o mais calmo que consigo –, agora sou um covarde.

– É o que deu a entender, ué.

Trinco os dentes e pego minha mochila, vestindo uma das alças.

– Eu vou contar pra eles agora, que tal?

Ela me encara, o peito subindo e descendo com força.

– Eu sabia que você ia me deixar em algum momento – diz, fria. – Que seja por um bom motivo, pelo menos.

Levanto e olho para baixo, controlando meu peito também. Parece que corri uma partida de futebol inteira como atacante. Ela me olha de volta, sentada na grama, sem piscar.

Uma parte de mim sabe que eu não deveria deixá-la.

Sabe que Lorena só ligou algum mecanismo de defesa bizarro, talvez aquele que a faz enxergar a vida como uma guerra, e aproveitou a primeira oportunidade que surgiu para tentar me afastar.

Meu punho fechado na mochila vai perdendo a força.

Ela morde bem pouco o lábio de baixo.

Quero que me peça para ficar. Ela não faz.

Ela quer que eu desista de ir. Eu não faço.

– Então tá – digo.

– Tá – ela confirma.

– A gente se vê depois.

– Ou não.

Me encolho, por reflexo.

Vou embora.

Eu devia ter antecipado que isso aconteceria. Quando você se aproxima de alguém com garras tão afiadas quanto as dela, é óbvio que corre o risco de se machucar em algum momento.

E dói.

Mas dói mais ainda saber que, sobre a covardia, talvez ela esteja certa.

Stefana

> **STEFANA**
> Pode encontrar comigo?

> **LORENA PERA**
> Agora mesmo!!!

Faz dez minutos que ela respondeu minha mensagem mas, do tamanho da convenção, é normal que demore mais do que isso para cruzar o evento. Marquei em um lugar bem longe do camarim, porque só de pensar em chegar perto dele de novo meu peito acelera e fico suada de vergonha.

Lorena surge cortando o mar de visitantes na minha direção. Ela tenta sorrir, mas algo na sua testa está tão tenso quanto os músculos de um halterofilista.

Você está num livro e essa é a sua história, eu penso. *Seja forte.*

Pela última vez.

Acho que nunca desejei tanto estar em um livro quanto agora, só para que eu pudesse virar logo a página e dar de cara com o capítulo do "uma semana depois".

— Eu vim correndo! — Lorena chega em mim. — Desculpa a demora.

— Lô, eu te chamei porque...

— A gente não pode ir para o autógrafo agora! — ela me corta, metralhando palavras. — Tem como esperar mais um pouco? Temos um problema. Aconteceram algumas coisas que me fizeram ficar tão, mas tão irritada e frustrada e absolutamente enfurecida...

— Ahn? O que houve?

— Não é importante. O problema é que, por mais que normalmente a raiva seja um combustível artístico muito bom pra mim, dessa vez não tá funcionando, e eu tô ficando maluca!

— Lorena, você tá gritando! Você tá bem?

— Eu sou o de menos, o problema é o desenho! Eu não consegui fazer! — A testa dela parece que levantou um halter de vinte quilos com cada sobrancelha. Os olhos estão vermelhos, e tenho quase certeza de que estão piscando menos que o normal para um ser humano. — Não podemos ir pegar os autógrafos ainda, porque eu preciso de um desenho digno.

— Lô, sobre os autógrafos...

– Calma, eu vou dar um jeito, eu juro! Não precisa ficar triste assim. Eu vou me livrar dessa raiva na marra. Não sei como ainda, mas já tô esboçando um plano ótimo...

– Lorena...

– ... que pode ou não envolver socar dramaticamente um buraco na parede de algum estande, como as pessoas fazem nos livros pra resolver problemas com essa coisa de *sentimentos*, e parece muito promissor!

– Deixa eu falar!

– Fica tranquila, que vou dar um jeito! A gente vai ter o melhor presente para entregar, e dane-se toda a raiva e decepção que eu passei hoje, porque vai ser a maior alegria da minha vida quando formos juntas finalmente encontrar a Cassarola...

– Eu não vou encontrar a Cassarola Star contigo!

Droga. Entrei em pânico. Eu não devia ter dito isso de maneira tão bruta. Céus, eu sou um monstro.

– Eu vou embora da LivroCon – continuo em um tom mais delicado. – Algo aconteceu comigo também. E tomei minha decisão. Vir aqui foi um erro.

As mãos com as quais Lorena gesticulava animada enquanto falava do seu plano vão abaixando lentamente. Sua testa passa por pelo menos uns oito aparelhos diferentes da academia. Para na posição de raiva.

– Os seus amigos mentiram pra você sobre a senha? – É a explicação que ela escolhe. – Eu sabia! Confiar nas pessoas é só o primeiro passo para a decepção certa!

– O quê?! Não foi isso!

– Eles te maltrataram gratuitamente, então?!

– Não fizeram nada, eles são anjos! Eu... – Hesito. Chegou a hora de ser sincera. Respiro fundo. – Eu falhei. Não consigo seguir com o que prometi. Não consigo. Eu tentei vestir minha fantasia sozinha, mas deu muito errado e agora eu a odeio. Eu juro que eu tentei, Lô, eu juro. Eu me inspirei na Karen, na minha tia, em você. Eu tentei ser forte, fazer o que eu amo, seguir o meu sonho sem me importar com o que as pessoas iam dizer quando vissem uma garota de um 1,78 metro fazendo *cosplay* de uma personagem pequenininha e magra. Uma personagem que todo mundo ama e que ninguém aceitaria menos que a perfeição. Mas não consigo. Sou uma pessoa que se importa, ponto. Uma pessoa aterrorizada pela possibilidade de ser humilhada pelos outros. E depois do que aconteceu, o simples fato de eu ainda estar aqui na convenção me dá vontade constante de chorar, e eu... Eu não aguento mais!

Meus olhos estão molhados. Estou entrando em crise de novo. Cada centímetro da minha pele está quente e sensível.

Assim como estava no camarim, seminua para todo mundo ver.

Uma lágrima escorre.

Lorena me encara como se tentasse ler algo de uma língua que ela não domina.

– Eu não entendo – diz, enfim. – O que aconteceu? Por

que você foi se vestir sozinha? Não era para os seus amigos estarem contigo, garantindo que nada desse errado?

Preciso desviar o rosto para ter coragem de explicar isso.

– Não respondi a nenhuma mensagem deles hoje nem contei que cheguei na convenção. No fundo, eu sempre soube que não ia dar certo, e não queria encontrar com eles só para fazê-los se decepcionarem comigo. Ou para ouvi-los insistindo e me lembrando de todas as horas que eu gastei planejando, costurando e ensaiando, me iludindo com um sonho estúpido.

– Mas vestir ou não a fantasia é decisão sua, não importa o motivo, e eles têm que respeitar isso, se gostam de você!

– Mas e se eles só gostam porque eu ia fazer o *cosplay* com eles?

Pronto, está no mundo um medo que eu nem queria admitir para mim mesma.

Lorena faz uma careta dolorida.

– Stefana, nada do que você fala faz sentido! Você diz que seus amigos são anjos, mas não confia neles o suficiente para colocá-los à prova! Então diz que é o seu sonho fazer *cosplay*, mas simplesmente desiste na primeira oportunidade!

Se ela tivesse me dado um tapa, doeria menos.

– Não é na primeira oportunidade! – Lorena não tem nenhum direito de ser tão dura comigo. – Você não sabe o que passei! Eu fui humilhada!

– Então me conta! Quem te humilhou?

– Ninguém *falou* diretamente – gaguejo –, mas no banheiro eu tenho certeza de que pensaram que...

Não consigo continuar. Estou à beira de soluçar de novo, tendo que engolir lágrimas como quem engole um remédio ruim.

– Espera, você tá desistindo do seu *sonho* por causa do medo hipotético do que pensaram?! – Lorena olha pra cima, exasperada. – Por que vocês cismam em colocar as outras pessoas sempre acima do que vocês amam?! *Urghhh*, isso me deixa furiosa! Parem de ser covardes! Vocês não devem nada a ninguém!

– Nem a você – rebato, sem me importar com o quanto isso é cruel. – Se eu sou covarde ou não, é problema meu. Já tomei minha decisão. Não vou arriscar ser humilhada de novo. Vou embora da LivroCon e ninguém nunca mais vai ter motivo pra rir de mim.

– Você sabe que o *cosplay* não é a única coisa da qual está abrindo mão com essa decisão, não sabe? – Há algo desesperado na sua voz. – No segundo em que colocar o pé pra fora daqui, vai ter deixado passar a oportunidade única de conhecer ao vivo a autora que criou a personagem que tanto ama. E essa perda vai custar um pedaço da sua alma. Você tá pronta pra pagar por isso também? Quantos sonhos você consegue abandonar no mesmo dia só por causa das outras pessoas?

Cada palavra é como uma farpa nas minhas feridas. E

quando você junta tantos espinhos quanto eu agora, tudo o que consegue fazer é machucar os outros em resposta.

– Então é só por causa da senha que você tá insistindo tanto pra que eu fique? – digo. Lorena encolhe o pescoço para trás como se tivesse sido golpeada. – Tudo o que importa pra você é encontrar a Cassarola Star, né? Tudo bem. Foi pra isso mesmo que eu te chamei aqui. Pra dizer que eu não devia ter te oferecido a senha naquela hora. Foi maldade minha. Te fiz sonhar, só pra te decepcionar depois. Eu peço desculpas, porque errei mesmo. Mas infelizmente vou ter que te deixar na mão.

A LivroCon em volta de nós, enquanto ela me encara, é um zumbido indecifrável.

– Não tô insistindo desse jeito só porque quero ver a Cassarola Star – diz Lorena, devagar. – Tô insistindo porque eu vejo no seu rosto a derrota. E não desejo pra ninguém o arrependimento que você vai sentir. Mas que seja assim. É a sua decisão. Pode ir embora. Só espero que depois de sacrificar todas essas partes de você por causa dos outros, ainda sobre algo com que possa conviver no final.

Minha visão embaça. Meu coração aperta. Tudo dói.

Ela vira para me deixar, hesita. Me olha de lado.

– Só pra deixar registrado – diz. – Eu teria ido vestir a roupa contigo, se soubesse, e eu teria impedido que qualquer coisa desse errado. E, sobre as outras pessoas... – Seus olhos são intensos nos meus quando continua. – Elas não iam rir, porque, se rissem, eu ia caçar cada uma delas e fazer com que pagassem.

Nesse momento, percebo que corações são feitos de papel, e podem ser sempre amassados mais um pouco. Agora, o meu vira uma bolinha pequena. Inútil. Pronta para ser descartada como lixo.

– Lorena...

Não ficamos sabendo o que eu ia dizer depois de chamá-la. Eu porque nunca soube mesmo, e Lorena porque me dá as costas e vai embora.

O que *Cometas da Galáxia* uniu, *Cometa das Galáxias* também pode separar.

Gabriel

Cometas da Galáxia vai separar todos nós.

Mas não me importo. Se tiver que ser, será. Se os garotos me criticarem como minha família quando eu contar para eles que leio *Cometas*, vou aguentar de queixo erguido. Podem rir. Vai doer menos do que ouvir Lorena me chamando de covarde de novo.

Mas não estou fazendo isso por ela. Estou fazendo por mim. Chega de ser frouxo. Já deu.

Que o mundo inteiro veja quem eu realmente sou.

E vou mostrar de uma forma que não deixe margem para erro. De uma forma que não dê para voltar atrás. Apenas contar da boca para fora seria uma atitude preguiçosa. Não quero fazer isso. Se é para contar, que seja do jeito certo. Quero que as pessoas, inclusive meus amigos, entendam de uma vez por todas que curto coisas como *Cometas*. Que é parte de quem eu sou.

E isso não vai mudar.

Observo a fila de pessoas no canto do primeiro pavilhão da LivroCon. Um *banner* no início dela, onde a fila entra e some dentro de uma estrutura em forma de salão, mostra o nome "Cassarola Star". Conto mais de cem cabeças esperando, pelo menos. Uma empolgação inocente vibra em mim por um segundo, ao pensar que a pessoa que criou o universo todo de *Cometas* está logo ali dentro. Mas ela some quando lembro o que vim fazer aqui. Xingo internamente. Vai ser humilhante. Detesto pedir qualquer coisa para qualquer pessoa. Mas guardo a discussão com Lorena viva na memória como combustível de determinação e abro minha carteira. Não sei se tem dinheiro suficiente, nem com o extra que meus pais me deram na esperança de que eu encontrasse algum livro didático de Engenharia ou algo assim na convenção.

Nem desconfiavam que iam acabar financiando um gosto que eles mesmos desaprovam.

Respiro fundo, seguro meus ombros para trás e começo minha jornada de redenção em direção ao final da fila.

– Aê, com licença – digo para as últimas pessoas nela, um casal de meninas que me olha com a cara um pouco assustada. – Eu curto muito *Cometas*, mas moro longe e não cheguei a tempo de pegar a senha. Alguma de vocês têm uma sobrando pra me vender?

Pois é. Vou tentar comprar a senha.

Sim, reconheço que é uma estratégia desesperada. Tal qual o inferno, o conceito de fundo do poço também é diferente para cada pessoa, e esse aqui é o meu. Mas essa é a única maneira que tenho de conseguir encontrar com a autora de *Cometas* a essa altura do campeonato. E foi para isso que eu vim à LivroCon, não foi? Foi para isso que desci do ônibus de manhã e tentei correr atrás da senha. Se me conformei rápido demais quando soube que elas haviam acabado, foi porque a maior parte de mim estava convencida de que o destino do encontro era dar errado desde o início. Como se eu não merecesse estar entre os fãs de verdade, de qualquer jeito.

Mas agora as coisas mudaram. Agora eu *preciso* encontrar a Cassarola Star. Dizer, olho no olho, que gosto para caramba das suas histórias. Tirar uma foto e postar nas redes. Esfregar o livro assinado na cara de todo mundo depois. Fazer exatamente o que eu quero fazer, sem nenhuma vergonha.

Esse é o jeito certo de contar.

Para os outros e para mim mesmo.

As primeiras garotas não me vendem a senha. Parto para os próximos na fila.

Me sinto mal por estar incomodando todo mundo? Sim. Me sinto um lixo quando me olham torto? Com certeza. Mas paro?

Não. De jeito nenhum.

Começo a dizer que *adoro Cometas*. Que estou desesperado. E aumento o valor da oferta. Mas é difícil comprar com dinheiro aquilo que a maioria das pessoas que estão ali dariam a alma para conseguir. Mesmo assim, um "não" só é um não depois que pergunto, e não posso desistir enquanto não falar com cada uma delas. Então continuo, uma após a outra:

— Oi, com licença, eu adoro *Cometas da Galáxia*, mas...

E de novo. E de novo. E de novo.

Lorena

Ficar sozinha é uma atividade que levo muito a sério. Uma necessidade básica minha, até. Por causa disso, alguma parte específica do meu cérebro se dedica exclusivamente a escanear os lugares pelos quais passo a fim de catalogar os ambientes adequados para a solidão. É um mecanismo de defesa para o caso de eu precisar, sei lá, me esconder do mundo emergencialmente. Quase como fazem as pessoas que, tipo a minha avó, sempre procuram a saída de incêndio quando entram em um prédio.

Na LivroCon, onde cada metro quadrado tem pelo menos dez pessoas desafiando as leis da física de que dois corpos não podem ocupar o mesmo lugar no espaço, e contra todo o bom senso que deveríamos ter aprendido sobre aglomerações durante a pandemia do coronavírus, encontrar os meus refúgios não foi uma tarefa fácil, e consegui catalogar apenas um: o espaço semiescondido atrás do palco do *Mundo Fã*.

E é por isso que eu estou nele agora, sentada no chão

abraçando meus joelhos com as costas no fundo, no canto em que até a iluminação ampla e onipresente da LivroCon faz a gentileza de esmaecer para me deixar em paz.

Repasso as decisões que tomei hoje, analisando como elas culminaram nas últimas discussões com Stefana e Gabriel. Agora que a irritação está sob controle, vejo que, no calor do momento, exagerei com os dois. Os machuquei. Colho meus erros em uma planilha mental e recalculo o que eu poderia ter feito de diferente para poupá-los. Não sei ao certo. Não tenho noção.

Suspiro, cansada. Eu tinha tantos planos e estratégias infalíveis. Mesmo assim, transformei o dia em uma sucessão de derrotas absolutas e irremediáveis.

É uma sensação devastadora a de descobrir que planos e estratégias não servem para nada.

Alguém passa ao meu lado para a área atrás do palco. Karen GO quase tropeça em mim. Repara que estou ali embaixo com um susto.

– Eita, foi mal! – E dá a volta, encostando as costas nos fundos do palco a uma distância curta de mim, só que de pé. Ela sorri, simpática: – Voltou pra participar de outra gincana, amiga?

– Você ficou chateada que não conseguiu me matar na primeira e agora quer tentar de novo? – me forço a brincar de volta.

Ela ri e puxa o celular do bolso do macacão cintilante.

– Aqui é meu segundo lugar favorito pra me esconder

das pessoas na LivroCon – diz. – Não quero estragar o ambiente transformando em uma cena do crime.

– Esse é de fato um bom refúgio, considerando o contexto – dou minha opinião profissional. – Nota 9 de 10.

Ela sorri de novo e posso, por um momento, entender por que Stefana a ama.

O assunto acaba e aperto de volta o "reproduzir" do vídeo de discussões e arrependimentos repetindo sem parar na minha cabeça.

– Amiga. – Karen me espia de cima. – Desculpa perguntar, mas você tá bem? Tá com uma carinha de...

Ela franze o nariz, procurando a forma mais delicada de continuar, e ambas completamos ao mesmo tempo:

– ... que quer chorar? – ela diz.

– ... que quer socar alguém? – digo. – Chorar?! Eu não! Não vou chorar em público. É vulnerável demais. Ter raiva é muito mais seguro.

– Eu consigo visualizar perfeitamente a careta que a minha terapeuta faria se te ouvisse dizendo isso.

Abaixo um pouco o rosto, para o caso de meus olhos ainda estarem inchados como eu os sinto. Tá, talvez eu tenha *quase* chorado *um pouquinho,* escondida no banheiro. E não só por ter perdido pela segunda vez no dia a chance de encontrar minha maior ídola, talvez minha melhor amiga, Cassarola Star. Ainda agora, quando penso naquela lágrima escorrendo pela bochecha de Stefana, meu peito aperta. E Gabriel... Só de lembrar a forma com que nos separamos –

talvez para sempre –, meu nariz começa a formigar de novo, e uma irritação absolutamente irracional me faz querer, de fato, socar alguém, mesmo que eu não saiba quem ou por quê.

Mordo o interior das minhas bochechas, engolindo os sentimentos até que meu estômago consiga digeri-los. Essa é a única forma que sei lidar com eles, no momento.

– É o seu namorado que você quer socar? – indaga Karen. Levo um segundo para lembrar que ela se refere a Gabriel na gincana. – Se ele foi babaca contigo é só me falar, ouviu? Eu tô sempre pronta pra meter a porrada em homem babaca.

– Surpreendentemente – reflito –, eu não quero mais meter a porrada no Gabriel. E talvez esse seja um dos meus maiores problemas.

Karen levanta as sobrancelhas.

– O amor realmente se manifesta das mais diversas formas – ela comenta, admirada. Controlo uma careta. – Mas, sério, se tiver algo em que eu possa ajudar, me fala. Desculpa insistir, é que eu passei tempo demais da minha vida cometendo o erro de sofrer sozinha e hoje não desejo isso pra ninguém.

A observo sem responder, sua fantasia holográfica brilhando na sombra do palco como um arco-íris no espaço sideral.

– Você tem milhares de fãs, não tem? – pergunto, me lembrando de Stefana. – Como você consegue lidar com tanta gente assim? Eu tô há um dia só conversando com, tipo, *dois* indivíduos, e já me perdi completamente. As pessoas são tão... complicadas!

– Isso é o que as faz interessantes, ué. Já imaginou se todo mundo fosse igual, que tédio seria?

– Não haveria brigas nem desentendimentos e eu não terminaria sozinha fazendo planos de me mudar para a Terra X ou algum desses outros exoplanetas secretos das teorias de conspiração do YouTube, porque minha vida inteira entrou em ruína em um único dia e claramente não resta mais nada para mim nesse planeta atual.

Ela ri um pouco, como se eu estivesse brincando. Por que as pessoas sempre presumem que eu estou brincando?

– Eu tenho quase certeza – ela diz – de que a NASA não aprovaria o investimento de três bilhões de dólares pra te mandar em uma nave sozinha pra lá porque você quer fugir de ter que conversar com, quantas pessoas, duas?

– É claro que aprovaria. É uma causa nobre e justa.

– Não, não. Confia em mim, eu sou a especialista em viagens espaciais. – Ela aponta o dedo para si mesma, em seu *cosplay* espacial. – Infelizmente vai ter que fazer as pazes com os terráqueos mesmo.

Solto o ar, resignada.

– Eu nunca devia ter me arriscado a chegar perto de ninguém – digo, séria. – Não domino essa ciência avançada de lidar com outras pessoas.

Karen desce, deslizando as costas atrás do palco, até se sentar do meu lado, esticando as pernas.

– Porque não é uma ciência – ela diz. – Pessoas são movidas por uma magia maravilhosa e imprevisível. Eu estava pensando sobre isso mais cedo. Apareceu uma menina doce e gentil que me ajudou demais, quando eu estava em apuros. E depois nós ficamos conversando um pouco. Ela me contou sobre a vontade dela de fazer *cosplay*.

– Por acaso essa menina é a Stefana? – Lembro dela sentada atrás da mesa da gincana.

Karen arregala os olhos maquiados.

– É sua amiga? Que coincidência incrível! – Sua empolgação bate na minha expressão culpada e volta desconfiada.

– Ah, não. Deixa eu adivinhar: ela é um dos dois terráqueos com quem você tem que fazer as pazes?

Assinto com a cabeça, resignada demais para esconder.

– Pois que sorte a sua – diz Karen. – Tenho certeza de que ela vai te ouvir e vocês vão se entender. A Stefana tem um coração bom. Me salvou de uns caras sem noção mais cedo, sem nem me conhecer. Depois se ofereceu pra me acompanhar.

Não conto que Stefana provavelmente conhece mais sobre Karen do que sobre ela mesma.

– E sabe o que me fez pensar, enquanto nós conversávamos? – continua a *cosplayer*, olhando para as próprias botas, que balança, distraída. – Enquanto ela me contava sobre as suas inseguranças e seus medos dela, percebi que, mesmo que a Stefana fosse completamente diferente de mim, em alguns momentos éramos tão parecidas que eu conseguia senti-la aqui dentro. – Karen repousa uma palma enluvada sobre o laço vermelho em seu peito. – Então, tudo bem, todos somos construídos por sonhos e medos próprios, e isso pode nos fazer terrivelmente diferentes, mas, no fundo, somos iguais também. E o que eu quero dizer te contando isso tudo é que eu acredito que essa magia de se relacionar com outras pessoas é só uma questão de ter empatia para entender o quanto somos próximos e achar as nossas conexões.

– Conexões? – Tento imaginar. – Tipo aqueles diagramas de círculos e interseções que usamos na escolinha quando estamos aprendendo conjuntos?

– Não é exatamente o que eu tinha em mente, mas se funciona pra você...

Eu. Gabriel. Stefana. Posso não entender tanto de pessoas, mas entendo de dados, e vou encontrando nossos pontos em comum. Os momentos em que rimos das mesmas piadas. Em que andamos, corremos e trabalhamos juntos, como uma equipe, pela convenção. E, no centro de nós três, nos unindo, *Cometas da Galáxia*. Nosso amor pela série, apesar de tudo.

É então que reparo em outros detalhes no meu diagrama. Semelhanças mais abstratas, mas que estão ali. Como nós amamos e desgostamos das coisas da mesma forma. Como erramos, porque somos humanos, e nos arrependemos depois. Como estamos travando nossas próprias batalhas, mas ocasionalmente nos permitimos compartilhá-las, porque a ajuda faz com que a vitória venha para todos.

Será que é isso o que Karen GO quis dizer com senti-los aqui dentro?

Urgh. Isso tudo é meio brega. Mas talvez...

... Talvez sim?

– Só que não é tão fácil de aplicar nada disso na prática.

– Balanço a cabeça. – Na prática, é tudo caótico. Acabo brigando por coisas bobas. Na hora em que começo a bater boca, eu não penso. Sai tudo errado. Parece um... desmoronamento, eu acho. Vou dizendo coisas cada vez piores e desastradas e vai batendo uma frase na outra e caindo até que só sobra destroços entre a gente.

– E o que se faz depois de um desmoronamento? – pergunta Karen.

– A gente marca o terreno como perigoso e não volta nele nunca mais?

– A gente reconstrói.

Dou uma bufada pelo nariz, sarcástica. Ela claramente não tem conhecimentos de engenharia civil.

– Eu sei que é difícil – ela se defende. – Eu tô falando isso tudo, mas eu também brigo *demais*, inclusive com quem eu amo. Minha família então, nem se fala. Porque, como eu disse, pessoas não são uma ciência. Contrariando todas as leis da lógica, duas pessoas podem estar erradas e certas ao mesmo tempo. Cada uma tem o seu lado. Então vou te dizer o mesmo que eu disse para a Stefana mais cedo, e que sempre digo para mim mesma. Pensa com a cabeça fria depois. Não sei o que houve entre vocês duas, ou entre você e o seu namorado, mas espero que fique tudo bem. Às vezes, fazer as pazes é só uma questão de engolir o orgulho e aceitar a nossa culpa no desmoronamento.

"Quanta culpa alguém pode engolir sem explodir", Google pesquisar.

— Eu não sei — digo, algo sombrio e familiar se aconchegando em mim. — Se eu pensar com a cabeça fria, vou decidir ficar sozinha. Ninguém se machuca, assim. É a decisão mais lógica e benéfica pra todo mundo.

— Em nenhum mundo, nem neste aqui, nem na sua Terra X, ficar sozinha é a melhor opção.

— Sempre funcionou bem comigo. — Dou de ombros.

— As pessoas que já passaram pela minha vida têm uma tendência estatisticamente comprovada de me machucar em algum momento. Fiz um cálculo matemático e cheguei à solução do problema. Ninguém me machuca quando ninguém existe.

— Amiga, esse cálculo não faz sentido nenhum! — Karen aperta a expressão, indignada. — E olha que eu nem sou boa em exatas. Você tá fazendo, tipo, a multiplicação por zero das metáforas matemáticas mentais. (Não me olha com essa cara, que eu não sou boa em exatas, mas pelo menos sou criativa.) Nem acho certo decidir algo como *relacionamentos* com uma fórmula matemática, mas, tá, se você realmente quer insistir nisso, faria muito mais sentido montar, sei lá, uma lista com todos os momentos bons que passa com as pessoas que você gosta e depois diminuir por uma lista com todos os momentos ruins. Esse resultado, sim, te diria se é melhor ficar com elas ou não. Mas já te dou um *spoiler*: se são pessoas boas como a Stefaninha, garanto que vai ser um resultado positivo.

Listas. Dados. Assim como o diagrama, é algo que posso fazer. Mas...

– Vale mesmo a pena ficar com eles e continuar correndo o risco de brigarmos de novo a qualquer minuto? – digo. – De todo mundo se machucar à toa?

– Melhor viver com o risco do que não viver nada. – Karen sorri e vira para a tela do celular, digitando. – Essa eu vou até postar no Instagram.

É estranho pensar por esse lado. É assustador. Mas... não fui eu mesma que joguei na cara de Gabriel que ele tinha que ter coragem? E na de Stefana também, depois?

– Bom. – Karen desliga a tela e levanta, dando tapinhas na bunda para tirar qualquer sujeira da fantasia. – Acabou meu tempo de recarregar. Tá na hora de fazer média na área VIP, pra organização do evento ficar contente com o meu trabalho e continuar me dando dinheirinhos.

E me levanto também, sentindo meu corpo despertar para a batalha.

– Posso te pedir um favor? – digo.

– Infelizmente no momento só estou esgueirando para dentro da área VIP comigo pessoas muito selecionadas.

– Não é isso. Nas redes sociais, da próxima vez que uma @capplutao falar contigo, se você puder, lê com mais carinho. É a Stefana. E ela é isso tudo que você disse. Ajuda todo mundo sem esperar nada em troca, mesmo quando ela mesma tá precisando de apoio. Mesmo que ela mereça o mundo inteiro mais que qualquer um.

Não posso lhe dar o mundo, mas posso tentar aproximá-la um pouco de Karen, que é algo equivalente, para ela.

— Isso não é um favor — Karen sorri. — É um prazer.

Ela guarda o celular no bolso do traje e anda até a mesa de plástico atrás do palco para recolher suas coisas. Volta e para do meu lado antes de ir embora pela lateral do palco.

— Enfim, como eu resumo essa conversa toda? — ela diz — Relacionamentos são maravilhosos e são uma bosta ao mesmo tempo. Mas, se eles te fazem bem, valem a pena.

— Tá aí outra frase poética para o Instagram — rio.

— Ah, não. — Ela sorri, ligando o celular enquanto se afasta, apressada. Fala comigo por cima do ombro. — Essa vai direto pro Twitter.

Acho uma mesa calma no canto de *Fanarts* do *Mundo Fã,* espalho sobre ela meu material de desenho e abro uma página em branco no meu bloco.

Essa é a minha zona de conforto. Quando minhas mãos estão funcionando com o que eu sei fazer de melhor. Quando tem manchas de grafite e tinta nos lados dos meus mindinhos. Quando posso trazer ao mundo de forma concreta, visual, algo abstrato, que antes só existia na minha cabeça.

E, enquanto meus dedos trabalham, meu cérebro pensa.

O que fazer sobre Stefana e Gabriel? Escolho implementar a metodologia de Karen e começo minha lista de bons momentos com Stefana no início do dia. Eu provavelmente teria ido embora da LivroCon se não tivéssemos nos encontrado no ponto de ônibus e decidido entrar juntas. Além disso, conversar com ela, alguém de carne e osso, sobre *Cometas*, e então trocar mensagens sobre as doideiras aleatórias que vimos na LivroCon, foi bem diferente de, bom, contar as coisas para os meus avós, que é com quem eu estou acostumada a conversar. Foi algo muito mais... próximo, eu acho.

Me lembro da alegria que senti quando ela ofereceu dividir a senha da Cassarola Star comigo. Pode não ter dado certo, no fim, mas, na hora, não tinha pessoa mais feliz que eu no mundo inteiro por conhecer aquela garota.

Termino meu esboço. Guardo o grafite na lapiseira, para que não quebre no estojo, e pego uma caneta de tinta nanquim.

A lista de Gabriel me deixa um pouco temerosa. Uma parte de mim está aterrorizada com o que vou encontrar. O dia de hoje me obrigou a derrubar as muralhas que ergui em relação a ele e enfrentar o que guardo por trás. E a verdade é que...

Pinto um pedaço de linha de nanquim grossa demais, distraída. Respiro fundo e refaço o resto da linha, para amenizar.

A verdade é que passar todos esses anos me divertindo na competição com Gabriel só foi possível porque, em algum momento, surgiu algo estranho em mim, que não sei explicar. Algo que me obrigava a ficar pensando nele por um tempo desnecessário. Espiando-o na escola, bisbilhotando seus perfis na internet. Como se ele fosse uma batalha que eu quisesse ganhar mais que tudo, mas que nunca descobria como. Algo que decidi chamar de inimizade só porque entendo melhor. E toda vez que surgia o risco de eu ter que pensar mais a fundo sobre isso – quando ele vinha falar comigo e meu peito saltava, ou quando eu o via rindo com os amigos e ficava emburrada sem entender por quê –, eu me irritava e batia em retirada.

Hoje, porém, falhei em fugir. De risada em risada, Gabriel foi se aproximando. Evoluindo rápido demais de "inimigo absoluto" a "companheiro de aventuras". Até que fiquei sem mais barreiras. Virei um campo aberto.

As linhas do meu desenho vão se completando aos poucos. Me dá um pouco mais de trabalho, porque dessa vez meu processo de criação é diferente do que estou acostumada. É menos uma ação de pescar ideias dentro de mim, e mais uma ação de deixar o que sinto cair para fora. Desembaraço os seus bolos misturados no meu peito e vou puxando suas linhas, uma a uma, até arrumá-las no papel.

Se eu tivesse que colocar ali o que sinto em relação ao Gabriel, como se pareceria? Não encontro resposta. Falar do que eu *sinto* sempre foi mais difícil. Mudo a pergunta.

O que eu *quero* dele?

Pego minhas canetas a álcool e começo a encher o desenho de cor.

Eu quero continuar correndo de inimigos imaginários com ele. Quero inventar batalhas bobas para a gente travar. Quero competir com ele sabendo que estamos indo para o mesmo lugar juntos. E quero... Deslizo a caneta com cuidado pelos detalhes do desenho. Do mesmo jeito que sempre deslizo os olhos pelos detalhes de Gabriel. Aqueles que, às vezes, só eu percebo. Que às vezes viram meu mundo inteiro por alguns segundos. Passo a língua pelos lábios.

Quero...

Meu Deus. Quero jogar com ele os videogames de *Cometas* às sextas-feiras. Ficar nos fins de semana juntos vendo filme. Pedir pizza e deixar que ele escolha a de calabresa. Apresentar o mundo dos quadrinhos para ele e ensiná-lo a desenhar.

Meu desenho fica pronto e só consegui pensar na lista de bons momentos. Mas paro por aí.

É o suficiente.

Acabei fazendo mais uma *Fanart* da Sophitia e do Aleksander, como sempre. Mas, dessa vez, estão diferentes. E não é só porque eles não estão se pegando (risos). Neste desenho, os dois cometas estão de costas um para o outro, cada um empunhando sua espada galáctica contra os inimigos fora do quadro. Com os braços que não as seguram, eles os cruzam um com o outro, entrelaçando, ainda de costas, seus cotovelos. No rosto de cada um, um sorriso de desafio. "Nós podemos estar na pior das situações, mas pelo menos vamos enfrentá-la juntos."

Não é o desenho mais cheio de preciosismos que já fiz, mas é o que mais tomou pedaços de mim mesma em muito tempo.

E decido meu plano.

Sobre o encontro com a Cassarola Star, que insiste em dar errado, penso depois. Agora, tenho outros erros mais importantes para consertar.

Ligo a tela do celular e abro o *chat* com Stefana.

> **LORENA PERA**
>
> Desculpa ter sido dura contigo.

> **LORENA PERA**
>
> Não sei mesmo o que você passou e não tinha o direito de jogar aquelas coisas na sua cara.

> **LORENA PERA**
>
> Eu sou uma tapada para lidar com pessoas, mas estou (surpreendentemente) tentando melhorar.

> **LORENA PERA**
>
> Enfim, obrigada de qualquer jeito.
> Espero que fique bem.

> **LORENA PERA**
>
> (Perceba que estou inclusive usando pontos-finais pra me redimir da forma mais correta possível perante você, de tão arrependida que estou.)

Não mando nada para o Gabriel. Ele me transformou em uma tola cheia de, *urgh*, *sentimentos*. Mas não vai escapar tão fácil assim.

Vai ter que me aguentar ao vivo.

Stefana

Leio a mensagem de pedido de desculpas de Lorena sem coragem de responder. As feridas que ela abriu em mim ainda estão doloridas. Por mais duras que fossem, suas palavras tinham um fundo de verdade. E me acompanharam feito assombrações no caminho para a saída da LivroCon, se repetindo a cada passo.

Em algum momento, mudei o rumo.

Tenho um milhão de medos que coleciono feito livros, lendo e relendo, imaginando no mundo real. Na nossa discussão, porém, Lorena me mostrou um novo, e agora, quando tudo no meu coração dói de incerteza, ele se tornou o mais assustador de todos.

O medo de me arrepender. Não pelo que fiz, mas pelo que deixei de fazer. O medo pelas páginas da minha história que eu simplesmente desisti de ler.

Não, não mudei de ideia sobre a fantasia. Depois do que aconteceu, honestamente acho que só vou vesti-la de novo se a vida de alguém depender disso.

Mas há outras coisas na LivroCon pelas quais vale a pena ficar.

Chego no fim do pavilhão mais distante da convenção. Além dos estandes de livros de nicho, quase vazios, e dos poucos grupos de pessoas perdidas, busco pela editora de livros didáticos com o logo e um enorme boneco inflável de galinha azul na sua porta, que haviam me dado como ponto de referência.

Enfim, lá no fundo mais ermo do corredor mais longínquo da LivroCon, enxergo a área com pufes confortáveis e quase desertos, perto dos únicos banheiros e bebedouro sem fila que vi desde que cheguei. Um cantinho de descanso que é um oásis no caos cheio e barulhento do resto dos pavilhões, e que só é descoberto pelos visitantes que já estão há vários dias no evento, caminhando pela convenção e aproveitando cada cantinho dela.

Visitantes como meus melhores amigos do mundo do *cosplay*.

Mas não os vejo sentados em nenhum dos pufes. Estranho. Disseram que me esperariam aqui.

Ergo um pé para avançar na direção do oásis quando um ser humano passa *voando* do meu lado.

Pulo de susto, saindo do caminho do garoto. Ele tenta cair de pé no chão, mas perde o equilíbrio e escorrega. Rola para trás no corredor e cai todo desengonçado. As poucas pessoas em volta, incluindo as do estande da galinha, param um segundo e o olham, curiosas. Então seguem a vida como se nada tivesse acontecido. O garoto se contorce, gemendo. Horrorizada, abro a boca para perguntar se está bem. Ele levanta a cabeça e grita para alguém atrás de mim.

— Conseguiu filmar?!

Espera, eu conheço esse garoto. Ele pega o boné, que caiu no chão no tombo, e o veste sobre o cabelo marrom-claro quase raspado. É o mais baixo daquele grupo de meninos que vieram comigo no ônibus da excursão. Os que não calavam a boca, sentados com Gabriel, o *ship* de Lorena.

— Foi mal, Salgadinho — diz o outro garoto alto e ruivo, saindo do estande atrás de mim com o celular na mão. Ao lado dele, o menino bonito mexe no celular com uma mão e carrega na outra uma única sacola de livro. — Eu abri o aplicativo pra filmar, mas tinha uns videozinhos daora passando na tela inicial, e sabe como é, né, o algoritmo é que manda. Mas agora vou filmar! Dá pra você se quebrar todo de um jeito ridículo de novo?

O garoto no chão o xinga e o chuta antes de se levantar, resmungando:

— Vamos filmar a história da galinha mesmo, Guará. O vídeo de sair dando mortal em lugares aleatórios não vai rolar. Que ideia de jumento.

— Não culpa a ideia, não! O problema é a sua cabeça, que é grande demais e desequilibra o centro de gravidade do seu corpo.

Se batem de brincadeira de novo. Estico os lábios em uma careta de desgosto.

– Centro de gravidade – repete o tal do Salgadinho.

– Você tá prestando atenção demais nas aulas do colégio. Daqui a pouco vai estar que nem o Gabriel, lendo livro escondido, achando que a gente não sabe. Deixando o nosso time de lado, como se o que a gente faz fosse perda de tempo.

– Ei – Guará coloca a mão no ombro do amigo. – Eu nunca vou ficar inteligente desse jeito. Eu prometo. Por algum motivo, acredito.

Salgadinho arranca a sacola que o menino bonito carrega, que a larga sem resistência, e a empurra para Guará.

– É você que vai jogar, então – manda.

Guará tira de dentro dela um livro infantil de capa dura com a galinha azul da editora na capa e sorri.

– Hora de ensinar as galinhas a voar.

Sei que preciso parar de prestar atenção neles. Sei que absolutamente qualquer coisa é mais importante do que descobrir o que eles querem dizer. Mas tenho a estranha sensação de que, no segundo em que eu parar de vigiá-los, os garotos vão cometer alguma besteira.

Isso não faz sentido, Stefana, reclama a parte mais lógica da minha consciência.

Respiro fundo e desvio os olhos.

– Voa, galinha literária! – Guará joga o livro para cima. Olho imediatamente de volta. O livro gira no ar com as páginas abertas feito asas. Na queda, o garoto se atrapalha. – Eita!

O livro escorrega, quica com a quina no chão e cai aberto para baixo, amassando uma das páginas.

Cada nervo de leitora meu se contorce dolorosamente. Os meninos observam o desastre com olhos arregalados. Certamente aprenderam que não se deve brincar com livros dessa maneira.

– Faz de novo – grita Salgadinho, se afastando alguns metros. – O inflável de galinha não apareceu direito no fundo.

– Tá! – Guará abaixa para pegá-lo.

– Não! – grito no impulso.

Os três me olham assustados. Acho que não tinham reparado em mim ali.

– Oi, garota da excursão! – Guará me cumprimenta. – Você falou com a gente?

Fico encabulada, mas a agressão ao meu senso literário me obriga a continuar:

– Por que vocês estão jogando o livro pro alto sem motivo?! Ele não é um brinquedo!

– Nós temos um motivo – explica Salgadinho. – É pra uma cena muito importante da historinha que estamos gravando para o nosso canal.

– E tá literalmente escrito aqui no canto: "é um excelente brinquedo". – Guará me mostra a capa. – Acho que é porque tem umas texturas de pena de galinha dentro, pra passar a mão. O Bonito que escolheu. Disse que é tão sedoso quanto o cabelo dele.

O garoto bonito sorri de um jeito contido e superior.

Ignoro todos, andando até eles e pegando o livro.

– Ei! – reclama Guará.

– Olha para o bichinho, coitado! – Aliso sua página amassada. – Livros são feitos para serem amados, não maltratados por uma piada boba.

– Não é uma piada boba! – Guará aperta a expressão, indignado. – Eu passei uma hora escrevendo o roteiro da história épica da galinha que queria voar. Tem quase um minuto de vídeo! E é uma galinha literária, em homenagem à LivroCon!

– No final, a galinha descobre que não precisa voar quando pode dançar os Barões da Pisadinha em terra firme – adiciona Salgadinho. – É uma obra-prima, sério mesmo.

Puxo o ar para dizer que é uma ideia ridícula, mas penso melhor. Eu já me escangalhei de dar risada de vídeo muito mais bobo na internet.

– Mesmo assim – digo. – Deve ter outra forma de gravar essa parte da história que não envolva destruir o livro.

Salgadinho abre a boca.

– *Nem* dar saltos mortais aleatoriamente – continuo. – Você pode machucar alguém, além de você mesmo.

Ele fecha a boca, mais emburrado que o normal.

– Ou arranjem outra história, sei lá! – Seguro o livro contra meu peito. – Por que não gravam umas dancinhas? Faz o maior sucesso e não vai machucar nada além da dignidade de vocês!

– A gente veio pra esse pavilhão gravar as dancinhas mesmo, já que é o mais vazio – observa Guará. – Mas aí encontramos a galinha inflável desse estande e eu tive uma revelação artística.

– O Guará é o nosso artista – Salgadinho me esclarece, inútil. – Saca só.

Tenho a sensação de que a explicação que virá em seguida vai gastar segundos da minha vida que nunca poderei recuperar.

– Pensa só! – Guará levanta as palmas como quem está prestes a explicar uma teoria da conspiração. – A gente sempre fala de patos no nosso canal, mas eles são as aves mais privilegiadas do mundo animal. Eles têm tudo! Eles voam, eles andam *rebolandinho* de um jeito engraçado, eles têm dentes...

– O que é meio perturbador – comenta Salgadinho. – De um jeito bom.

– Como algo pode ser perturbador de um jeito bom?! – pergunto.

– Já a galinha, não tem nada! – continua Guará. – Por isso é tão importante contar a história dela. Representatividade das aves menos favorecidas!

– Ok, eu tô declarando oficialmente encerrado o assunto *aves*, porque já ultrapassou todos os limites de uma conversa saudável. – Balanço a cabeça. – Jogar o livro para o alto tá fora de cogitação, ponto.

Salgadinho aperta os olhos.

– Tá, a gente não vai jogar o livro pra cima – ele diz rápido demais, e avança sobre mim. – Devolve.

— Tá na cara que você tá mentindo! — Levanto-o acima da minha cabeça, possuída pelo demônio da proteção literária.

— Óbvio que não — Salgadinho pula para alcançá-lo. Giro para longe. — A gente tem outra ideia, eu juro!

— Que vai ser pior ainda!

— Devolve!

Estico-o para trás de mim.

— Não!

O livro some subitamente da minha mão.

— Dois indivíduos crescidos — diz uma voz grossa atrás de mim —, brigando por um livro de criancinha.

Tanto eu quanto os três garotos perdemos alguns centímetros de coluna nos encolhendo ao mesmo tempo.

Jaquetas de couro rasgado. Correntes atravessadas no peito. Pulseiras e gargantilhas de espetos de metal com detalhes coloridos salpicados. E olhos manchados de preto, como que esfregados naqueles fiapos de cinzas que de vez em quando voam para a varanda de casa quando tem algum matagal queimando por perto. Como se o mundo estivesse pegando fogo e eles tiraram proveito disso.

É assim que estão vestidos os dois garotos grandões fantasiados de cadentes atrás de mim.

— Vocês... — Salgadinho os examina, saindo rápido do estado de estupefação. — Já vimos vocês antes. Perseguiram nosso amigo e a garota do colégio feito dois meliantes, quando nós estávamos perseguindo os dois também.

– Não que a gente seja fofoqueiro nem nada – assegura Guará. – Só somos... *Interessados* no nosso menino. Quem ama cuida, né?

O cadente maior cruza seus braços de tronco de árvore.

– Me chama de meliante de novo pra ver o que acontece – diz. – É cadente Cascadura e cadente Madureira, pra vocês.

Por um segundo, morro de medo que Salgadinho vá querer lutar contra eles pela honra de Gabriel. Me preparo para gritar, pedindo ajuda. Mas o garoto apenas troca um olhar rápido com Guará e o Bonito, que assentem. Endireita a postura e volta aos grandões, que agora estão me flanqueando.

– Nós temos uma proposta – diz. – Estão abertos a parcerias?

... Cumé?

Os cadentes se entreolham com um rastro de surpresa e voltam aos seus semblantes duros.

– É que ficamos admirados com a produção de vocês – explica Guará. – Decidimos acompanhá-los depois que largaram o Gabriel. Vimos quando gravaram uns videozinhos caóticos pelos corredores, fingindo brigar e tudo o mais. Interpretando um clima bem irreverente com os personagens e com esse figurino todo, tá ligado? E já que surgiu essa oportunidade aqui de trocar uma ideia, queria dizer que admiramos muito o trabalho de vocês. Viramos fãs.

– Gestão criativa incrível – concorda Salgadinho. – Para a zoeira.

– E, se for possível e do interesse coletivo – continua Guará –, a gente teria o maior prazer em fazer uma colaboração com as ideias de vocês, pra gravar uns vídeos daora para o nosso canal.

Os cadentes apenas os encaram, sem reação. Acho que não estavam preparados para isso.

– A gente pode só filmar, se vocês preferem trabalhar sozinhos – se corrige Guará. – E postar no nosso canal, é claro. Ou pode até ser no de vocês. Mas marcando o nosso arroba, né?

Cascadura, recuperado do choque, aperta os lábios, e tenho a impressão de que está prendendo o riso. Já Madureira deixa o seu aparecer, só que de um jeito arrogante.

– E que desilusão coletiva faz vocês pensarem que nós, legítimos cadentes da Capitã Plutão, iríamos querer colaborar com meninos tão inexperientes? Meninos que ficam por aí brincando com livro de criança sobre *galinhas*?

– A galinha da minha história tem grande desenvolvimento de personagem... – se defende Guará, sentido.

– A garota da excursão pode ficar com o livro – oferece Salgadinho, decidido. Adiciona rápido para o amigo: – Isso é importante, Guará. A gente dá um jeito na galinha depois. Eu prometo.

O amigo o encara por um momento e assente, confiando no outro.

Cascadura balança a cabeça.

— A nossa irreverência é uma arte — ele clama. — Requer treinamento. Disciplina. Não vem de aproveitar alvos fáceis e livros indefesos. Não tem desafio nisso. Não tem honra.

— Então ensina pra gente! — Guará avança meio passo. — Nós...

Cascadura levanta uma palma teatral e o impede.

— Ainda é cedo. Vocês não estão prontos.

— Mas já estamos há anos nos preparando! — Guará está levando tudo cem por cento a sério. Liga a tela do celular e a mostra para os cadentes. — Nossa conta já tem mais de quinhentos vídeos pra provar!

Cascadura desvia o celular com as costas da mão.

— Ainda é cedo, *mas* — ele aponta um dedo da grossura de quatrocentas páginas para o menino — estaremos observando. Deem um jeito nas técnicas de vocês e, quando forem dignos, a convocação há de chegar.

— Saquei — Guará guarda o celular. — Isso significa que a gente precisa de quantos seguidores para a parceria, mil, dois mil?

— Saber que está mais preocupado com quantidade do que qualidade já é uma decepção — observa Madureira.

Guará arregala os olhos com o erro. Salgadinho segura seu braço antes que o outro piore tudo ainda mais.

— Vocês não vão se arrepender! — ele promete aos grandões, puxando seus amigos.

Os três garotos vão embora apressados, discutindo estratégias entre si.

Eu ficaria ainda uns cinco minutos só tentando digerir essa cena, se não fosse pelo pequeno fato de que agora ficamos eu, Madureira e Cascadura a sós. Meu nariz queima. Acho que vou chorar. Eles me abraçam.

— Até que enfim te achamos, Plutãozinha! — diz o gigante menor. Abraço-os de volta. Realmente estou chorando agora.

— Por que demorou tanto pra chegar? — pergunta Cascadura, se afastando. Repara no meu rosto molhado. — Ei, ei, ei, o que é isso? Por que você tá chorando, amiga?

— Porque vocês dois são os *cosplayers* mais incríveis que eu já vi na minha vida... — Paro para fungar.

— Nossa interpretação de cadente ficou show de bola, né não? — ri Madureira.

— A gente praticou pra caramba para gravar os vídeos para os nossos perfis de *cosplay* hoje. — Cascadura dá um soquinho no braço do parceiro. Não sei como ele não sai voando. — Mas sinto que são vídeos bem diferentes dos desses meninos. O que eles iam fazer com esse livro infantil?

— A história da galinha parecia muito promissora, pra ser sincera — admito entre fungadas.

— Mas nada disso é motivo pra chorar, Plutãozinha. — Cascadura segura meu ombro de um jeito carinhoso, doce como sei que é. — O que aconteceu?

— ... É que eu vou decepcionar vocês. — Enxugo desajeitada os olhos e o nariz. — Desisti do mundo de *cosplay*. Vocês me perdoam?

Gabriel

— Já chegou na parte em que o Aleksander e a Sophitia, mesmo disfarçados, são descobertos pelos cadentes? — alguém pergunta acima de mim.

Lorena está apoiada na árvore sob a qual estou sentado. A *nossa* árvore, nas sombras mais distantes do gramado enorme entre dois pavilhões da LivroCon. Minha pulsação acelera, mesmo com o clima esquisito entre nós depois da briga.

Ela se senta ao meu lado evitando me encarar. Aproveito para espiá-la, como fiz tantas vezes nos últimos meses durante as aulas.

A diferença é que eu nunca quis tocá-la tanto quanto quero agora.

Volto às páginas do quadrinho aberto sobre os meus joelhos.

— E a Sophitia — completo a cena para ela —, cercada por um batalhão inteiro de cadentes, diz: "tudo bem, eu sei que temos as nossas diferenças, mas somos todos pessoas maduras e espero que ainda possamos ser amigos". O que os cadentes ignoram, óbvio, e todo mundo começa a atacá-los loucamente enquanto fogem. Lorena abaixa o queixo e sorri para si mesma. Os nós que apertam minhas costas, meus ombros, meu pescoço, *tudo*, desde que brigamos, afrouxam um pouco.

– Eu sempre amei essa cena, mas sinto que a entendo melhor agora – ela diz, um pouco tímida. – Que legal que você comprou o quadrinho.

– Depois de tanta indicação da sua parte, era o mínimo que eu podia fazer.

– Como já disse, não vai se arrepender. – Ela olha para baixo. – Demorei um tempão pra te achar, até ter a ideia de que podia ter voltado pra cá, onde a gente almoçou. Eu devia ter instalado um GPS em você mais cedo, mas dei mole.

– Você estava me procurando? Eu pensei que, a essa hora, você estaria pegando o autógrafo da Cassarola Star. – Não a vi na fila, mas Lorena tem experiência em se esconder de mim.

Ela demora um momento para responder apenas:

– Eu tenho que falar contigo.

– Por que não me mandou mensagem? Eu iria te encontrar.

– Achei que você podia me ignorar, depois do que houve.

– Eu nunca vou te ignorar. Não importa o que aconteça, você pode sempre me mandar mensagem, *Lô*.

Seu queixo está quase encostando no peito, agora. É possível que uma pessoa se encolha até sumir? Por um segundo, fico preocupado.

– Posso mandar até corrente? – ela brinca, em vez de desaparecer (ufa!). – Daquelas que se você não repassar pra oitenta pessoas o homem do saco vai te sequestrar no Natal e deixar no seu lugar um pequeno quebra-nozes com as suas feições para a sua família?

– ... Você não conhece a lenda do homem do saco direito, conhece?

– É um homem e leva um saco, eu sempre presumi que tinha algo a ver com o Papai Noel.

– Tá, a gente vai ter que fazer uma boa pesquisa no Google depois. Mas, sim, pode me mandar as suas correntes sem sentido e estupidamente específicas. Eu sempre vou te responder.

Ela me lança um sorriso de lado, ainda sem erguer o rosto.

Por ironia, eu também estava com medo de que ela ignorasse as minhas mensagens. Bolei até o plano de ler o seu quadrinho favorito logo e usá-lo como desculpa para puxar assunto, pedindo para nos encontrarmos. Como se conversar sobre ele fosse, sei lá, convencer a garota de que eu não sou uma decepção completa, apesar da briga. É um plano meio desesperado, eu sei. Mas não pensei em nada melhor no curto tempo que tenho, e reabrir a conversa contando direto o que decidi fazer sobre meus amigos e sobre a tentativa de comprar a senha para ver a Cassarola Star, mostrando que não serei mais covarde, me pareceu errado. Lorena podia entender que eu estava querendo continuar a discussão. Tentando ganhá-la.

E se tem algo que já aprendi sobre pessoas é que raramente alguém ganha uma briga.

Não vou correr o risco de discutir de novo.

– Des... – eu digo, ao mesmo tempo que ela começa:

– Eu não...

Ambos paramos e rimos.

– Você primeiro – ela oferece.

– Pode ir.

– Tá. – Ela penteia a grama com uma mão. – Desculpa. Não só pela coisa toda de te ignorar no colégio e ser chata contigo, mas por implicar com seus amigos também.

– Tá tudo bem – respondo, e é sincero. – Eu peço desculpas por ter reagido daquela forma e ido embora. Não devia ter ficado chateado contigo.

– Você tinha o direito. Eu disse coisas maldosas, eu acho. Eu... – Seus dedos afundam entre as folhas. – Nunca tive muitos amigos, sabe? Não entendo direito como funciona. Acabo entrando em pânico fácil e o resultado é desastroso.

– Pera aí, isso quer dizer que você oficialmente me promoveu ao cargo de amigo?!

– Se ainda quiser o cargo, depois dessa briga toda...

– Lorena, eu não aceitaria receber as suas correntes do homem do saco se não quisesse.

Ela fica quieta um momento, como se estivesse assimilando minha resposta.

– Isso é tudo tão estranho – conclui. – Sempre me achei o tipo de pessoa que não conseguiria ter amigos. Os requisitos me pareciam difíceis demais de cumprir.

– Que requisitos?

Ela dá de ombros.

– Na minha cabeça, para as pessoas serem amigas elas tinham que se entender completamente o tempo todo e, sei lá, *dividir segredos* ou algo assim. Coisas que eu não sei fazer muito bem.

– Isso é uma concepção bem *Sessão da Tarde* – rio. – Amigos também brigam, de vez em quando. Depois se acertam. Ou, como no meu caso com os garotos, deixam passar e nunca mais falam no assunto, porque nenhum de nós conversa sobre *sentimentos*. Hum, agora que eu digo isso em voz alta, não parece ser algo muito saudável.

– Mas ainda dividem segredos? – investiga Lorena, fascinada com a minha explicação.

– Ah, isso sim.

– Como quem gosta de quem?

– Ou quem cometeu cada contravenção penal, no caso deles. Coisas que vamos levar para o túmulo.

Ela ri, e eu queria que seu riso fosse um vídeo do TikTok para que ficasse repetindo infinitamente.

– Mas se o requisito do segredo for verdade, você ainda não pode ocupar o cargo de amigo meu – ela observa. – Não enquanto não dividir um comigo. Eu já te contei sobre a minha família. Você teria que me dar algo em troca, para ser oficial.

— O meu sonho de ser o Dollynho não conta? — brinco.

— Isso não é segredo pra ninguém. Tem que ser outra coisa, algo melhor.

Lorena me olha com um sorriso presunçoso de quem descobriu uma arma muito poderosa. Um sorriso que, se ela o usasse ao me convidar para destruir o mundo com ela, eu provavelmente aceitaria.

Fecho o quadrinho e me ajeito para me sentar mais de frente.

— Então se segura, que vou contar o segredo mais revelador da minha existência. Tá preparada? — Ela só ergue as sobrancelhas. — Eu tenho um passado obscuro bem pesado. Quando tinha 11 anos, eu era um viciado em... *Minecraft*.

Ela ri sem querer, como se estivesse cuspindo refrigerante.

— Isso não é um segredo de verdade! — reclama. — *Minecraft* é praticamente um rito de passagem de todo garoto de 11 anos.

— Mas eu tinha até um canal malfeito no YouTube! Meus vídeos eram horríveis! Isso tem que valer alguma coisa.

— Vale pontos pelo seu esforço em se humilhar, que é algo que eu aprecio. Gabriel, o grande *streamer de games*... — Ela ri, se refestelando na minha vergonha (e eu nem sabia que sabia essa palavra, devo ter aprendido em *Cometas*). Só que, de repente, a risada vai morrendo. — Tudo bem, vou aceitar isso. Depois da forma como te tratei mais cedo, você nem tem muito motivo pra confiar em mim com nenhum segredo mais importante que *Minecraft* ou o Dollynho.

Sou pego de surpresa e não sei o que responder. Ela achar que não confio nela é algo absurdo. É claro que confio. Por que teria contado tão fácil que gosto de *Cometas*, se não confiasse? Se não achasse que Lorena é, de todo mundo que conheço, talvez quem melhor me entende?

A estudo enquanto ela observa os grupos de pessoas na parte mais movimentada do gramado, descansando sob o sol fraco do fim da tarde. De perfil, seus cílios são tão grandes quanto seus olhos. Seus cachos presos no coque estão mais bagunçados que há algumas horas.

– Eu não gosto de falar de coisas que curto com os outros porque nunca tive boas experiências – digo em algum momento, não sei direito por quê. – Especialmente com a minha família. Meus pais olham feio pra tudo o que eu faço. Meus irmãos me zoam até a morte. Fiquei com a sensação de que mostrar quem eu sou é dar motivos para os outros se decepcionarem comigo. Na dúvida, acabo ficando quieto.

Com você não tive dúvida, não adiciono.

É a vez dela de me estudar. O silêncio se prolonga e começo a ficar desconfortável. Eu não devia ter admitido isso. Ela não vai saber como reagir. Eu...

– Que gente chata – ela diz, bruta. – Desculpa, eu sei que é a sua família. Mas se fazem você se sentir assim por causa do que te faz feliz, eles são chatos demais.

O alívio que sinto por Lorena não estar rindo ou brigando comigo vem tão forte que fico sem palavras.

– Você não precisa contar com eles – ela continua. – A partir de agora, eu tô aqui pra conversar contigo sobre *Cometas* ou sobre os seus jogos ou o que quiser. E não vou te julgar nem que você venha querendo debater as teorias da conspiração mais sórdidas sobre as histórias. O que eu incentivo, aliás. Sempre agradeço qualquer adição ao meu banco de teorias da conspiração.

– Sério? – me forço a brincar, a fingir que não sinto nada. – Eu tenho uma teoria muito boa de que a Sophitia é na verdade a vilã de *Cometas*.

– Tá, teorias da conspiração estão proibidas e não se fala mais no assunto.

Rimos juntos, algo curto, mas que ainda alivia um pouco a tensão.

– Sabe que a sua família tá errada, né? – Lorena volta ao assunto, não satisfeita. – Você não é uma decepção só por gostar de alguns livros ou jogos. Amar algo não nos diminui. É o que nos motiva. Eu não iria querer dominar metade dos planetas que planejo se não fosse por *Cometas da Galáxia* me mostrando que é possível.

Respiro fundo, um pouco resignado.

– *Saber* o que a gente deve sentir e de fato *sentir isso* são coisas diferentes – respondo. – Eu até sei que minha família tá errada, mas é difícil não ficar bolado quando dizem que eu vou virar um vagabundo porque gasto meu tempo todo com besteiras. Que o *correto* era me dedicar única e exclusivamente a estudar para o vestibular da faculdade que eles escolheram pra mim.

Ela franze as sobrancelhas para isso.

– Eles escolheram? Você não quer fazer Ciência da Computação? Mas foi o que começou a nossa história juntos!

– Não é nem que eu não queira. – Tento tirar um amassado na ponta da capa dura do quadrinho de *Cometas da Galáxia*. – Na minha família, todo mundo é da área de Engenharia. Para você ter uma ideia, a piada que meus tios repetem para as crianças não é a do "é pavê ou pá comê", é: "você pode fazer o que quiser na faculdade, contanto que comece com a palavra Engenharia". Ciência da Computação é o máximo que eu consegui me afastar disso sem dar início à Terceira Guerra Mundial lá em casa. – Bufo e balanço a cabeça. – Eu devo estar parecendo um babaca arrogante reclamando disso, não é? Tanta gente sem nem ter condição de fazer faculdade, e eu aqui, com toda a oportunidade do mundo, sendo um ingrato.

– Nunca é uma sensação boa quando a nossa vida não é um plano nosso – diz Lorena, devagar. – Eu acho que entendo. No seu lugar, faria o mesmo. Quer dizer, não faria, porque eu provavelmente deixaria a Terceira Guerra Mundial começar sim, só pela diversão.

Tinha que ser ela, para me fazer sorrir em um assunto como esse.

– É por isso que não confronta a sua família? – pergunta. – Porque se sente ingrato?

Não sei responder de cara. Nunca parei para pensar nisso por muito tempo. Me deixa desconfortável, e meu protocolo usual para lidar com desconforto, como todos sabem, é ligar o videogame.

– Eu acho que sim – concluo. – Isso e... não sei se viver com a desaprovação eterna da minha família vai ser melhor do que cursar a maldita faculdade. Não deve ser tão ruim assim. Eu até gosto, acho. E nem tem outra coisa específica que eu queira fazer. Que seja o que eles querem, então.

Percebo o que estou dizendo e rio de mim mesmo.

– Sempre sou meio covarde, não é? – Já que é para ser sincero, vamos até o fim. – Você falou certo, mais cedo. Aposto que está se controlando para não repetir agora. Mandar eu parar de graça e começar a me impor. Brigar pelo que eu quero, mesmo que isso deixe todo mundo irritado.

– Não vou dizer isso. – Ela pausa, algo tenso na sua expressão enquanto pensa. – Eu sei que não é tão fácil assim. Pessoas não são... Uma ciência. Nem sempre alguém da sua família vai ser bom contigo ou honesto ou, sei lá, minimamente coerente. E é difícil demais lidar com isso. É difícil ouvir a lógica e fazer o que é melhor pra nós. Às vezes, a gente só quer ficar quieto e ter um pouco de paz.

Olho pra ela admirado. Não estava errado quando pensei que é ela quem melhor me entenderia.

– Você passa por isso com os seus pais também, não é? – adivinho.

Ela me lança um sorriso culpado.

– Pois é. Eu...

A pausa que faz dessa vez dura tanto tempo que penso que desistiu de falar. Quando vou mudar de assunto para poupá-la, ela continua:

– Eu tento fingir que não, mas acho que tenho esse mesmo problema de querer agradá-los, do meu jeito. Sei que não preciso, mas é como você disse. Saber o que eu devo fazer, e de fato fazer, são coisas completamente diferentes. Em um momento tô dizendo pra todo mundo, inclusive pra mim, que meus pais não importam, e no segundo seguinte tô inventando formas de chamar a atenção deles. Às vezes, acho que é por isso que sou tão competitiva. Meus pais me deixaram como se eu não valesse nada, e ganhar é uma forma de provar para todo mundo que eles estavam errados. Que eu tenho valor, sim. Que sou boa o suficiente.

Ela coça o nariz, o belisca, aperta os olhos. Parece que quer se impedir de chorar na base da força.

Quero passar o braço sobre os seus ombros e trazê-la para perto. Apertá-la contra mim até que a gente não precise falar mais nada.

– Lô – a chamo, em vez disso. – Já disse e vou dizer de novo. O problema nunca foi você. Seus pais são uns idiotas por terem te deixado, e vai chegar o dia em que eles vão ver a pessoa talentosa e genial que você se tornou e dizer: "ela é incrível, e eu me arrependo de ter feito essa burrice imensa de não ter vivido ao seu lado".

Tenho um pouco de vergonha de ser tão direto, mas não desvio o rosto. Esse é o tipo de coisa que todos merecemos ouvir sendo dita por alguém nos olhando nos olhos. O queixo dela treme. Por um segundo, acho que estraguei tudo e a fiz chorar mesmo. Mas Lorena tomba para o lado do sorriso e me dá um tapa no ombro.

– Tá tirando o dia pra ser legal comigo, hein? Até que eu tô gostando desse lance de ter você como amigo.

– É que você me alimentou mais cedo – brinco. – Sou obrigado a te tratar bem e com gratidão eterna até o fim dos meus dias e tal, como mandam os bons costumes.

– Nunca gostei muito de seguir os bons costumes, mas, nesse caso, acho que posso abrir uma exceção.

Sorrimos um para o outro feito bobos. Como se não tivéssemos acabado de conversar sobre o que mais nos corrói por dentro. Como se, nesse momento, não fosse importante.

Quero viver nesse momento para sempre.

– Eu tenho algo pra te mostrar – ela diz de súbito.

Sem nenhum motivo, minha mente pensa besteira, porque ela está uma idiota incontrolável hoje. Venço a batalha contra deixar meus olhos descerem abaixo da linha do pescoço de Lorena enquanto ela abre a bolsa e retira o bloco de desenho. O oferece para mim aberto em uma página que eu não tinha visto mais cedo.

É um desenho da Sophitia e do Aleksander de novo, mas, dessa vez, eles não estão se pegando. Apesar disso, é a arte dela em que os dois parecem mais unidos, ironicamente. Não tenho um senso artístico ou poético apurado o suficiente para conseguir explicar por quê, mas é o sentimento que me passa. Um sentimento bom e que... sei lá. Que eu gosto.

(Como que a Cassarola Star consegue *descrever coisas* usando *palavras*?! É difícil *demais*!)

– Um dia você vai ser muito famosa – digo, depois de elogiar o desenho com algo um pouco mais forte do que a palavra "legal". – E não, não é porque você vai ser a primeira humana a domesticar um unicórnio ou qualquer coisa aleatória assim, que eu sei que é o que você tá pensando.

– Não fala tão alto! Vai assustar os agentes do FBI me monitorando.

Passo o dedo pela textura das tintas, como se isso pudesse me ajudar a imaginá-la trabalhando.

– Esse é o desenho que vão entregar para a autora? – pergunto. – Ouvi você comentando algo sobre isso mais cedo com a Stefana.

Lorena torce a boca e responde, com a voz pingada de tristeza:

– Então... acabou que deu tudo errado e, no final, não vou encontrar a Cassarola Star.

Lorena

– Foi por *isso* que a gente *sofreu* aquela gincana? – Gabriel tenta assimilar, depois que conto a verdade sobre meu dia e peço desculpas pelos momentos em que menti. Por algum motivo, não sinto mais vontade de esconder nada. – Porque você queria o livro autografado?

Abaixo o rosto. Essa é a primeira vez que ele fala, desde a parte em que contei sobre Stefana e ele me interrompeu para perguntar se eu já tinha notícias dela (não tenho). Gabriel não parecia estar me julgando em nenhum momento enquanto me ouvia em silêncio, além de me lançar uma ou outra expressão inevitável de "você só pode estar de sacanagem com a minha cara, Lorena", mas ainda assim me sinto envergonhada.

– Agora você entende por que eu fiquei daquele jeito quando perdemos para o outro casal – digo. – Querendo…

– … Chorar? – ele completa, enquanto digo ao mesmo tempo:

– … Demolir um estádio inteiro e chutar os escombros até só sobrar migalhas. Por que as pessoas sempre acham que eu vou chorar?! – Faço um *tsc* com a língua. – Mas enfim, resumo da história: o dia todo foi uma linha contínua de desastres em série, deu absolutamente tudo errado, estraguei a convenção pra todo mundo, perdi a Cassarola Star, minha vida é um fracasso total e eu nunca mais vou sair de casa porque corro o risco estatisticamente comprovado de, da próxima vez, ocasionar a destruição mundial.

Penso que Gabriel vai continuar se compadecendo, mas ele aperta os lábios e cai em uma risada silenciosa.

– Por que você tá rindo? – reclamo. – A única que pode fazer chacota das tragédias pessoais do outro aqui sou eu. Tá no nosso contrato de amizade.

– Desculpa. – Ele não parece querer se desculpar. – É que é meio engraçado o quanto você é tão drástica com tudo. Qualquer plano que não dá certo já significa a sua derrota absoluta, o fim do mundo.

– Não é verdade!

– Lô, eu já vi você ameaçar "merendar na porrada" o bebedouro do subsolo no colégio porque ele não estava funcionando e você não ia "ser humilhada desse jeito".

– Eu estava realmente com sede naquele dia! Estava quente! – Abano uma palma. – E não tem nada a ver com hoje. Tenho motivo legítimo pra decretar o fim do mundo. Além de ter machucado um monte de gente, ainda fiquei sem encontrar a Cassarola Star, meu maior sonho de todos os tempos.

– Não tô rindo pra desmerecer como você se sente – ele diz, com mais cuidado. – É só que não precisa ser tão drástica agora. Quanto à Stefana, você já mandou mensagem, e só resta esperar. Quando ela precisar, nós vamos estar aqui. E quanto à Cassarola Star, bom...

– Gabriel, se você também vier com aquele papo de que o dia ainda não acabou e sempre existe esperança ou alguma outra mensagem motivacional de princesa da Disney, talvez eu seja obrigada a te agredir.

– Mas é verdade! – Ergo um punho para ele, que ri, claramente sem nenhum senso de autopreservação. – Enquanto nós não formos expulsos da LivroCon, a estatística dispõe que as chances de conseguir um livro autografado da Cassarola Star ainda existem.

– Otimismo sem um plano concreto é como acreditar em contos de fada. E não existem mais planos concretos que eu não tenha tentado.

– Ah, é? – Gabriel entorta a cabeça. – Você já tentou comprar a senha de alguém, por acaso?

Abro a boca para dizer que sim, mas a verdade é que só pensei, e não tentei na prática.

– Mas esse plano não conta, porque é inviável – resmungo. – Mesmo que eu tivesse dinheiro pra isso, quem seria burro o suficiente de vender algo tão valioso?

– Ninguém, como eu descobri na prática. – Ele passa a mão na nuca e faz uma careta culpada.

– Você tentou comprar uma senha? – Arqueio as sobrancelhas.

Ele assente e ri para si mesmo:

– Minha família ficaria chocada em descobrir que dinheiro não pode comprar tudo.

Balanço a cabeça.

– Então é mais um plano de conseguir senhas que deu errado – observo –, provando o meu argumento de que estamos fadados ao fracasso.

– Não, provando o *meu* argumento de que você sozinha não tentou de tudo e que ainda existem chances de encontrar com a autora. Ainda mais agora, que temos uma nova vantagem estratégica.

– O poder da raiva e da decepção?

– O poder do trabalho em equipe. – Ele aponta para nós dois. Rio fazendo chacota. – É sério! Duas cabeças sempre pensam melhor que uma. Vai dar bom!

Aperto os olhos.

– Por que você tá tão empolgado com isso, do nada? Nem parecia ligar tanto para ter perdido a senha mais cedo.

– Porque agora eu sei que você precisa dela também, e isso me faz querer, sei lá… mover mundos e montanhas. Me esforçar.

Nego a sensação quente que surge no meu peito com um *tsc* de descaso.

– *Qualé*, Lô! – ele insiste. – Desistir nunca foi do seu feitio. Cadê a garota megalomaníaca e inconsequente que eu conheço?

Prendo um sorriso com o elogio, e finalmente entendo. Ele só está tentando me animar.

– Escute aqui. – Aponto um dedo acusador para ele. – Se você acordar o monstro calculista dentro de mim de novo, só vou parar quando eu tiver o autógrafo da Cassarola Star preservado em âmbar em um amuleto no meu pescoço, que é como pretendo guardá-lo pelo resto da eternidade, hein? Nem que eu tenha que destruir tudo no meu caminho. Espero que você saiba o que está fazendo e que tenha alguma garantia de que vai dar certo.

– Não tenho nenhuma, pra ser sincero. – Ele pende a cabeça para frente, modesto. – Mas, mesmo se não der certo, sinto que, sei lá... vai ficar tudo bem. Nenhuma derrota vai ser tão ruim assim se a gente estiver tentando juntos.

Bufo para ele, porque a sensação quente continua crescendo e só um *tsc* já não parece suficiente para contê-la.

– É sério, olha pra mim, Lô – ele pede. E olho, no início a contragosto, mas algo no rosto dele me amolece. Me prende. – O que eu quero dizer com isso tudo é que não precisa ficar assim, achando que o mundo acabou. A gente vai continuar tentando, e, mesmo se não rolar, vai ficar tudo bem. Confia em mim, tá?

Por um segundo, me perco na pergunta. Pensando que me ganhou, Gabriel me mostra aquele seu sorriso de montanha-russa subindo.

Meu peito acelera em queda-livre.

Sem conseguir mais fugir, estudo essa sensação. É uma adrenalina que já senti algumas vezes com Gabriel, parecida com aquela que esquenta nosso corpo quando estamos prestes a lutar com alguém. Sempre achei que isso era só eu querendo dar um murro nele, mas agora que me reavalio, considerando tudo o que passamos e todos os dados que compilei com as minhas listas mentais mais cedo, percebo que, talvez...

— Não sei confiar em pessoas direito — respondo, enfim, minha boca estranhamente seca.

— Quer aprender comigo?

Contra os raios de sol finos do entardecer, os cachos de Gabriel reluzem em volta da sua cabeça como uma auréola discreta. Seria uma imagem bonita de se pintar, e guardo as cores na memória. Mais detalhes seus para a minha coleção.

Rindo para mim mesma, percebo que talvez, durante esse tempo todo, não era bem um soco que eu queria dar nele.

Tem tanta coisa na minha vida que eu não estava entendendo direito. É até engraçado.

— Esse sorriso é um sim? — pergunta Gabriel. — Ou é um "vou usurpar o trono de uma monarquia amanhã à meia--noite"? Às vezes, eu confundo.

Levanto o queixo.

— É um "estou prestes a te contar um segredo".

— De graça?! — Ele se empolga todo.

— Só dessa vez. É a história do dia em que eu me apaixonei. — Os olhos dele se arregalam. Adiciono rápido, meu rosto quente: — Por *Cometas*. Mas é um amor um tanto trágico, no início.

Ele me assiste como a um filme que ganhou o Oscar enquanto me ajeito para encostar as costas na árvore.

– Em algum dia – começo –, durante as semanas intermináveis que passo no sítio dos meus tios-avós durante as férias de verão, eu me senti sozinha. Eu sei, isso é algo quase inimaginável, vindo de mim. Logo eu, que respiro na solidão como peixe respira na água. Mas, bom, às vezes os planetas se alinham e o impossível acontece. Dias e dias sem interagir com ninguém com menos do que o dobro da minha idade se acumularam e, em uma noite silenciosa demais, quando todo mundo já tinha ido dormir e a internet, como sempre, estava fora do ar, deitei na rede da varanda e senti que o mundo estava absolutamente vazio. Não existia mais ninguém. Só tinha sobrado eu ali, sozinha. E isso, bom, não é uma sensação boa.

Faço uma pausa. Tenho menos prática em organizar palavras do que traços e cores, mas não pode ser tão diferente de desenhar, se ainda é um ato de se desembaraçar, não é? Então sigo me esforçando.

– É como... ter vontade de gritar, só pra que alguém preste atenção em você, só pra que você sinta que está ali, viva, e ao mesmo tempo saber que é inútil, porque ninguém vai te ouvir. É difícil de explicar.

– Eu acho que consigo entender – diz Gabriel, baixinho.

– Em resumo, é ruim. De repente, eu precisava desesperadamente ouvir alguém diferente falando comigo. Qualquer pessoa. De qualquer lugar. Então me lembrei do livro que minha avó tinha escolhido pra mim na livraria antes de viajarmos, quando reclamei que a internet do sítio era um lixo. Ela tinha me dito que o livreiro o recomendou porque fazia muito sucesso com todo mundo, e eu, que não sou todo mundo, tinha enfiado o livro no fundo da mochila pra apodrecer lá. Não me olhe assim. Até eu, acredite se quiser, cometo um erro ou outro, de vez em quando. E o livro ficou lá, esquecido, até essa noite vazia. No desespero, finalmente peguei *Cometas da Galáxia 1* para ler.

O cheiro do papel na minha memória é tão nítido quanto o aroma de grama e pipoca de carrocinha que sinto agora, mesmo que eu tenha aberto aquele livro pela primeira vez há mais de um ano.

– Sei que eram só algumas páginas, mas… eu não me senti mais sozinha enquanto lia. Acho que, sei lá, as vozes daqueles personagens preencheram o vácuo que eu estava sentindo. Nunca tive muitos amigos, mas, naquele momento, chuto que senti algo próximo. E deve ser por isso que conhecer a autora hoje era tão importante pra mim.

– Lorena…

Levanto uma mão para Gabriel, antes que comece a tentar me consolar, porque pena não é algo que admito em hipótese alguma.

– Mas tô divagando – digo. – Não foi por causa disso que comecei a te contar essa história. Foi por outra coisa que pensei nesse dia. Volta pra quando peguei *Cometas* para ler. Devorei a história madrugada adentro, sem desviar os olhos, e terminei às 4 horas da manhã completamente sem fôlego. Fiquei deitada na rede abraçada com o livro, me recusando a voltar para o nosso mundo. Olhando para o céu infestado de estrelas lá do sítio, enquanto imaginava tudo de incrível que acontecia lá em cima, na história. E aí, apesar de tudo, a sensação de vazio voltou. Não só por eu ter terminado a história – um tipo de despedida que eu nunca tinha experimentado de um jeito tão intenso –, mas porque, sei lá... lá estava eu, sozinha no meio do nada, na minha vida chata e sem sal, enquanto os cometas viviam aventuras e conquistavam glória sem nem dar valor pra isso. Sem nem perceber o mundo mágico e as pessoas extraordinárias em volta deles. Não era justo. *Eu* queria viver minhas aventuras. *Eu* queria glória. *Eu* queria um mundo mágico e cheio de pessoas incríveis. Eu queria *tanto*.

Encaro Gabriel enquanto digo isso. Por mais que esteja compartilhando uma parte nua e visceral de mim, ambição nunca me soou como um motivo de vergonha. E ele não ousa me interromper.

– Acho que você já me conhece o suficiente pra saber que eu não sou o tipo de pessoa que se *conforma* – ponho um certo nojo na palavra. – Tô sempre fazendo os meus planos, por mais megalomaníacos que eles sejam, porque me recuso a acreditar que eu não possa conseguir o que eu quero. E o que eu sempre quis era fazer da minha vida algo grandioso. Algo com significado. Algo que ninguém pudesse ignorar.

Pensando bem, isso provavelmente também tem origem no Picasso de cicatrizes emocionais que meus pais deixaram pintado em mim. Mas Gabriel já sabe disso e vai ligar os pontos, então não me dou ao trabalho de voltar ao assunto.

– Acho que esse vazio que eu senti depois de ler *Cometas 1* deitada na rede foi porque bateu forte, pela primeira vez, a sensação de que talvez fosse tudo em vão. Talvez eu, insignificante e sozinha lá no sítio, simplesmente não estivesse destinada a ter uma vida grandiosa. E o mais perto que eu chegaria de aventuras com mundos e pessoas incríveis fosse lendo as histórias dos cometas. E às vezes…. Às vezes, ainda me sinto assim. Aterrorizada com a possibilidade de estar fadada a continuar insignificante e sozinha para sempre.

Gabriel, sentado de frente para mim, se ajeita para chegar mais perto, como se quisesse me tocar. Antes, eu já estaria me preparando para empurrá-lo para longe.

Não me movo.

– Mas hoje… – Pauso, reorganizo as ideias. Essa conclusão é a parte mais difícil. Mas me lembro de tudo o que conversei com Karen GO. Do que aprendi sozinha, na marra.

– Hoje eu percebi que estava entendendo algumas coisas errado. Ter o que os cometas têm não é tão inalcançável assim, eu acho. Porque consigo viver as minhas próprias aventuras, do meu jeito. Como hoje. Em um mundo que é mágico, se é capaz de criar uma convenção tão fantástica quanto essa. E com pessoas extraordinárias comigo também. Como a Stefana. Como você. Pode não ser uma aventura tão mirabolante ou grandiosa quanto uma jornada espacial, mas... mas eu gostei. Não me senti sozinha.

Tá, *agora* sou obrigada a abaixar os olhos.

— Não vai me entender errado — emendo rápido, incomodada por parecer vulnerável demais. — Não vou parar com meus planos megalomaníacos nem nada. Nunca vou desistir de correr atrás dos meus cometas imaginários e dos meus dias de glória. É só que... Hoje descobri que, às vezes, não preciso. Porque, em alguns momentos, o que eu tenho perto de mim pode já ser suficiente.

Meu estômago está subitamente leve de um jeito estranho. Minha pele, quente como num dia de verão. Nem me lembro da última vez que falei tanto sobre mim mesma em voz alta. Acho que nunca, na verdade. Boa parte disso tudo, inclusive, eu nem tinha pensado direito antes.

— Enfim — digo, já que Gabriel não para de me observar sem comentar nada. Será que dormiu em algum momento? Eu entenderia. Sentimentos são insuportáveis. — Acho que te contar isso tudo já é resposta suficiente pra sua pergunta sobre eu confiar em você. Mas fica o aviso de que se contar isso pra alguém eu vou te matar de forma lenta e dolorosa e...

— Lorena — ele me interrompe, me encarando de um jeito intenso. — Eu prometo fazer tudo o que estiver ao meu alcance pra que você nunca mais se sinta sozinha.

Aquela adrenalina, ou o que quer que seja, bate de volta em mim como uma onda de ressaca.

— Não faça promessas que não vai conseguir cumprir

depois – digo, balançando a cabeça. – Eu não sou uma pessoa fácil de se manter próximo.

Gabriel me estuda daquele jeito dele, de quem procura com os olhos os pedaços que faltam para me completar como um quebra-cabeça.

– Você sabe que eu iria conquistar qualquer império do mundo contigo se me chamasse, não sabe? – ele pergunta.

– Não imaginei que você também tivesse esse desejo por poder.

– Claro que não tenho. Eu iria por você.

Adrenalina é capaz de fazer o nosso sangue tropeçar no coração? A nossa barriga formigar? Eu realmente preciso estudar mais Biologia.

– O que isso significa? – pergunto, sincera.

– Que a cada palavra que você diz, a cada plano que inventa, a cada risada boba que dá e a cada segundo que fica perto de mim, na real, eu tenho mais certeza de que faria qualquer coisa por você. Já que estamos sendo sinceros um com o outro.

Nos encaramos em silêncio, meu peito pulsando com qualquer que seja o hormônio responsável por fazer humanos explodirem. Não sei o que responder. Nunca treinei para esse tipo de situação. O que sinto não é território explorado. Mas...

Mas talvez seja hora de explorá-lo, porque admito que estou gostando.

– Qualquer coisa? – repito.

Gabriel me devolve o meio-sorriso.

Me vem uma lista de coisas que quero explorar com ele. Testar o que podemos sentir quando estamos juntos pelo método científico da experimentação. Em todos os meus anos de adolescência solitária, foram poucas as oportunidades que surgiram para ficar tão próxima assim de alguém, e nenhuma teve exatamente os resultados que eu esperava na prática. Nenhuma me fez *sentir* tudo aquilo que a teoria me prometia. Mas agora...

Avalio Gabriel sentado na minha frente, olhando para mim. Os cachos de xampu de camomila. A boca às vezes vermelha demais. As mãos a postos para amarrar sandálias. Os braços de constelação. Braços...

Eu nunca tinha reparado em como os braços de Gabriel parecem fortes.

– Me dá o seu braço – ordeno.

Ele levanta as sobrancelhas milimetricamente. Escolho não explicar. Ele estende o braço para mim.

Seguro-o pelo pulso e o viro, estudando-o. Com a outra mão, me permito deslizar as pontas dos dedos pela sua pele, traçando as formas como em um desenho. Minha própria pele queima de volta. É um contato calculado com o qual não estou acostumada. Um contato que não é meio, e sim fim. Quando passo pela parte de dentro do seu antebraço, os pelos do outro lado se eriçam. Fico hipnotizada pela ação e reação por um momento. É fascinante.

Então o puxo, suave. Ele senta mais perto, se ajeitando

quase colado do meu lado. Sua palma repousa virada para cima sobre um dos meus joelhos cruzados. Puxo meu estojo de dentro da bolsa do outro lado na grama e pego minha caneta de tinta prateada mais bonita.

– Isso é algo que sempre quis fazer – confesso.

Começo a ligar as pintinhas próximas na sua pele. Porque essa sempre foi para mim a forma mais fácil de entender o mundo e como eu me sinto sobre ele: usando as minhas mãos e um pouco de tinta.

Gabriel me acompanha em silêncio, ainda com o sorriso. No seu braço, faço os traços devagar, para que não acabe tão rápido. Para que fique perfeito.

– Você tá escondendo em mim o mapa pra algum grande tesouro? – ele brinca, quando faço um X. Sinto sua respiração perto da minha testa.

– Por que eu contaria para as outras pessoas como achar um tesouro, em vez de pegar pra mim? – Giro o braço dele com cuidado conforme ligo uma pintinha na lateral. – Claro que não. Tô fazendo algo muito mais importante.

Só nesse momento subo os olhos para ele. Nossos rostos estão impossivelmente próximos.

– Tô descobrindo as suas constelações – conto.

Ele ri. Volto rápido a desenhar, com medo de me perder no gesto.

A pele dele é tão suave quanto as folhas do meu bloco, e muito mais quente. Não sei como não soltamos faíscas e pegamos fogo feito pedaços de papel.

Estou na terceira constelação quando circulo o seu pulso.

— Olha só — digo. — Essa aqui parece um cometa.

— Sabe por que eu não te beijei na gincana? — pergunta Gabriel, de súbito.

Sigo para a próxima constelação, meu traço um pouco torto.

— Além de não ter certeza se você queria mesmo — ele continua —, eu não queria ter que dividir o nosso primeiro beijo com todas aquelas pessoas. Eu queria que fosse só nosso.

E respondo a coisa mais ousada, porque é isso que Gabriel e Lorena fazem na minha cabeça, desde sempre.

Se desafiam.

— Não tem ninguém olhando agora — digo.

Ele me beija.

Não é um beijo que a Cassarola Star escreveria. Ele se vira para colocar a mão no meu ombro. Não é poético ou romântico. Seguro a nuca dele. Pode até começar suave, mas logo vira algo urgente, que me faz querer puxá-lo, tomá-lo para mim. Colidir. Queimar até que viremos nada além de poeira estelar.

Seus lábios estão vermelhos quando nos afastamos. Minha caneta de tinta prateada está jogada sem tampa na grama. Manchou a capa do quadrinho de *Cometas* ao seu lado. Minhas unhas deixam marcas na pele de Gabriel, de tão forte que aperto seu pescoço. Afrouxo um pouco, mesmo que o sangue correndo anos-luz por segundo nas minhas veias queira o contrário.

– O quê? – ele pergunta para o meu silêncio, respirando como quando corremos por meia LivroCon juntos.

– Não é tão diferente de lutar contigo – observo, pensando na adrenalina. Fico surpresa por minha voz sair tão desarrumada quanto a dele. – Olha, eu até te machuquei.

– Não é uma luta se estamos os dois ganhando. – Ele sorri. Isso me faz pensar. – Que foi, Sun Tzu não te preparou pra essa possibilidade?

Sou eu quem o beija dessa vez, porque vê-lo citando o autor é estranhamente excitante.

Ele me segura, eu o puxo de volta, minha perna vai parar em cima das dele, minha mão finalmente no seu cabelo, cheiro de camomila, gosto de suco de uva, línguas, saliva e calor.

No espaço, beijos assim fazem nascer estrelas.

Uma musiquinha animada surge entre nós e caímos na realidade feito estrelas cadentes: muito rápido e em chamas.

– Quem liga pra alguém no ano em que a gente tá? – Gabriel grunhe para si mesmo, se esticando para tirar o celular do bolso. Levanto a perna só o suficiente para que ele consiga e a devolvo. Ele xinga o aparelho e desliga a chamada. A música volta a tocar. Meu cérebro deve estar bêbado, porque começo a rir histericamente e não consigo parar. Gabriel coloca a mão na testa como quem está se controlando para não gritar e desliga a chamada de novo.

– Não vai atender? – pergunto, recuperando o fôlego.

– São os garotos tentando chamar a minha atenção. Vão ficar ligando pelo aplicativo até eu responder às mensagens. Vou tirar o som.

– E se for uma emergência? Eles podem ter conjurado uma criatura das trevas com uma dancinha do TikTok e as coisas saíram do controle. *Ou* as coisas estão sob controle, e isso é mais perigoso ainda.

Gabriel abre a boca para retrucar, pensa melhor e liga o celular para ler o *chat* deles.

– Salgadinho disse que tem algo importante pra me contar. – Ele rola a tela. – Que tem planos pra fazer o canal bombar com a ajuda de *uma galera*. E o Guará usou o *gif* do pato girando na frente de um prédio explodindo, o que significa, em geral, "perigo".

– Eles estão em perigo?

– Não. O mundo. – Gabriel faz uma careta. – Droga, apareceu que eu li e agora estão perguntando por que eu sumi há horas.

Lembro de Stefana e, me sentindo culpada, procuro meu próprio celular na bolsa para ver se ela já respondeu.

– Querem saber se eu fui sequestrado pelos... – Gabriel aperta os olhos – ... reptilianos.

– Que bonitinho. – Ligo a tela do meu celular. – Seus amigos estão preocupados com você.

Ele me mostra a mensagem no *chat*.

> **GUARÁ**
>
> Se vc foi sequestrado pelos reptilianos,
> fala que a gente quer ser também,
> não é justo levarem só vc

— Ah — rio, voltando para o meu celular —, faz mais sentido.

Stefana respondeu. Três mensagens não lidas aparecem ao lado do seu nome na lista de *chats*.

> **STEFANA**
>
> Tá tudo bem. Eu também não devia ter
> prometido algo tão importante pra você sem
> levar em consideração o peso disso.

> **STEFANA**
>
> Ah, pensei melhor e não fui embora.
> Tem como me encontrar agora no pavilhão
> quatro pra gente fazer as pazes, amiga?

A terceira mensagem é uma figurinha da Taylor Swift com um sorrisão cheio de dentes.

O alívio com a notícia de que ela não me odeia e que, acima de tudo, não foi embora, é de lavar a alma. Mas de todas as suas palavras, é o "amiga" que eu fico relendo, esperando que meu cérebro se acostume.

Amiga. *Amiga.*

Gosto de como soa.

– Eu preciso encontrar a Stefana – anuncio para Gabriel. Pego minha caneta prateada no chão e a tampo finalmente. O garoto me espia arrumando minhas coisas com uma cara de absolutamente arrasado que me dá vontade de cair na gargalhada porque é ridículo e de beijá-lo de novo ao mesmo tempo. É um dia de grande confusão na história pessoal de Lorena Pera. – Você sabe que é importante. A gente continua depois.

Gabriel respira fundo.

– Eu entendo – diz, guardando na mochila o quadrinho de *Cometas* que manchamos. Levanta e me oferece uma mão. Visto a alça da minha bolsa e a aceito. – Vou encontrar com os garotos e ver o que querem, então. Vamos marcar no mesmo lugar? É mais rápido para nos reunirmos de novo depois e discutirmos o que fazer em relação à Cassarola Star.

– Você ainda vai se arrepender de ter alimentado o meu monstro.

Gabriel ri, com a paz dos ingênuos.

É só quando já estamos cruzando o gramado em direção à entrada do pavilhão quatro que reparo que ele não soltou minha mão depois que me ajudou a levantar.

Stefana

— A LivroCon é do tamanho do mundo e os meninos das galinhas conseguem aparecer sempre bem do nosso lado — reclama Madureira, se encolhendo atrás do *food truck* com uma capivara gigante no teto onde marquei com Lorena, no pavilhão três. É o lugar mais escondido da pequena praça de alimentação, onde Salgadinho, Guará e o terceiro menino bonito que eu nunca soube o nome, mas é tão alheio que sinto que não importa, não conseguem nos ver. Os três estão sentados em uma das mesas e discutem animadamente entre si, rabiscando em folhas de papel. — Parece que eles combinaram de nos perseguir.

— Não implica com os coitados — reprime Cascadura. — Você também era bobo desse jeito quando tinha a idade deles. — Continua mais baixo: — Ainda é.

— Então, por que você não sai de trás de mim — rebate Madureira —, onde tá escondido feito uma toupeirinha, e vai lá falar com eles, meu bem?

O outro responde com um sorriso culpado.

– Quem sabe depois, né?

Prendo meu próprio sorriso, entretida por ver os dois se provocando feito um casal de livro de romance. A verdade é que, desde que admitiram o que sentem um pelo outro depois de anos enrolando e começaram a namorar, *os dois* ficaram um pouco bestas.

Ah, o amor.

O que será que Karen GO está fazendo agora?

Pego meu celular e abro nosso *chat* nas redes. Agora há pouco, Karen me seguiu no Twitter e me mandou uma mensagem curta de "obrigada pela ajuda mais cedo ♥". Na hora, eu quase saí flutuando por aí, como um balão de ar quente em forma de coração. Só fiquei em terra firme porque Cascadura e Madureira me ancoraram na realidade.

Mas até agora ainda sinto uma sensação leve toda vez que releio a mensagem. Não faço a menor ideia de como ela encontrou meu arroba, mas sinto que isso por si só já fez minha vinda à LivroCon valer a pena, apesar de tudo.

– Nada da sua amiga? – pergunta Cascadura, me acordando.

Vigio a praça de alimentação atrás de Lorena. Estou encostada na beira do *food truck* para que ela me veja, sem me preocupar muito em ser descoberta pelos garotos.

– Ainda não – respondo. – Mas os corredores da LivroCon estão lotados. Dependendo de onde ela estava, vai demorar mesmo pra cortar esse mar de gente até aqui.

– Você devia ter marcado perto da fila da Cassarola Star – insiste Madureira. – Tô preocupado com o horário.

– Eu não pensei nisso – admito –, e agora a Lorena não me responde. Já deve estar andando pra cá.

Madureira aperta o rosto. Depois de anos falando com esses dois apenas pela internet, sei até o *gif* exato de preocupação do The Rock que ele mandaria agora.

– Vai dar tempo! – digo, me recusando a ser pessimista pela primeira vez na história. – Não sei por que demorei tanto pra vir falar com vocês.

– Eu também não. – Cascadura aperta meu braço de um jeito carinhoso. É bom estar perto de alguém mais alto que eu. – Que fique comprovado que a gente sempre vai te apoiar, Plutãozinha. Não importa se tá de fantasia ou não.

Sorrio por cima do ombro para ele, mas com um certo remorso. Confessei para os dois que os evitei por causa do meu medo irracional de que, ao vivo, nossa amizade seria diferente e eles não me amariam o suficiente para me aceitar sem a fantasia (o que me soa até ridículo, agora que está no passado). Só que, no fim, não consegui contar que tentei de verdade vestir minha roupa no camarim. O ato de mencionar esse incidente em voz alta me arranha com memórias com as quais ainda não sei lidar.

Estou tão distraída que só reparo em Lorena quando ela está perto o suficiente para chamar:

– Te achei, Stefana!

Ela contorna a praça de alimentação com Gabriel (fizeram as pazes?). O garoto torce o pescoço, reparando nos seus amigos sentados na mesa, mas como não parecem notá-lo ali, ele fica quieto e acompanha Lorena até mim.

Como *fangirl* treinada na arte de investigação amorosa, reparo imediatamente nas mãos dadas, nos cabelos meio bagunçados e, acima de tudo, no jeito carinhoso com que Gabriel olha a nuca de Lorena, que o puxa com uma alegria calma na expressão.

Parece que nosso ship zarpou mar afora, amigos, eu penso para mim mesma, e todas as partes da minha consciência, até a mais lógica, se congratulam, se abraçam, dão *high-fives* entre si, e alguém até estoura um espumante comemorativo, como manda o protocolo da *fangirl* moderna.

– Desculpa a demora – diz Lorena, quando chega perto.

– Tá impossível de andar nessa convenção. E olha que já são quase 6 horas. Essa gente não vai embora, não?

– O ingresso é caro demais, as pessoas querem fazer valer cada segundo – comenta Gabriel. – Eu ouvi gente na nossa excursão indignada que vamos embora às 9 horas em vez de às 10 horas da noite, quando acaba.

– O que importa é que chegaram – digo, deixando um sorriso empolgado já invadir meu rosto.

– Ei... – ouço Cascadura murmurar atrás de mim.

– Ah, é – digo, chamando Lorena e Gabriel para se aproximarem do *food truck*. – Lô, esses são meus amigos Igor e Gil, mas a gente só chama de Cascadura e Madurei...

Os olhos de Lorena se arregalam.

– ELES QUEREM MATAR A GENTE – ela berra.

Do seu lado, Gabriel fecha os punhos e entra na frente dela.

– Eu não vou morrer antes de terminar minha mansão *gamer* no *The Sims*! Não depois de quase vinte horas de construção!

Meus amigos *cosplayers* permanecem imóveis por um momento. Viram para mim.

– Aconteceu uma pequena treta – me explica Cascadura.

– Lô – diz Gabriel. – Eu seguro eles e você foge. Se o pior acontecer, diz pra minha família que eu quero meu videogame enterrado comigo.

– Espera, Gabriel. – Lorena coloca uma mão no ombro do garoto. – Pensa bem.

– Já pensei. Tem um canto do cemitério que o Wi-Fi fica tão forte que deve pegar bem debaixo da terra. Eu chequei no enterro do meu tio-avô.

– Não isso. – Ela puxa o garoto para encará-lo. – Quem começou a treta fui eu, não foi?

Eles se encaram, conversando em silêncio. Então Lorena vira para meus amigos e enrijece os ombros.

– Houve um mal-entendido entre a gente mais cedo. E hoje, como eu estou aprendendo a consertar os meus erros, não posso deixar que continue assim. – Ela respira fundo e solta o ar antes de continuar: – Eu me expressei mal naquela hora. Não devia ter insultado a roupa de vocês. Todo mundo tem direito de vestir o que quiser, por mais esdrúxulo que seja.

— Lô — murmura Gabriel—, acho que você tá piorando a situação...

— Além disso — ela continua —, a Stefana me ensinou sobre os preconceitos que os *cosplayers* passam. Reconheço que os ofendi e peço desculpas.

Cascadura, perplexo, olha para o parceiro. Madureira devolve o gesto.

— Eu sei que é difícil aceitar — Lorena abaixa o rosto —, mas...

— Não é isso — a interrompe Madureira. — Sempre soubemos que você não estava falando sério. Inclusive achamos engraçadão. Ficamos rindo sozinhos depois. A verdade é que a culpa do mal-entendido foi toda nossa.

É a vez de Lorena e Gabriel ficarem com cara de tela "Carregando..." que nunca carrega.

— O que o Madureira quer dizer — explica Cascadura —, é que a gente que precisa se desculpar. Fomos longe demais na brincadeira de interpretar os cadentes e acabamos assustando vocês. — Ele se vira para o namorado, triste. — Eu falei que isso ia acontecer, Igor. Fazer bagunça por aí é show, sabe que eu curto. Mas não gosto de machucar as pessoas, poxa. É muito chato.

Cascadura enxuga um olho, borrando a maquiagem quase tão escura quanto sua pele. Quero abraçá-lo. Cascadura é o maior de nós, tanto em corpo quanto em coração.

– A culpa foi toda minha – Madureira segura a mão do namorado. – Eu que sempre te influencio a ir pelo mal caminho e a passar dos limites. Prometo que vou nos policiar melhor da próxima vez, tá? Isso não vai acontecer de novo.

– Eu não sei mais se temo pela minha vida ou se acho os dois estranhamente adoráveis – comenta Lorena. – Estou confusa.

– Enfim. – Madureira volta aos dois. – Foi mal mesmo. Até tentamos nos explicar na hora, mas vocês correram e sumiram feito fumaça!

– Então naquela hora em que vocês vieram atrás de nós era pra pedir desculpas? – pergunta Gabriel, se esforçando para acreditar.

Madureira aperta os lábios em um sorrisinho tímido e assente. É um gesto que não combina com sua gargantilha de espetos, mas combina com o menino gentil e empolgado que foi o primeiro a oferecer ajuda quando anunciei que queria tentar fazer um *cosplay* também, há tantos meses. Que me passou dezenas de links e vídeos de apoio naquela madrugada que viramos juntos no *chat*. E que, no dia seguinte, me mandou uma selfie sorridente no colégio, com olheiras quase azuis contra seu rosto branco, me garantindo que não, não tinha matado aula, e que não, virar uma noite comigo não tinha destruído todas as suas chances de entrar para a faculdade de Direito com o Cascadura depois.

– Que tal a gente esquecer tudo e começar de novo? – sugere Lorena, subitamente empolgada. – Tenho umas técnicas de relacionamento interpessoal novas. Sinto que vou acertar dessa vez.

– Eu estou tão orgulhoso do quanto você tá sociável agora, Lô – comenta Gabriel. – Parece que recebeu uma atualização de *software* ao longo do dia.

– Eu sou a Lorena 2.0 – ela brinca, se apresentando ao mesmo tempo. – Esse é o Gabriel. Só zero mesmo. Ele ainda tá em fase beta, sempre pelo menos duas versões atrás de mim.

O garoto só sorri, meio bobo, e não retruca. Anoto mentalmente a expressão para descrevê-la na *fanfic* gay *inimigos-para-amantes* de *Cometas da Galáxia* que vou escrever mais tarde levemente baseada no relacionamento dos dois hoje.

Cascadura aponta para si mesmo, e depois para o namorado.

– Eu sou o Gil e esse é o Igor. Mas vocês já conhecem os nomes que a gente usa mais.

– Eu tô um pouco aliviado que Cascadura e Madureira não é como vocês se chamam de verdade – diz Gabriel.

– E eu, decepcionada – comenta Lorena.

Madureira sorri daquele seu jeito entusiasmado de quando surge uma oportunidade de explicar algo que ama.

– Esses são os nomes que escolhemos para os nossos cadentes. Porque em vez de fazer *cosplay* de personagens reais dos livros, nós preferimos nos vestir dos nossos personagens do RPG de *Cometas* – explica Madureira. – Então nós meio que criamos essa piada interna. Cascadura e Madureira são os bairros onde a gente mora lá no Rio de Janeiro.

– Não é o caso da Plutãozinha – Cascadura passa o braço pelos meus ombros. – Que sempre quis ser a Capitã Plutão dos livros mesmo.

– A Stefana faz *cosplay* de Capitã Plutão? – repete Gabriel, impressionado. – Que escolha massa! Deve fazer o maior sucesso. Julgando pela quantidade de vídeos sobre ela na internet, acho que a Capitã é a personagem favorita de muita gente.

– Inclusive da própria Cassarola Star – adiciona Lorena. – Em entrevista ela sempre responde isso, pelo menos. Deve admitir que prefere a Sophitia apenas para os amigos mais íntimos.

Cascadura cai na gargalhada e admite que gosta da Sophitia também. Madureira entra na discussão chamando o Aleksander de gostoso. Lorena fica constrangida e concorda. Gabriel a provoca. Os quatro riem.

E eu, que deveria ter ficado nervosa quando o assunto virou meu *cosplay* de Capitã Plutão, percebo que...

Não fiquei.

Aqui, cercada por pessoas que me apoiam, minha insegurança parece tão fraca. Pequena. Possível de ser derrotada, quando a luta é de cinco contra um.

Distraída, esqueço de contar que não, não faço *cosplay* de Capitã Plutão. Que desisti, prometendo que só vestiria a roupa em caso de vida ou morte e tudo o mais.

Deixo pra lá.

Algo voa na cabeça de Gabriel.

Me encolho no susto. Mas é só uma bolinha de papel. Quica no seu cabelo e cai no chão.

– Apareceu a Margarida! – grita Guará da praça de alimentação. Acena animadamente para que o garoto vá até a mesa dos amigos.

– Vou lá ver o que eles querem – Gabriel diz para Lorena com uma expressão indecifrável. Vira e pega a bolinha do chão. – Não demoro.

– Assobie o tema de *Minecraft* se precisar de resgate – diz a garota.

– Eu te dei poder demais – ele brinca ao se afastar.

Gabriel

— Vocês querem fazer uma parceria com dois desordeiros aleatórios gravando uns vídeos por aí só porque eles "estavam vestidos com roupas daora" e podem fazer o Patotube crescer? — repito, em mais uma tentativa de fazer os garotos enxergarem o absurdo da situação.

Nunca funciona.

Em dias normais, é essa falta de senso deles que leva a gente até as aventuras mais épicas. Mas hoje não é um dia normal, e já perdi a paciência.

— Eles não são caras aleatórios — insiste Salgadinho, colocando os cotovelos na mesa da praça de alimentação na qual sentamos. — Com certeza são de algum canal grande, para ter orçamento pra esse nível de produção. *Influencers* da desordem!

— E eles estavam, de fato, vestidos com roupas daora — adiciona Guará. — Você sempre pode confiar em pessoas vestidas com roupas daora.

— Guará, os conhecimentos estranhamente específicos

que você aprendeu maratonando *Queer Eye* não são verdade absoluta – rebato.

– Ah, para de achar problema em tudo! – Ele me dá um tapa no ombro. – Você tem que ser mais empreendedor, moleque.

– E esse não é o contexto certo pra usar essa palavra.

– É claro que é! Meu irmão sempre fala que pra ser empreendedor a pessoa tem que aproveitar as *oportunidades*.

– Mas o seu irmão é o maior trambiqueiro – aponta Salgadinho. – Enrola todo mundo.

– Claro que não! As pessoas que são ansiosas demais com ele.

– Porque elas pagam pelas porcarias que ele inventa e o cara some com o dinheiro toda santa vez.

– Não é verdade! Agora ele tá montando um curso de *coaching* que...

Eles começam a discutir. Franzo a testa, mal-humorado por ter tido que largar meu lance com Lorena para vir aqui ouvir isso. Apoio o queixo no punho e a observo de canto de olho, conversando com Stefana ao lado do *food truck* da capivara. Sua pele é tão macia ao toque. Encostada na minha, tão pálida, fica pelo menos dois ou três tons mais escura. E o gosto da sua boca...

– A sua novinha tá falando com a colega dos nossos parceiros – diz Salgadinho, seguindo meu olhos. Droga, me distraí. – Elas são amigas? Tem como você pedir pra ela levantar a nossa moral com eles?

Aperto os olhos. Entorto a cabeça e volto para eles.

– Pera aí – digo –, os caras aleatórios com quem vocês querem gravar são o Cascadura e o Madureira?

– Você conhece eles por nome?! – Guará arregala os olhos. – A gente sabia que eles tinham perseguido vocês, mas...

Como eles sabem disso?!

– Não é bem assim – digo. – A gente quase caiu na porrada uma hora, é verdade, mas...

– Isso teria sido daora! – Salgadinho se debruça sobre a mesa. Percebe que está demonstrando empolgação demais para sua personalidade e abaixa o tom. – Não a parte de você morrer e tal, mas a parte de vocês brigarem. Logo você, franguinho desse jeito...

– Vai se ferrar!

– ... contra aqueles grandões.

– Quanto maior a batalha, maior a vitória – filosofa Bonito, e volta a mexer no celular, alheio à conversa. Às vezes me pergunto se ele é o que acontece quando uma conta de Instagram dá cria a um humano: esteticamente bonito e cheio de frases motivacionais, mas sem muito conteúdo real por trás.

Guará o ignora:

– Os dois te odeiam? – me pergunta em tom de negócios. – Se não odeiam, você pode falar bem da gente? E se odeiam, pode falar mal? Pensando bem, fala mal em qualquer das situações. Vai funcionar melhor.

É quando percebo a grande oportunidade na minha frente.

– Vocês sabem que esses caras que vocês amam estão vestidos como personagens de *Cometas da Galáxia*, não sabem? – digo, me sentindo estranhamente triunfante. – É a série de livros que tem os filmes, os quadrinhos, os jogos e tudo o mais. Que tem aquela nave no estande que vimos quando entramos na LivroCon.

Guará solta uma risada curta e descrente. Levanto as sobrancelhas. Ele fica sério.

– Personagens de livros?! – Ele repete, incrédulo. – Tem certeza? Mas eles nem estavam... recitando frases de Quincas Borba que nem a professora de Literatura ou, sei lá... Usando óculos.

– Primeiro – digo –, eu tô muito impressionado com você tendo conhecimento suficiente pra citar Quincas Borba.

– É que o nome soa engraçado, aí decorei na aula. Quincas Borba. Haha!

– Segundo, você mesmo usa óculos, como pode usar isso como parâmetro?! Nem faz sentido!

Guará dá de ombros.

– Enfim – desisto da argumentação lógica –, a verdade é que vocês têm uma ideia completamente errada de livros. Eu nem sei como alguém consegue ser tão desinformado na época que nós estamos, mas tudo bem, cada um tem o seu talento. Livro não é só literatura antiga ou coisa de gente pretensiosa ou *nerd*. Tem histórias pra todos os gostos.

Inclusive para o de vocês, como mostra o fato de admirarem tanto o Cascadura e o Madureira. Aposto que iam curtir ler *Cometas da Galáxia* também. É muito bom. Eu gosto pra caramba.

Sai sem querer, mais fácil do que eu imaginava. De repente, joguei a confissão em cima da mesa.

Não é nada de mais. Nem é importante.

Mas minhas mãos ficam suadas mesmo assim.

Stefana

— Feliz dia mundial da "Lorena distribuindo desculpas por ter sido idiota demais"! — Lorena finge empolgação. — E aqui está o seu pedido de desculpas personalizado por eu ter sido grossa contigo mais cedo!

Ela abre as palmas teatralmente. As fecha, passa a mão pelo cabelo.

— Eu tenho tido que pedir muitas desculpas ultimamente e resolvi experimentar algumas coisas pra achar a forma mais eficiente — ela admite.

— Eu adorei — rio. — Tá tudo bem, Lô. No final deu tudo certo, então vamos deixar pra lá. Fiquei aqui, vi meus amigos, e até a Karen GO começou a me seguir no Twitter. Para ser sincera, tô tão feliz que nem me importo com mais nada.

Lorena abre um sorrisão.

— Ela te seguiu?! Que incrível! Quando dei o seu arroba, nem pensei que...

— Você que deu?! — Arregalo os olhos. — Lorena, sua

safada! Isso é o melhor pedido de desculpas de todos. Erre mais, por favor!

– Eu nem fiz pensando no pedido de desculpas – ela ri.

– Só falei com a Karen na hora porque, sei lá, eu sabia que você ia ficar contente.

Quem diria que aquela garota quieta e impulsiva que conheci no início do dia seria tão... *adorável*!

– Mas acho que teria sido uma boa ideia – ela continua, pensativa. – Melhor que a sugestão do Gabriel de mandar fazer uns balões em formato de letras pra escrever "foi mal pelos vacilos" pra você. Espera, será que ele estava me zoando porque eu queria elaborar demais?

– Vem cá – digo, entrando em modo investigativo –, falando no Gabriel, ele não era seu inimigo?

– Ah, não é mais. Teve umas atualizações aí na nossa, hum, *relação*.

– Vocês se pegaram mesmo?! – As partes fofoqueiras da minha consciência já estão colocando a panela de pipoca para estourar. – Amiga, me conta tudo!

Ela ri e frisa o nariz ao mesmo tempo, como se pensar na explicação fosse algo difícil.

– Não tem muito o que contar. A gente se beijou e é isso. Eu não sei direito o que acontece daqui pra frente. Não tenho essa experiência que vocês têm no assunto.

Solto uma risada surpresa. É engraçado ela presumir que eu tenho tanta experiência assim. No geral, acho que me interesso mais pelos relacionamentos alheios, especialmente os ficcionais, do que pelos meus próprios. Foram poucas as pessoas que eu já tive envolvimento emocional suficiente para ter vontade de beijar na vida real, e menos ainda as que acabei beijando mesmo. Só um menino e uma menina, até o momento. Isso, claro, fora a minha vontade permanente de beijar a Karen GO. Mas todos são sentimentos que eu nunca soube lidar direito, então em vez de entrar nessa longa discussão, suspiro e brinco:

– Foi mal. Livros me ensinaram a esperar que qualquer relacionamento vire algo épico pelos mínimos motivos.

– Não quer dizer que o nosso não seja, do seu jeito.

Ela abaixa o rosto e sorri para si mesma, e é algo tão surpreendentemente doce que desvio os olhos. Se ela reparar que está sendo meiga, vai tomar nota para não repetir a expressão.

– Plutãozinha – chama Madureira. Ele e Cascadura estavam conversando baixo atrás do *food truck*, tentando me dar alguma privacidade enquanto falo com Lorena. – Eu não queria apressar ninguém, mas realmente tô preocupado com o horário de vocês.

– É verdade! – acordo e viro para a garota comigo. – Vamos indo, Lô?

– Indo aonde? – ela pergunta, ainda meio distraída.

Me contorço para pegar o papelzinho ligeiramente amassado do bolso de trás da calça e o estendo para ela. Abro um sorriso brilhante enquanto Lorena lê o título escrito no seu topo.

"Autógrafo de *Cassarola Star*."

Seus olhos se arregalam para a senha. Para mim. Para a senha. Para mim.

– É real...? – ela quase sussurra, sua voz fina.

– É claro que é real. O Cascadura e o Madureira a pegaram pra mim quando chegaram na LivroCon às 6 horas da manhã.

– E é melhor vocês se apressarem, se ainda quiserem usá-la. Nós dois pegamos os nossos autógrafos há horas, já que a Stefaninha tinha sumido, e nem estávamos no início da fila. No lugar de vocês, eu não enrolaria muito agora, não.

– Eles estão certos – digo para Lorena. – A Cassarola Star pode ir embora a qualquer minuto. De novo: vamos indo?

Só que a garota continua parada, encarando o papel na minha mão sem nem piscar os olhos, como que com medo de que ele desapareça se perder contato visual.

– Você ainda vai dividir a senha comigo? – ela pergunta.

– É claro. Por que acha que eu te chamei aqui?

Finalmente ela sobe os olhos para mim. Estão brilhantes, aquosos. Ela aperta a boca, prendendo o choro por pura força de vontade.

– Obrigada – diz, picotando a palavra rápido demais. Respira fundo. – Algum dia vou achar uma forma de te pagar.

– Não seja boba. – Viro para meus amigos antes que Lorena insista. – Vocês sabem a rota mais rápida até a fila dos autógrafos?

– Espera – pede Lorena. Seus olhos escapam para Gabriel, ainda com os amigos na mesa da praça de alimentação. – É que o Gabriel também gosta de *Cometas*, e nós...

– Traz ele junto – digo. – Chama lá. Não temos muito tempo.

Apertando os lábios de novo, Lorena assente. Sem deixar nenhuma lágrima escapar, ela ri consigo mesma e diz:

– Desse jeito, vou ter que pensar em estratégias de agradecimentos personalizados também. Espero que você goste de balões.

Gabriel

— É esse *Cometas da Galáxia* que você fica lendo escondido pelo colégio? — pergunta Salgadinho, em um tom nem um pouco abalado.

Travo um momento, surpreso.

— Eu não sabia que vocês tinham me visto lendo — digo. — Nunca me falaram. Ou me zoaram.

— A gente sabe como os seus pais são chatos com essas coisas de estudar e tal — explica Guará. — Achamos que você estava lendo pra deixar eles felizes ou algo assim. Era melhor não incomodar.

Engasgo em uma risada incrédula.

— Eles odeiam que eu leia *Cometas!*

— Ah. — Guará pensa um momento. — Então é um motivo melhor ainda pra ler, não é? Que bom que você gosta.

Encaro os garotos, ainda sem acreditar. É isso? Essa é toda a reação deles? Todo esse nervosismo que eu senti foi…

… À toa?

Me sinto subitamente encorajado.

– Eu posso emprestar os livros, se alguém quiser – ofereço com cuidado, pisando em ovos.

Salgadinho desvia o rosto, escondendo os olhos embaixo do boné. Guará aperta os seus, incerto:

– Mas eles têm tantas... páginas.

– Cheias de conteúdo que vocês iam curtir. Batalhas espaciais, coisas explodindo, violência gratuita, pessoas destruindo planetas só por caos e diversão... – Algo nos olhos de Guará brilha em interesse. Me incentiva a continuar: – Todo mundo que lê *Cometas* gosta e eu posso provar. Vocês já viram a quantidade de gente nessa convenção? Boa parte veio à LivroCon por causa disso. *Eu* vim por causa disso. A autora que criou a série tá aqui hoje. Eu ia até pegar o livro autografado e mostrar pra vocês, mas...

– Você... – Salgadinho, que estava quieto até agora, levanta os olhos para mim. – Você veio para o evento por isso? Sabemos que não precisa da nota extra em Literatura, mas achei que tivesse vindo ficar com a gente. Gravar os vídeos pro Patotube.

Abro a boca, mas eu realmente dei a entender isso. Não tenho desculpa.

– Se bem que nem ficar com a gente você ficou, né – ele continua, ácido. – Agora tá explicado. Por isso abandonou o time.

– E-eu... – Fecho a boca e penso. – Eu não tô abandonando vocês. Só tinha outras coisas importantes pra fazer.

– Mais importantes que a gente e o que nós planejamos por meses.

– Eu não quis dizer isso. Eu só... – Não sei o que dizer. Entro na defensiva. – Só me separei por umas horinhas, pô. Não é nada de mais. Não sabia que ia criar tanto caso.

– Você sumiu o dia inteiro sem dar uma única justificativa. Agora voltou só falando dos seus livros, sem nem se interessar pelo que a gente fez. E ainda conta, na maior cara de pau, que mentiu desde o início sobre o seu motivo de vir pra cá.

– Não foi minha intenção mentir, eu só... – Não sei me explicar. Talvez a professora de Literatura deva rever a minha nota, porque parece que eu nem domino o português direito. – ... Eu só não conseguia falar a verdade!

– Essa é meio que a definição de mentira, cara – Guará se mete. – Pode confiar, meu irmão me fez decorar no dicionário. Disse que é bom pra saber se defender pelas brechas.

– Tudo bem, eu não devia ter sumido sem avisar – continuo, tentando conciliar. – É que eu encontrei a Lorena e ela também gosta de *Cometas*. Uma coisa levou à outra e, sei lá, eu me distraí.

– E sem pensar duas vezes, você trocou a gente por uma garota e meia dúzia de livros. – Salgadinho balança a cabeça. – Isso é a maior mancada. Desde que a gente era criança, nós quatro aguentamos a barra um do outro. São anos de lealdade. Anos sem deixar ninguém pra trás. Agora você me faz isso. É como se fosse outra pessoa.

Encolho o queixo, indignado.

– Eu não sou outra pessoa só porque de vez em quando gosto de fazer algo diferente de gravar videozinhos bestas! Salgadinho junta as sobrancelhas na testa. Me xingo mentalmente. Eu briguei com Lorena por ter esnobado os garotos e cá estou, fazendo o mesmo.

– Não *bestas* – tento consertar. – Aliás, nem tem problema se eles são bestas. Eu gosto que eles sejam bestas. Só tive outras prioridades ho...

– Você acha que tá acima da gente, agora? – Salgadinho empurra a cadeira para trás e levanta. – Nós somos bestas demais pra sua companhia?

– É claro que não! – Me levanto também. Guará e Bonito nos imitam, se preparando para nos separar. Respiro fundo. – Olha, nada mudou, valeu? Eu não abandonei ninguém. Prometo que vou ficar com vocês, e aí a gente grava os vídeos que quiserem ou taca fogo em algo ou rouba uma obra de arte ou...

– Agora? – demanda Salgadinho.

– Gabriel! – a voz de Lorena me chama. Ela e Stefana se aproximam da mesa apressadas. – Desculpa interromper o...

– Ela repara em nós quatro de pé. – ... O ensaio da coreografia de Bum Bum Tam Tam ou o que quer que vocês iam gravar dessa vez. Mas surgiu uma coisa e nós temos que correr.

Antes que eu responda, Salgadinho repete, me olhando nos olhos:

– Agora?

Viro dele para Lorena, entre a cruz e a espada. Aperto a boca e não respondo ninguém.

– Foi o que eu pensei – entende Salgadinho.

Me dá as costas e vai embora, esbarrando sem cuidado nas cadeiras vagas da praça de alimentação. Bonito me oferece um sorriso breve e o segue. Guará observa os dois com uma expressão um pouco desesperada.

– Você sabe como o Salgadinho tem uma autoestima sensível – ele o defende, como uma mãe. – Tenta ver os vídeos que a gente postar depois, pelo menos. Se você ainda gostar.

É claro que eu gosto, penso enquanto se afasta.

É uma sensação estranha a de ter raiva e remorso ao mesmo tempo.

– Que bicho mordeu eles? – pergunta Lorena. – Quer que eu tenha uma *conversinha amigável* pra te tratarem melhor?

Balanço a cabeça.

– Salgadinho é meio grosso, mas... eu que vacilei.

Lorena segura minha mão de um jeito desajeitado. Fica um momento analisando a pegada, ajeita seus dedos. Percebe que estou a observando, confuso.

– Que foi?! – Ela desvia os olhos. – É pra você se sentir melhor.

Aperto a boca, prendendo um sorriso, apesar de tudo.

– Ajuda – admito.

– Enfim – ela continua. – Se eu consegui pedir desculpas pra todo mundo hoje, você, que pela primeira vez é melhor que eu em alguma coisa, vai se resolver com eles sem dificuldade. Fica tranquilo. Agora, vamos focar no problema na nossa frente. A Stefana vai dividir a senha dela da Cassarola Star comigo e você vai junto. Só que a autora...

— A Stefana vai o quê?! — Arregalo os olhos. Deixo meu sorriso abrir. — Você vai encontrar a Cassarola Star?! *Sabia* que ia ficar tudo bem! Não esperava que fosse *tão* rápido, mas...

— Felizmente não temos tempo para você ficar cantando vitória agora — ela me interrompe. — Os autógrafos da Cassarola Star não vão durar pra sempre. E já faz horas que a fila começou. Temos que ir o quanto...

— Lorena — interrompe Stefana, algo urgente no seu tom.

Ela ficou quieta durante toda a briga, mexendo no celular à margem da mesa, mas o que quer que viu agora a deixou de olhos arregalados.

— O quê? — pergunta Lorena. Repara na expressão da garota. Repete, mais alto: — O quê?

Stefana vira a tela para nós, aumentando o volume do áudio.

Um vídeo ao vivo está sendo gravado pela apresentadora da gincana.

— Para quem chegou na *live* agora — adivinha Karen GO, sua voz abafada pelo alto-falante —, eu tô aqui na área VIP esperando chegar a autora internacional e ídola de muitos leitores mundo afora, incluindo *moi*, Cassarola Star! Ela já, já vem fazer uma aparição exclusiva para a galera que comprou o passaporte *Total Experience* da LivroCon. E, pra quem não tem, eu vou estar aqui ao vivo mostrando tudinho pra vocês. Como podem ver, a expectativa já é alta!

Ela gira o celular pela área VIP, um ambiente tão tumultuado quanto a convenção aqui fora. Como se ninguém tivesse aprendido nada com o distanciamento social da pandemia.

– A gente precisa correr! – Lorena aperta minha mão com força.

– Meu ponto aqui no ouvido me contou que a Cassarola Star já está lá na sala dos autores – continua Karen –, descansando um pouco depois de tantas horas de autógrafos, enquanto olha essa LivroCon maravilhosa de cima lá no alto do pavilhão um. Mas daqui a pouquinho ela vem pra cá, então...

Viro para Lorena, algo gelado correndo na minha espinha.

Ela encara o celular imóvel, como que tentando se forçar a processar o que aquilo significa.

Que passamos horas demais correndo, brigando e nos distraindo, e o tempo, como sempre, cobrou seu preço.

Os autógrafos acabaram.

Stefana

— Gabriel, ela tá bem? — pergunto, observando Lorena assistir à *live* de Karen de um jeito tão intenso que tenho medo de que seus olhos furem meu celular. Ela não disse uma palavra desde que contei sobre o desastre; apenas pegou meu celular e caminhou de volta para trás do *food truck* com meus amigos, onde poderia ver o vídeo com menos distrações. Já estamos aqui há alguns minutos e, a cada segundo que passa, minha decepção por não poder mais me encontrar com a autora da minha série de livros favorita vai sendo trocada por preocupação pela garota.

Gabriel a observa comigo, a testa tensa. Se aproxima e apoia com cuidado a mão no seu braço.

— Lô...

— Parou o vídeo — ela diz de súbito, sem erguer os olhos.

— A Karen GO parou a *live*. Disse que volta daqui a pouco, quando a autora chegar.

— Eu sinto muito que isso tenha acontecido — continua Gabriel. — Eu prometo que vai ficar tudo bem. Sei que nada vai compensar um encontro com a Cassarola Star, mas...

A garota levanta uma palma para ele, pedindo que lhe dê um momento, enquanto digita furiosamente no meu celular. Rola a tela. Digita mais um pouco. Depois de um tempo, não me aguento e me aproximo:

— Você tá fazendo a festa com a minha franquia de internet aí, hein?

— Stefana — ela chama sem responder. Sinto vontade de me encolher defensivamente. — Você tem o mapa impresso da LivroCon?

É claro que tenho. Tenho tudo dessa convenção. O tiro, desconfiada, da frente da mochila e o estendo para ela. A garota desdobra o mapa três vezes e precisa abrir os braços para enxergá-lo no tamanho real. Seus olhos dançam de um lado para o outro, estudando tanto os locais quanto minhas anotações e rabiscos.

— Imagino que você estudou cada canto dos cinco pavilhões enquanto se preparava para a convenção e tem um bom domínio do território? — ela pergunta.

— Bom — respondo com cautela —, acho que sim, já que eu me preparei pra vir aqui por meses, fiz listas de visitação, anotei cada informação dos *influencers* literários que eu sigo e...

— Você vai cuidar de nos levar até lá pelo trajeto mais eficiente e preparar a rota de fuga — ela me interrompe, como uma comandante.

– Até lá onde? Fuga?!

– Cascadura e Madureira – ela prossegue, sem me responder. – Considerando a sua experiência em interpretar os cadentes zoando por aí, posso considerar que vocês já têm familiaridade com os protocolos dos seguranças do evento e como eles reagem, certo?

– Tomamos uma certa quantidade de broncas leves, sim – assente Madureira.

– Então vocês estão encarregados pela inteligência da operação e vão me ajudar a entrar e permanecer lá sem ser notada.

– Não sei o que você tá pensando – diz Cascadura –, mas é preciso ter cuidado. A convenção tá bem mais cabreira com a segurança do que nos outros anos, por causa dos mil convidados internacionais.

Lorena abana uma palma despreocupada.

– Se tudo der certo, qualquer expulsão vai valer a pena.

– O que ela quer dizer com isso? – pergunto a Gabriel, já que Lorena não me responde.

– Que nós vamos ter problemas – ele murmura, com a resignação de alguém que está vendo uma bomba prestes a explodir, mas sabe que não pode fazer nada.

Lorena levanta o mapa e o prende com uma mão na parede dos fundos do *food truck* para que possamos vê-lo.

– A área VIP fica nesse canto do pavilhão dois – ela circula o local. – Eu estipulo, pela imagem e pelo que analisei do perímetro na *live* da Karen GO, que tem pelo menos duas entradas. Uma para os visitantes que compraram o acesso, que é a de dentro do pavilhão, marcada no mapa. E uma entrada de serviço, que, julgando pela localização do mapa e a proximidade do *backstage* nessa área, fica bem aqui – ela aponta. – Dando para a área de tráfego entre os pavilhões, pra facilitar a passagem dos funcionários da organização pelo gramado central e para o *backstage*.

– Lorena – digo, contra um nó na minha garganta –, por que você tá analisando isso tudo?

– A primeira entrada provavelmente é protegida por um batalhão de funcionários e seguranças – ela continua como se não me ouvisse –, que devem checar com cuidado a credencial de cada visitante, o que dificultaria demais o nosso trabalho.

– Lorena, por tudo o que é mais Sagrado, você não tá pensando em...

– Resta a entrada de serviço. Eu queria ter mais tempo pra analisar as variáveis, mas a Cassarola Star pode chegar na área VIP a qualquer segundo. Vamos ter que trabalhar com o que temos pra fazer dessa porta o nosso caminho para a glória.

Ela sorri para si mesma, também como quem está vendo uma bomba prestes a explodir, mas que se *delicia* com isso.

E percebo que já foi longe demais.

– Você não pode entrar de penetra na área VIP! – grito mais alto do que o aceitável.

Lorena finalmente me olha.

– É claro que posso – ela diz, como se fosse óbvio. – Eu tenho um plano.

A bomba explodiu.

– Não faça essa cara – ela ri. – Tudo o que me separa da oportunidade de encontrar a Cassarola Star agora é uma porta fechada. Você acha mesmo, em sã consciência, depois de tudo o que já aprendeu sobre mim hoje, que eu ia desistir sem tentar nada? Passar por ela não pode ser tão difícil.

– Você nem sabe se essa porta existe mesmo! – brigo.

– Por isso eu entrei no site da LivroCon e procurei as câmeras ao vivo do evento. – Ela levanta meu celular com a tela ligada. – Olha essa aqui, mostrando o gramado central agora, com os pavilhões um e dois ao fundo. Tá bem pequeno, mas dá pra ver.

Aperto os olhos para o retângulo de pequenos pixels.

– Tá, mas nada garante que ela não vai estar trancada – insisto.

– Em um evento com essa rotatividade de gente? Duvido muito.

– E qualquer funcionário em volta vai certamente reparar em uma garota aleatória entrando por ela.

– Já são quase 6 horas da tarde de um dia lotado no segundo fim de semana de uma das convenções mais caóticas do mundo – observa Cascadura. – Eu já trabalhei em evento muito mais tranquilo com o meu tio, e te garanto que a maioria dos funcionários a essa altura do campeonato já tá dormindo em pé, se arrastando de qualquer jeito, só esperando que o pesadelo termine logo.

— Isso tudo sem falar do maior problema de todos — aproximo o vídeo —, que é essa pessoa bem na frente da porta, provavelmente um segurança, provavelmente *muito* acordado.

— Se livrar dele é a parte mais fácil. — Madureira sorri. — Pra nós dois, pelo menos.

Faço uma careta para os meus amigos.

— Por que vocês tão incentivando essa ideia insana?!

Madureira dá de ombros.

— Você sabe como eu admiro uma pessoa inconsequente — ele diz.

— E, né, é a área VIP — adiciona Cascadura. — Para ser sincero, nós mesmos já pensamos em invadir ela mais cedo. Eles têm um bufê com uma cascata de camarões.

Aponto para eles acusadoramente.

— Quando a Lorena for expulsa da LivroCon, vocês dois vão ficar lá fora no estacionamento com ela?!

— Ah, não acho que vão expulsar ela assim — ri Madureira. — Ela é só uma garota menor de idade desacompanhada de responsável. Não é um perigo tão grande pra ninguém.

— Não me insulte — protesta Lorena.

— E se eles chamarem a polícia?! — brigo.

— Ninguém vai chamar a polícia por causa disso — meu amigo zomba.

— Mas não vale a pena correr o risco! Não se brinca com a polícia!

– Stefana. – Lorena se coloca entre nós. – Eu agradeço de verdade a sua preocupação. Mas já tentei ser certinha e jogar pelas regras da LivroCon. Foi só o que fiz hoje. E não deu certo. Não tenho mais tempo pra ficar sendo cuidadosa. Agora é a LivroCon que vai jogar pelas *minhas* regras.

Sua voz arde com fogo que poderia queimar através de tudo. Me sinto perder, derreter, mas insisto uma última vez.

– Isso só pode acabar em desastre.

– O desastre já aconteceu. Eu só tô tentando consertar. Vim longe demais pra desistir agora.

Ela me devolve meu celular e me dá as costas, sumindo pela lateral do *food truck*.

– A escolha é dela, Plutãozinha – Cascadura diz antes de segui-la com Madureira.

Os observo em um silêncio estupefato antes de virar para Gabriel, ainda comigo.

– Por que você não disse nada?!

– Porque eu tô acostumado a conviver com pessoas irresponsáveis e já sei dizer quando estão no modo de "força incontrolável". Além do mais... – Ele coça a nuca. – ... Fui meio que eu mesmo que a acordei para tentar ir atrás da Cassarola Star de novo. Custe o que custasse.

– Então você vai deixar, de boa, a Lorena tentar invadir a área VIP sozinha?!

– É claro que não. – Ele me olha de lado. – Eu vou com ela. Prometi que ia segui-la a qualquer lugar, não prometi?

E me deixa para ir atrás dos outros.

– Típico de garoto branco – bufo sozinha –, sair despreocupado assim, achando que não vai acontecer nada...

Quero gritar de raiva. De impotência.

Mas, infelizmente, sou o tipo de pessoa inocente que, vendo uma bomba prestes a explodir, corro em direção a ela, achando que vou conseguir salvar alguém.

Ligo a tela do celular e envio uma mensagem para a única pessoa que poderia me ajudar a desarmá-la, antes de seguir a procissão dos Irremediavelmente Irresponsáveis.

Lorena

A porta me encara do lado de fora do pavilhão dois, o segurança de pé ao seu lado como guarda de uma rainha. Estamos na área asfaltada e com uma marquise que une o caminho entre os pavilhões, não tão longe assim da árvore sob a qual Gabriel e eu descobrimos que poderíamos nos unir para dominar o mundo. A nosso favor, o céu já está um azul-escuro profundo, quase preto, e a iluminação noturna aqui é falha. Contra, o lugar não é próximo de nenhuma grande atração, então o fluxo de visitantes é mais esparso do que eu gostaria, e não há muito onde se esconder. Há apenas algumas barraquinhas de lanche em volta com filas modestas.

Usamos o pipoqueiro como cobertura para nos aproximarmos sem levantar suspeitas. Cascadura e Madureira permanecem afastados, aguardando meu sinal ao lado da carrocinha de raspadinha de gelo.

– Olha quantas opções! – digo em voz alta, fingindo interesse no cardápio de pipoca.

– ... P, M ou G? – lê Gabriel, descrente.

– Você não tá ajudando – sussurro irritada.

Não vai sobrar um vendedor de lanche nessa LivroCon que não desconfie de mim no final do dia. Discretamente, avalio o segurança na porta. É um homem branco de uniforme tão alto quanto Cascadura, com braços de tora de madeira e olhar de infinita desconexão e frieza com o eventual sofrimento humano causado. Não está armado, mas não precisa disso para ser intimidador.

– Não acredito que você tá realmente cogitando isso – reclama Stefana pela milésima vez.

– É só um homem – repito, mais para mim mesma que para ela. – Eu posso ganhar de um homem.

– Com o dobro do seu tamanho – ela observa.

– Força não é a única arma que existe.

– Mas tem outro problema – intervém Gabriel. Ele não falou quase nada até agora, então fico alerta. – Olha a caixinha do lado dele, na parede. É uma máquina de passar cartão de credencial. É capaz de a porta estar trancada por ela.

– Droga... – xingo.

Meu queixo dói. Estou trincando os dentes há tanto tempo que os músculos estão ficando cansados. Mas não paro. Usar a força me mantém sã. Me mantém focada no objetivo.

– Tá – digo –, eu sei que a melhor estratégia é se preparar para tudo o que der errado, mas nós não temos tempo agora. Roubar o cartão de alguém demoraria demais. Vamos investir na porta mesmo na dúvida. Se ela estiver trancada, batemos em retirada e pensamos em outra coisa.

Respiro fundo, tentando controlar o súbito desespero surgindo em mim. Sem saber por que ao certo, olho para Gabriel. Ele está me olhando de volta. Por mais que não tenha dito nada, tenho certeza de que vai me acompanhar no que eu decidir.

De repente, o desespero fica controlável.

— Chegou a hora — decido.

Espero que Stefana proteste, mas a garota está mexendo no celular com uma expressão tensa. Olho para Cascadura e Madureira e faço o sinal que combinamos. Eles assentem. Andam com naturalidade até alguns metros depois da porta, no lado oposto ao que estamos.

— O que eles vão fazer pra se livrar do segurança? — indaga Gabriel. — Se planejam tacar fogo em algo como distração, sinto que é meu dever informar, como amigo de pessoas com fortes gostos incendiários, que às vezes as chamas pegam onde nós não esperamos.

— O Salgadinho já foi frito? — sorrio.

— Diversas vezes.

— Eles não precisam fazer nada. — Stefana finalmente levanta o nariz do celular, ainda tensa.

Assim que ela fala, o segurança gruda os olhos nos garotos, que conversam baixo entre si.

— Dois caras desse tamanho — explica Stefana —, cheios de couro rasgado, maquiagem preta e metal ornamental. E, como se não fosse suficiente, eles ainda falam com sotaque carioca. Não tem nada que vá atiçar mais a atenção de qualquer segurança corporativista.

Eu e Gabriel concordamos, murmurando que faz sentido.

– Mas ainda não é suficiente para que o homem saia de frente da porta – digo, franzindo a testa. – Espero que eles tenham um plano B, senão eu vou ter que...

– Mas tem que queimar *todos* os livros?! – Cascadura fala com Madureira, alto o suficiente para ouvirmos daqui.

– Todinhos – o outro responde. – Não pode sobrar um.

– Até os bons?!

– Tem que queimar *tudo*.

– Do que eles estão falando?! – pergunto, subitamente preocupada.

– Eles estão... – Stefana faz uma expressão cansada.

– ... Conversando sobre o livro que estamos lendo juntos. *Fahrenheit 451*. Estamos fazendo maratona de distopias clássicas por motivos de aprender como lidar com nosso atual mundo quebrado etc. Pediram a minha cópia emprestada enquanto vínhamos para cá.

– O plano é terminar ainda aqui na LivroCon – continua Madureira. – Eu trouxe tudo o que a gente precisa.

– Até o isqueiro?

– Óbvio. Agora a gente só tem que achar um canto vazio e comprar uma pipoca pra ver o desastre acontecer.

Os dois riem um para o outro de um jeito ardiloso e começam a se afastar devagar, ainda cochichando.

O segurança fala algo no seu comunicador e vai atrás deles.

— Agora! — Viro para Stefana: — Nos dê cobertura!

— Leite condensado ou caramelo? — pergunta o pipoqueiro, distraído.

Disparamos em direção à porta. Stefana geme algo doloroso, mas nos segue. Meu peito é um tambor de antecipação. Estou prestes a encostar na porta. Empurro a sua barra antipânico.

Ela não abre. Está trancada.

Droga. É por isso que o segurança se afastou com tanta tranquilidade.

Espio os garotos. O homem abordou os dois, de costas para nós.

— Deve ter alguma forma de arrombar isso. — Avanço sobre o sistema de passar o cartão. Gabriel e Stefana se movem para continuar na minha frente, fingindo que só estamos conversando inocentemente. Não sei se tem alguém prestando atenção em nós. Não me importo.

— Lô, não tem como. — Gabriel segura meu braço com cuidado. — A gente precisa sair daqui!

— Não!

Ele vigia por cima do ombro.

— O Madureira e o Cascadura estão perdendo a atenção do segurança. Lorena, nós...

— Tem que ter um jeito! — digo entre dentes, meu rosto ficando quente com o desespero.

– O jeito – diz Stefana, encarando a porta com algo esquisito na expressão – é contar com a ajuda de um milagre.

É nessa hora que a porta se abre e uma garota de macacão colado cintilante nos encontra com os olhos arregalados. Karen GO me vê. Então encara Stefana. Passam-se segundos absolutamente infinitos até que enfim assente. Espia o segurança com Cascadura e Madureira, que estão mostrando um livro aberto para ele com gestos empolgados, nervosos.

A garota fica de lado, abrindo espaço para que entremos. Eu e Gabriel passamos.

– Vem também, lindinha! – Karen GO ordena atrás de mim.

E Stefana, que deu sangue e suor tentando nos convencer a desistir de invadir a área VIP, por algum motivo a obedece.

Stefana

Estamos sozinhos em uma sala de depósito, com caixas de papelão espalhadas em prateleiras industriais e um carrinho de limpeza no canto. Do outro lado, há uma cortina preta que funciona como porta. Ouço música vindo da sua direção, vibrando no meu peito no mesmo ritmo que meu coração afoito.

— Obrigada por nos salvar — Lorena diz para Karen. — Eu te devo a minha vida.

— Agradece à Stefaninha — ela me indica com o rosto —, que foi quem me mandou mensagem pelas redes sociais contando sobre a amiga burra e desesperada que ia ser expulsa da LivroCon por invadir a área VIP. Confesso que, por algum motivo, eu já adivinhava quem seria essa amiga.

Lorena me olha, surpresa, mas eu não explico, pois todas as partes da minha consciência estão concentradas em processar o fato de que *sem querer* invadi a área restrita do maior e mais concorrido evento literário e de cultura pop da América Latina.

– Eu não ia vir junto – passo a mão no rosto. – Não acredito que estou aqui. Não sei o que deu em mim.

– Ser *fangirl* é uma profissão perigosa – brinca Karen, sorrindo para mim.

Acho que sei o que deu em mim, sim.

– Você não vai perder o seu emprego por nos ajudar? – pergunto. – Eu não queria te prejudicar.

E nem sei por que ela me ajudou, na verdade. Mandei a mensagem em um ato de desespero, mas não sabia se responderia. Karen GO é tão importante e incrível, e eu... Bom, eu sou só eu.

Karen apoia uma mão enluvada no quadril e ajeita na testa sua tiara espacial em plástico rosa-transparente, despreocupada.

– Os funcionários colocam gente de penetra escondida nas áreas da LivroCon o tempo inteiro. Não é muito correto, e vocês são três, o que é um certo abuso, mas... – Ela dá de ombros, sua fantasia cintilando com o movimento. – Honestamente, acho que a maioria dos funcionários que trabalha no contato direto com os visitantes tá cansada demais pra se preocupar muito.

Lorena levanta as sobrancelhas para mim, em uma expressão de "eu num disse?".

– Só tentem não fazer nada que chame a atenção dos seguranças para o fato de que vocês não têm as pulseirinhas da área VIP – continua Karen. – E não atrapalhem ninguém.

Ela olha para Lorena, que está passando a mão por cima de uma caixa de papelão, investigando o local.

– Eu disse que atrás do palco do *Mundo Fã* era o meu segundo lugar favorito pra me esconder na LivroCon – diz Karen. – Bem-vinda ao primeiro.

– Nota 9,5 – Lorena brinca de volta, continuando alguma conversa que não conheço. Sinto ciúmes de leve, mas logo a expressão da garota volta a ficar fria, focada. Ela larga a caixa e vira de volta para nós. – Pena que não vai dar pra aproveitar. O plano é conseguir o autógrafo da Cassarola Star o mais rápido possível e bater em retirada.

– Ela não deve autografar nada – revela Karen. – São ordens da organização pra todos os autores que vêm aqui, porque deixaria os visitantes que esperaram na fila normal revoltados. Agora, a Cassarola Star só vai dar uma volta com os seguranças dela e conversar por alto com o pessoal. Vocês têm que entender que essa aparição não é nada muito elaborado, só um gostinho de exclusividade e falsa intimidade pra vender ingresso para a área VIP.

Algo no maxilar de Lorena salta. Karen, olhando-a, continua, em um tom mais delicado:

– Mas tem autores que não se aguentam e autografam mesmo assim. Vamos ver na hora. Nunca se sabe.

– Eu não gosto do quanto estou tendo que depender de sorte hoje – lamenta Lorena. – Mas é o que temos. Se não tiver autógrafo, vou me contentar em entregar meu desenho. Por onde ela vai chegar?

– Em teoria – diz Karen –, iam trazê-la por carrinho pelo lado de fora dos pavilhões e esgueirá-la para dentro por aqui mesmo, a porta de serviço. Se a Cassarola Star andasse pelos corredores da LivroCon para chegar pela entrada da frente da área VIP, causaria um tumulto gigantesco. Metade dos visitantes da convenção se pisoteariam pela chance de vê-la ao vivo.

– Então vamos esperar aqui mesmo – diz Lorena.

– Nem pensar. – Balanço a cabeça. – Qualquer funcionário que entrar já vai dar de cara com a nossa presença ilegal aqui. Incluindo a comitiva da própria Cassarola Star.

– E você disse que ela viria por aqui *em teoria*. – Gabriel vira para Karen. – Porque, *na prática*, pode ser que ela não venha, não é?

Karen assente, mordendo o lábio de baixo. Tomo nota que seu batom é de longa duração e não sai fácil. É bom saber por... *motivos*.

– A Cassarola Star é famosa por gostar de andar no meio do público das feiras porque, segundo ela, precisa ver os leitores no seu ambiente – diz.

– Eu já assisti a um vídeo sobre os top dez tumultos causados pela Cassarola Star em eventos – Gabriel comenta com Lorena.

– Você encontra uns vídeos muito aleatórios – ela observa.

– Eu atraio o caos em todas as esferas da minha vida.

– E por mais que seja uma péssima ideia – continua

Karen –, se a Cassarola Star quiser mesmo andar pelo corredor central do pavilhão mais cheio da LivroCon, a organização vai deixar, nem que tenham que carregá-la nas costas em uma casinha como o Kronk faz com a Yzma. Fazem absolutamente tudo o que ela pede.

– Você é a minha alma gêmea – digo no impulso, ao vê-la citar *A nova onda do imperador*. Imediatamente quero enfiar minha cabeça dentro de uma das caixas em volta e fingir que não estou aqui. Karen só sorri, educada.

– O melhor lugar para esperá-la vai ser no meio da área VIP, então – decide Lorena. – O que estamos esperando?

E avança até a cortina, atravessando-a sem hesitar.

Gabriel corre atrás dela, com medo de que a garota vá causar alguma tragédia nos breves segundos em que a perdeu de vista.

Karen não os segue imediatamente. Espera a cortina fechar e me olha.

– Eu sei que você tá nervosa – diz –, mas vai ficar tudo bem. Eu vou contigo até lá no meio. Ninguém vai ficar chateado se eu demorar mais um minutinho ou dois pra recomeçar a *live*.

– Por que você tá me ajudando tanto? – pergunto, sem aguentar mais. É algo que preciso saber. Uma resposta que pode significar o mundo.

Ela me encara de um jeito que me lembra descrições de livros de romance. Um olhar intenso, uma expressão indecifrável.

– Porque você me ajudou também, ué – responde, apenas. – Vamos?

Ela indica o caminho com a cabeça e estende uma palma na minha direção. Eu a pego.

E imediatamente congelo, mortificada.

Não era para eu pegar a mão dela! Era só um gesto! Mas eu a peguei por reflexo, ou sei lá!!! É melhor eu soltá-la?! Ou vai ficar mais estranho ainda?! Por que eu tinha que fazer isso?! POR QUÊ?! POR QUÊÊÊ?!!!

Karen desce os olhos para nossas palmas juntas e por um segundo tenho a mais absoluta certeza de que está surpresa. Então ela ri, só uma baforada bem discreta para si mesma. Eu não faço a menor ideia se é de mim, ou se é da situação, ou se essa foi a gota final para que ela desista de fazer amizade com suas fãs. Não sei.

Mas ela não me larga e me puxa para a área VIP consigo.

Talvez eu seja expulsa da LivroCon.

Mas vai ter valido a pena.

Gabriel

Saímos em um corredor curto que se abre para o que parece ser um salão de festa lotado, julgando pela melodia eletrônica e pelas pessoas conversando com bebida na mão. Perto de nós, um pouco à frente na parede, há uma porta dupla com janelas em círculo e, após elas, duas outras com placas de feminino e masculino, guardando o que tenho certeza de que são os banheiros mais limpos de todos os pavilhões da LivroCon.

Lorena caminha até o limite do corredor e para, observando o espaço. As portas duplas que ficaram para trás explodem abertas e viramos no susto. Um garçom sai apressado, equilibrando uma bandeja de taças compridas e uma garrafa de espumante. Lorena se espreme contra mim para sair do caminho. Ele passa por nós e vira para a festa sem olhar para trás.

Mas a garota não se afasta, sua respiração apressada contra meu peito. Só torce o pescoço em direção à festa. Desde que decidiu invadir a área VIP, tem algo estranho nela. No jeito como aperta a boca, ou no jeito como seu olhar se perde em foco o tempo todo, a testa tensa. Como se estivesse no modo mais perigoso da sua concentração seletiva: o que não enxerga direito o que é importante à sua volta. Quero acreditar que não é nada, mas conheço Lorena e acho que sei ler o que está acontecendo. O desespero está tomando conta dela aos poucos. O entendimento de que suas opções estão acabando e que talvez as coisas não deem certo no final, como eu prometi.

– Fica tranquila – tento ajudar. – Ninguém vai reparar que estamos aqui. Eu conheço essa gente. Se você não mostrar que tem um cartão de crédito *black* ou algumas dezenas de milhares de seguidores nas redes sociais, ninguém nem olha pra sua cara. Podemos até aproveitar e pegar uns drinques. Será que eles têm guaraná, ou isso é mundano demais pra quem é VIP?

Lorena me olha por cima do ombro em julgamento.

– Como você consegue ficar tão calmo e confiante em pleno território inimigo?

– Ele é um garoto branco – Karen GO surge do nosso lado e responde, como se fosse óbvio. – Mesmo se for pego, vai ter que se esforçar bastante pra fazer gente com essa quantidade de dinheiro realmente puni-lo. Talvez, se ele destruir a cascata de camarões.

– Sim – concordo, porque infelizmente é verdade, nossa sociedade está quebrada etc. – Isso, e o fato de que andar com os meus amigos já me fez acostumar com a adrenalina de infringir os limites legais.

Stefana não comenta, pois está olhando para Karen e sorrindo como se ninguém mais existisse. Reparo nas mãos dadas. Eu nem sabia que elas tinham um lance. Isso explica por que a *cosplayer* nos ajudou.

– De novo, sejam discretos com o pulso sem pulseirinha de vocês – lembra Karen, antes de sair do corredor para o salão, carregando pela mão a garota hipnotizada.

Lorena enche o peito e vai atrás. Eu a sigo.

Cruzo uma mão atrás de mim da forma menos suspeita que consigo enquanto avançamos por trás das mesas de bufê (sim, *mais de uma*). O salão está decorado com uma temática de livros gigantes estilizados em plástico transparente, preto e luzes coloridas, o que dá um efeito estético um pouco "acessórios *gamer*" de que infelizmente sou obrigado a gostar. Acima de tudo, telões comprados a metro, e não a polegadas, mostram o que está acontecendo pelo evento, para que ninguém da realeza seja obrigado a sair e se misturar.

Mesmo que o espaço esteja lotado, é marcante a diferença entre as pessoas daqui, arrumadas e tranquilas, para os plebeus lá fora, se arrastando exaustos pelos corredores por causa da surra que é a LivroCon do público geral.

– Quem são essas pessoas? – questiona Lorena.

– Convidados da organização, celebridades e visitantes que quiseram pagar caro para ter um tratamento especial – explica Karen. – E todos eles vieram ao mesmo tempo pra cá para ver a grande e única Cassarola Star. Aposto que muitos são fãs.

Paramos um pouco atrás da lendária cascata de camarões. Cada um tem o tamanho do meu punho. Finjo avaliá-los, enquanto pelo canto dos olhos tomo nota dos seguranças espalhados feito estátuas aqui e ali. Alguns são fáceis de encontrar, como os dois flanqueando o portal da entrada principal da área VIP lá na frente. Outros estão mais discretos, como o homem encostado atrás da pilastra de iluminação da pista de dança (como essas pessoas têm energia sobrando para *dançar* no meio da LivroCon?!).

Um grito agudo corta o barulho da música. Todos torcemos o pescoço na direção do portal de entrada, em expectativa. Lorena enfia as unhas no meu braço.

– É a Cassarola Star?! – ela guincha.

Mas são só duas mulheres jovens, com aquela cara colorida de *influencers* de moda, entrando pelo portal abraçadas e rindo como se não se vissem há anos. Parece que o grito era só elas sendo escandalosas.

As pessoas em volta retornam aos poucos a conversar, o burburinho de vozes se juntando à música mais uma vez.

– Alarme falso – Karen diz com alívio. – É melhor eu ligar a *live*. Aqui, Stefaninha, quer me ajudar?

As duas se afastam, imagino que procurando um local mais fotogênico.

– Eu acho que a Cassarola Star vai vir pela entrada da frente – diz Lorena, sem arrancar os olhos da sua direção. Sem arrancar as unhas do meu braço.

– Como chegou a essa conclusão?

– Eu *sinto* que vai. – Ela aperta a boca daquele jeito estranho. Trinca o maxilar. É como se estivesse se esforçando para não perder o controle. E minha preocupação só aumenta. – Eu *conheço* a Cassarola Star. Ela é gente como a gente. E *ama* livros. *Ama* estar no meio deles. Não acho que vá perder a chance de conhecer pessoalmente o maior evento de literatura do mundo. E, se isso não for suficiente... A personagem favorita dela é a Capitã Plutão.

– O que isso tem a ver?

Lorena me olha só para responder:

– Que ela ama o caos. – E volta a esticar o pescoço para vigiar o portal de entrada. – Estamos longe demais. E se ela precisar ir embora rápido? E se nem chegar aqui no meio?

– Lô. – Coloco uma mão por cima da dela no meu braço. – Na entrada tem muitos seguranças. Não é seguro. Ela vai vir até aqui. Temos que ter paciência.

Mas o olhar esquisito está no rosto dela de novo. A concentração demais. Com algo pior do que desespero, dessa vez.

Porque é bem nebuloso o limite entre desespero e inconsequência.

– Paciência é para os fracos – ela decide, largando meu braço e avançando para a entrada.

– Lorena!

Vou atrás dela, mas é nessa hora que as garotas *influencers* se metem na minha frente para tirar fotos dos camarões, sem reparar no mundo em volta. Circulo por elas. Lorena já está a vários passos de distância. Corto por entre as pessoas, mas ela é menor e mais rápida para se esquivar.

Calculo o seu trajeto, em busca de uma alternativa. Para evitar as pessoas dançando, ela vai dar a volta por trás da pista de dança, passando pela pilastra onde...

Xingo para mim mesmo. Lorena está indo de encontro ao segurança.

Aperto o passo, me esquivando por um senhor que puxa o ar, surpreso. Quero gritar para chamar Lorena, mas não posso. É minha vez de trincar os dentes.

Ela está passando na frente do funcionário. Ele fica quieto. Vai dar tudo certo. Ela passa.

O segurança dá um passo para frente e a chama.

Droga, droga, droga.

Lorena vira no susto, como se não tivesse visto o cara ali. Ele aponta para o próprio pulso e sussurra discretamente algo para ela. Não ouço o quê, por causa da música. Lorena arregala os olhos. Olha para baixo, passa a mão por onde deveria estar sua pulseirinha.

– Eu... Eu não sei! – Ela finge procurar algo no chão. – Devo ter arrancado sem querer!

Quero avançar para cima do homem – parece que tem dinamite explodindo nas minhas juntas –, mas paro antes de chegar nos dois. Tento pensar. Tem que ter uma forma de tirá-la dessa. Lorena com certeza teria um plano. Ela...

Ela me vê. E no segundo em que encaro seus olhos do tamanho de planetas inteiros, tenho a sensação horrível de que não.

Ela ainda não tem um plano.

O segurança fala algo no fone no seu ouvido. Estende a palma de uma das mãos mostrando o caminho para que Lorena o siga na direção da saída.

– Mas a Cassarola Star já vai chegar – ela suplica, desesperada.

E o segurança entende tudo. Avança na sua direção para segurar seu braço.

Lorena planta os pés no chão e cerra os punhos. Há algo letal nos seus olhos.

– A CASSAROLA STAR – eu grito, entrando em pânico.

O segurança vira a cabeça sobre o ombro no susto e me vê. Continuo, apontando para a entrada. – ELA TÁ VINDO PELO CORREDOR DA LIVROCON! E TÁ AUTOGRAFANDO TODOS OS LIVROS DE QUEM QUISER!

Por um segundo, nada acontece.

Então a ficha coletiva cai em um estalo só e os VIPs vão à loucura. Todos correm ao mesmo tempo em direção ao portal de entrada. A festa chique vira dia de liquidação de aniversário de supermercado. Cadeiras são derrubadas. Alguma bandeja estala contra o chão. A cascata de camarões cai sobre o bufê e rola para fora da mesa. Seguranças tentando impedir o caos são empurrados para longe. Um deles, inclusive, se junta ao caos para ir ver a autora.

E nós também. Aproveito a distração para pegar a mão de Lorena e arrastá-la comigo em direção à saída.

– O homem alertou os outros seguranças – digo para ela. – Vão todos te procurar, se você ficar aqui. Temos que sair agora.

– Não! Eu não vou sair sem ver a Cassarola Star, e eu vi quando você gritou! Eu sei que você mentiu!

Ela tenta nos puxar para trás, mas é inútil nadar contra a corrente. Viro por cima do ombro e digo, sem saber mais o que fazer para acordá-la:

– Você quer que a Cassarola Star chegue e te veja sendo carregada embora pelos seguranças? É essa a impressão que você quer passar pra ela?

Lorena me encara com raiva, não sei se de mim ou da situação, mas para de resistir. Antes que eu vire para frente de novo, porém, reparo no segurança que a tinha pego.

E ele não nos perdeu de vista.

Com uma cabeça de altura acima da maioria das pessoas e sangue nos olhos, ele vai abrindo caminho até nós mais rápido do que a muvuca consegue passar pelo portal de entrada. O ritmo já está ficando mais devagar, conforme as pessoas da frente vão reparando que não tem Cassarola Star nenhuma lá fora, no corredor.

E tomo minha decisão.

– Vai na frente, que eu já te alcanço – digo, trocando de lugar com Lorena.

– Quê?! – O rio de pessoas a puxa, e ela usa meu pulso para se prender contra a correnteza.

– Vai rápido! – Me esforço para ficar parado. – Eu vou segurar o homem!

– Você não...

Nossas mãos se soltam.

Lorena

Não enxergo nada além de ombros e braços, camisetas e mochilas. Algo me arranha. Algo me empurra. Fico sem ar. Me espremo com esforço. Até que andar começa a ficar mais fácil. Já posso respirar outra vez. A muvuca vai ficando esparsa. Me afasto, querendo fugir. Querendo enxergar. Querendo tomar um banho de álcool em gel.

E finalmente estou fora. Fora da confusão. Fora da área VIP.

Viro e encaro os portões lá atrás, já distantes. Nenhum sinal de Gabriel. Eu preciso voltar lá. Preciso saber que ele está bem.

Mas tem três seguranças na porta! Meu Deus, como eu não reparei neles antes?! O que deu em mim?!

Pego meu celular e mando mensagem. Mudo de ideia e ligo. O aparelho toca e toca, mas o garoto não responde.

Tenho outra ideia. Rolo as telas de aplicativos até achar a rede certa. Abro e procuro a transmissão de Karen GO. Ainda está ao vivo.

Ela mostra uma área VIP vazia e bagunçada. Cadeiras estão sendo levantadas por visitantes e garçons. Tem tantos camarões no chão que parece que corre um rio ali. Mas a maior parte das pessoas que restaram no salão está rindo ou conversando como se nada tivesse acontecido. Os funcionários da limpeza arrumam o que podem com calma, como se fosse apenas mais um fim de dia normal. Como se pessoas VIPs já fossem normalmente bagunceiras.

Stefana aparece na tela, não muito longe de onde Karen está. Imóvel, ela olha para algo com uma expressão aterrorizada.

Mostra o que é, Karen, mostra logo!

Ela mostra, andando pelo salão.

Tenho apenas um breve segundo de relance para ver Gabriel sendo escoltado por dois seguranças de terno, cada um segurando um braço seu, para o corredor da porta de serviço. Um senhor sem uniforme, mas de crachá, os segue.

Uma mensagem de ligação tocando aparece no topo da tela. Stefana. Atendo.

– Lorena, o Gabriel...

– Pra onde tão levando ele?! – grito. Ela não responde.

– Pra onde, Stefana?!

Ela fica muda por segundos desesperadores.

– Se eu chegasse perto, eles me levariam junto – ela diz enfim. – Eu também não tenho pulseirinha.

– A-ah... – gaguejo. – É verdade...

Como posso esquecer esse tipo de coisa?

Eu estava focada demais no meu objetivo. Em mim mesma.

O entendimento doloroso do que fiz vai me acordando com uma sensação gelada no estômago.

Observo o portal, minha respiração ainda arfando. A multidão já se dispersou, e os VIPs voltam para seu curralzinho. O caos acabou.

Mas não as suas consequências. As consequências dos meus atos. Da minha imprudência. Da minha arrogância, até, por achar que eu merecia ter o que eu queria, custe o que custasse.

E quem vai pagar o preço pela minha obsessão pela Cassarola Star vai ser o Gabriel.

— Lorena? — Stefana volta a dizer no meu ouvido. — Você ainda tá aí? A Karen disse que a Cassarola Star não vai mais vir, por causa dessa confusão. Julgaram a área VIP perigosa demais pra ela. E...

Ela não continua.

— O quê? — imploro.

— O Cascadura e o Madureira ainda estavam lá pela porta de serviço quando o Gabriel saiu e me mandaram mensagem. Disseram que não deu pra segui-lo, porque o levaram embora pelo carrinho da organização. Mas ouviram o funcionário dizer para onde iam. E... parece que eles levaram o Gabriel para o prédio da administração do evento, no pavilhão um.

O lugar mais bem vigiado de toda a LivroCon.

Levo uma mão à testa e aperto os olhos. Quero gritar e chorar e, sei lá, chutar alguma coisa. Mas nada disso vai ajudar a salvar o garoto, então respiro fundo contra meu peito acelerado, me forçando a voltar ao controle. Me forçando a raciocinar.

— Stefana — digo, entre dentes. — Eu preciso de um plano pra salvar o Gabriel. E todos os que eu fiz sozinha até agora não deram certo no final. Então... Você me ajuda? Não posso errar dessa vez. Porque falhar...

Preciso engolir um nó na garganta para terminar:

— Falhar não é mais uma opção.

COMETAS DA GALÁXIA

— Estamos de acordo, então — decide Capitã Plutão, entrelaçando os dedos sobre a mesa da lanchonete.

Apesar de a cadente ter escolhido sua jaqueta mais discreta para aquele encontro — uma que cintila com apenas vinte por cento das cores do arco-íris, e não cem por cento, como de costume —, o brilho translúcido ainda atrai mais atenção do que os disfarces cor de "nada memorável" de Sophitia e Aleksander. Desconfortável, o garoto se ajeita na cadeira. Se o alto comando descobrir que os dois estão ali, confabulando com o inimigo, vai arrancar na hora as suas licenças de cometas em treinamento.

Mesmo que o acordo que acabaram de firmar seja a sua única alternativa para salvar a galáxia.

— Tentem não vacilar. — A Capitã levanta. — Eu sei como os cometas adoram desistir de tudo na última hora.

Então guarda a adaga que havia deixado despreocupadamente sobre a mesa, pega seu milkshake de morango ainda pela metade e vai embora, chupando o canudo.

COMETAS DA GALÁXIA E O ROUBO DE CARONTE
CASSAROLA STAR

– Segundo os meus cálculos – conclui Aleksander –, a chance de isso acabar em desastre é de cem por cento.

– Bom – Sophitia o olha com um raro sorriso nos lábios –, você nunca foi muito bom em Matemática.

Lorena

— Tempo sobrando é um luxo que não temos, então vamos planejar isso rápido — digo, abrindo o mapa de Stefana na mesa longa. Ela, Cascadura e Madureira arrastam cadeiras para sentar em volta. Eu os trouxe para a área de *fanarts* do *Mundo Fã* onde desenhei mais cedo, pois era perto o suficiente, no pavilhão dois, vazia a essa hora e, bom, todo lugar destinado a se criar arte me parece adequado para planejar uma revolução. Aponto a área correta do mapa. — Esse complexo dentro do pavilhão um é o prédio da administração. E é em algum lugar dentro dele que estão prendendo o Gabriel.

— Tem certeza de que entrar lá na surdina e resgatá-lo à força é uma boa ideia? — Stefana me interrompe. — Você viu o que aconteceu quando invadimos a área VIP. Não quer conversar com a organização da LivroCon primeiro? Podemos tentar convencê-los de que foi tudo um mal-entendido, uma brincadeira boba ou qualquer uma dessas desculpas que sempre fazem garotos brancos serem soltos sem punição. Normalmente funciona!

Balanço a cabeça, me lembrando de algo que Karen disse.

— O Gabriel mexeu com a área VIP deles — digo —, e ainda detonou a cascata de camarões. Pessoas ricas e grandes corporações nem sempre ligam muito pra quem machuca seres humanos, mas certamente ligam pra quem machuca seus camarões.

— Se quisessem livrá-lo fácil, já teriam feito isso — intervém Madureira. — E vocês nem precisariam conversar. A essa hora, ele já estaria andando pelos corredores como se nada tivesse acontecido.

— Exato — continuo. — Mas não é o que fizeram. Eles não o perdoaram e não o expulsaram do evento, que teriam sido as soluções mais fáceis para resolver o problema. Não faço ideia de por que escolheram carregá-lo para a administração, mas tenho certeza de que boa coisa não é. E não vou ficar aqui parada esperando pra descobrir.

— Eles podem estar tentando entrar em contato com os pais dele, já que ele é menor de idade — chuta Cascadura.

— Ou estão esperando pela polícia! — Stefana lembra.

— O que é mais um motivo pra eu resgatá-lo antes que seja tarde! — rebato.

— E se te pegarem?! — ela insiste.

— Pelo menos o Gabriel não vai estar sozinho quando o barco afundar!

Nos encaramos, uma batalha inteira por si só.

— Você é tão insuportavelmente teimosa — bufa Stefana.

– Acho que tudo o que eu consigo fazer é tentar impedir que o pior aconteça contigo, não é? Tá. O que você quer que eu faça?

A sensação de tê-la se juntando a mim, uma amiga ao meu lado, é um alívio ao qual não estou acostumada. Uma sensação que me faz derreter um pouco, se eu tiver que descrever. Que me faz querer encostar a testa na mesa e respirar por uns segundos de paz.

– Nós também – Madureira coloca a mão no ombro do namorado, que assente. – Qual é o plano?

Aperto a boca, prendendo um sorriso. Somos só quatro jovens contra a organização de um dos maiores eventos do mundo, mas, de repente...

Sinto que temos uma chance.

Volto ao mapa entre nós.

– Tem duas entradas para o complexo da administração – aponto –, segundo o que Karen nos disse. Uma pelos fundos, com acesso ao *backstage*, e uma pra dentro do pavilhão. Essa última, que é a única a que temos acesso, dá de frente para o corredor C, e a boa notícia é que ele tem um fluxo intenso por causa dos estandes de editoras famosas.

– E por causa da piscina de bolinhas gigante – adiciona Cascadura, sorridente. – Fica bem na esquina do corredor.

– Tiramos fotos muito boas nela. – Madureira sorri para o parceiro.

– *Hummm...* – Batuco com a ponta dos dedos na mesa. – Me mostra essas fotos?

Cascadura me estende seu celular, um daqueles aparelhos de última geração com tela enorme. Na foto, Madureira, com bolinhas coloridas até o quadril, tenta equilibrar uma vermelha na testa. Rolo para a próxima. A bolinha escorregou. Na terceira, ela já se juntou às outras na piscina, e Madureira está rindo para a câmera.

Não sei como já tive medo deles algum dia.

– Eu não quero ver vocês sendo fofos – brigo –, eu tô montando uma operação aqui!

Cascadura rola mais algumas fotos até uma que mostra, ao fundo, o complexo da administração da LivroCon dentro do pavilhão. Só consigo ver a sua frente, composta por três andares longos. A maior parte do terceiro andar é tomada por um salão com janelas do chão ao teto, por onde se pode ver uma ou outra pessoa bem arrumada olhando a LivroCon de cima. No segundo andar, as janelas são mais modestas e separadas, denunciando dezenas de salas de escritório onde Gabriel pode estar. Embaixo de tudo, no andar do térreo, não há janelas, a não ser pela área ampla do saguão de entrada, com suas paredes de vidro. No centro delas, uma porta dupla sob o letreiro "Administração" é protegida por um segurança.

– A rotatividade de funcionários e expositores entrando e saindo por ali é alta – explica Madureira –, mas o segurança checa o crachá de todo mundo. E deve estar prestando o dobro de atenção agora, com a notícia de que invadiram a área VIP.

Trinco os dentes. Vou precisar marcar um dentista depois que isso tudo acabar.

– Pelo menos tem mais visitantes do que eu esperava se amontoando na área da frente do prédio – observo, tentando me agarrar a algo que não seja um empecilho aos meus planos uma vez na vida. – Quanto mais gente, mais fácil é para passar despercebida.

– É por causa da sala dos autores. – Madureira aponta um dedo com unha pintada de preto para a foto, indicando o salão do terceiro andar da administração. – Mas nada garante que o corredor vai estar assim quando chegarmos. A galera só fica aglomerada ali quando descobrem que tem alguém famoso lá em cima, pra tentar espiá-los pela janela.

Stefana bate com a palma da mão na mesa.

– A Cassarola Star! – diz. – Karen cansou de dizer que ela estava na sala dos autores, durante a *live*. Com certeza deve ter atraído um bocado de gente, mesmo se a autora já tiver ido embora.

Lambo a boca. A tentação de ir de encontro à minha ídola é grande. Mas já cometi esse erro antes.

Ninguém mais vai pagar por isso.

– E os fãs da Cassarola Star seguem nos ajudando – digo, sorrindo conforme as ideias vêm me abençoar. – A primeira parte do plano tá decidida: vamos contar com o poder do *fandom* para criar a distração. Tudo que precisamos fazer é atrair essa galera pra tumultuar a porta da administração.

– Mas dessa vez não vai ser suficiente fingir que nós dois estamos fazendo algo suspeito ou usar a estratégia genial do Gabriel de ver a Cassarola Star andando pelo corredor – aponta Cascadura. – A distração tem que ser impactante e calculada, pra te fazer passar despercebida pelo segurança imóvel, e depois durar tempo suficiente para que ache o Gabriel, dê um jeito de tirá-lo de onde quer que ele esteja e com quem ele esteja, e saia de novo sem serem barrados. Isso tudo vai ser bastante difícil, e ainda tem uma bolada de aspectos sobre essa invasão que vamos ter que passar a limpo, mas... pelo seu sorriso de tubarão, chuto que já teve alguma ideia.

Demoro alguns segundos para responder, apreciando esse momento único antes de trazer ao mundo um grande plano. Os três me olham com expectativa.

– De fato, tive uma ideia sim, e ela é *gloriosa*. – Viro para Cascadura e Madureira, encarando-os por baixo dos meus cílios com o dito sorriso, que prefiro descrever como *maquiavélico*. – Mas ela é completamente arriscada e impru-dente. Vai precisar da ousadia de vocês dois como verdadei-ros cadentes de *Cometas da Galáxia*.

– Estamos ouvindo – Madureira diz devagar.

– Enquanto não machucar ninguém – impõe Cascadura.

– Muito pelo contrário – garanto. – Todo mundo vai amar.

Os garotos se entreolham, e uma cortina de atrevimento vai caindo sobre a expressão dos dois. Quando voltam a mim, me oferecem sorrisos que prometem incêndios.

– Não estou gostando nada disso – lamenta Stefana.

– Pergunta rápida, porém. – Entorto a cabeça e digo, com cuidado: – O quanto vocês sabem dançar em coreografia?

Os sorrisos vacilam.

– Nossa especialidade como cadentes é bagunça generalizada – diz Madureira. – Não somos muito de dançar, não.

– Sorte de vocês – diz alguém de fora da mesa. – Que todos os meses que passamos decorando as dancinhas pro Patotube nos prepararam exatamente para esse momento.

Guará anda até nós, com Salgadinho e Bonito na cola.

Gabriel

Eles me largam sentado em uma cadeira de escritório. Admito que é um pouco menos dramático do que eu esperava. — Moleque invadindo a área VIP não sai ileso do nosso evento, não! — resmunga mais uma vez o tio de meia-idade e camisa polo manchada de café, cuja melhor descrição que posso fazer é de que ele tem cara de "cansado da vida". É o mesmo homem que esbarrei quando estava indo atrás de Lorena para salvá-la, sem saber que era um dos funcionários da LivroCon encarregados pela área VIP. Na correria, nem reparei no seu crachá.

Quando me pegaram, ele e dois seguranças me esgueiraram para fora pelos fundos da área VIP e me enfiaram num carrinho, cortando rápido por entre os pavilhões. Enquanto os visitantes me olhavam, admito que me senti uma celebridade, tipo esses *YouTubers* e *streamers* muito famosos. Então o carrinho saiu da área aberta do evento, entrou na área de *backstage* e me senti só muito ferrado mesmo. Eles me levaram por entre caminhões e carros de serviço até estacionar às margens de um dos pavilhões, diante das portas dos fundos. Saltamos do transporte e entramos por elas, e me vi não no evento que conheci, mas em uma espécie de complexo empresarial, cheio de corredores claros e salas idênticas. Se não me falha a memória do mapa do evento – e, com mapas, ela nunca falha –, me trouxeram para dentro do pavilhão um, na administração.

Estamos em um escritório no segundo andar. Assim que chegamos, os seguranças se dispersaram, tendo mais o que fazer e nenhuma disposição para aguentar o chilique do tiozão, imagino eu. Fiquei a sós com ele e outra funcionária, uma garota branca de vinte e poucos anos mexendo em um computador na mesa dos fundos.

– Eu já disse que não entrei na área VIP por mal – repito, exausto. – Eu só precisava ver a Cassarola Star.

– Pois que esperasse na fila dela como um visitante de bem!

– É que eu tive uns contratempos. – Coço o lado do pescoço. – Vocês devem saber bem que a LivroCon não é um ambiente muito previsível. Aí restou fazer o que eu podia pra contornar o problema, né? Quando a vida te dá limões...

O tio para de andar e se debruça sobre mim. Me encolho, mas só porque ele está fedendo a café e suor de dois dias.

– Tá todo engraçadinho, é? Quer que eu te expulse da convenção agora, de brincadeira?

– Eu já disse que isso não é uma boa ideia, seu Paulo – a garota atrás comenta sem erguer os olhos do computador.

– Carla... – O homem lhe lança uma careta de repreensão.

– Só tô querendo livrar a empresa de um possível processinho. Esse menino tem cara de ser menor de idade. Jogar um menor na rua sem supervisão e sem avisar os responsáveis dele pode nos causar a maior dor de cabeça.

– Por que você tá defendendo o garoto? Tá com pena, leva pra casa!

Carla finalmente levanta os olhos do computador, mas sinto que é só porque ia rolá-los e se forçou a parar no meio do caminho.

– Eu tô defendendo – ela diz devagar –, porque depois sou eu que vou ter que ouvir advogado narrar o Estatuto da Criança e do Adolescente inteiro no telefone. Como se falar no telefone já não fosse tortura o suficiente...

Paulo faz um *tsc* sem paciência com a língua.

– Eu não vou expulsar o garoto – ele diz a contragosto.

Puxo o ar para respirar aliviado. – Isso seria fácil demais. – Xingo mentalmente. – Ele não vai sair daqui antes de pagar pelo que fez.

– Com todo o respeito, seu Paulo – Carla fala com a calma de quem está acostumada a fazer as pessoas voltarem ao bom senso. – Foi só um pouco de comida. Nós temos seguro. O senhor não devia nem ter trazido esse menino pra cá. Era melhor ter soltado ele no corredor e fingido que nada aconteceu.

– E deixar o meliante sair impune depois de causar essa confusão toda na área VIP que *eu* organizei com todo o cuidado durante *meses*?! Por que em sã consciência eu faria isso?!

– Porque enquanto esse menino está aqui conosco, ele é problema nosso. Enquanto ele está lá fora, não é. Simples assim.

– Carla, ele destruiu a minha cascata de camarões! Você sabe quantas ligações eu tive que dar pra arranjar camarões daquele tamanho?! Eu até trouxe um *chef* da Bahia pra cuidar do bufê!

– Peço desculpas por isso, de verdade – digo. – Eu não queria atrapalhar a vida de ninguém.

Só não completo que, se tivesse que fazer tudo de novo para salvar Lorena, eu faria sem pensar duas vezes.

– Desculpas não vão trazer de volta todos os canapés pisoteados – rebate Paulo, frio. – Esse país inteiro pode ser um poço de impunidade, mas aqui, onde eu controlo, não vai ser, não. Então, garoto. Vai me dando logo o contato dos seus pais, pra gente acertar essa conta. Eles estão na convenção?

Meu pais? Meu estômago se esconde atrás da minha coluna com a ideia. Imagino os dois viajando por horas para vir me tirar daqui como um criminoso. Meu pai dirigindo na velocidade de cinco xingamentos por segundo. Minha mãe olhando pela janela em silêncio, decepcionada com a prole que seguiu o caminho do crime. Termino considerando o que eu faria se fosse expulso de casa.

E não estou nem brincando.

Fico calado.

– É melhor eu mandar os seguranças atrás da garota que invadiu a área VIP contigo e perguntar a ela, então? – ameaça Paulo.

Não sou uma pessoa violenta, mas, nesse momento, considero seriamente me levantar e dar uma voadora no homem.

Enfio os dedos nas minhas coxas, me prendendo sentado por pura força do ódio.

– Vai ser assim? – assente Paulo, ironicamente. – Tá bom. Se não quer falar comigo, vai falar com a polícia.

Aperto a boca para não xingar em voz alta. Carla enfim levanta da cadeira.

– Ele é só um garoto!

– Quem nasce delinquente é sempre delinquente. Não importa a idade.

– A gerência nunca vai deixar você chamar a polícia e arriscar a exposição para a imprensa só porque um menino fez uma besteira! – ela insiste.

Mas Paulo anda em direção à única porta da salinha mesmo assim.

– Eu convenço eles.

– Seu Paulo! – Carla o acompanha e para no seu caminho. – A gerência tá ocupada com o coquetel do marketing lá em cima, e não vai gostar do senhor indo lá levar mais um probleminha aleatório. O senhor saberia disso se usasse o sistema que o TI deixou preparado todo bonito para o senhor.

Ela estende a mão para a mesa oposta. Em cima dela, ao lado do computador, há um fone *bluetooth* abandonado.

Paulo o ignora.

– Enquanto eu subo – ele manda –, fica de olho no garoto.

A porta bate tão forte atrás dele que acho que as paredes de divisória do escritório vão desmoronar.

– É sério que você prefere que o seu Paulo ligue para a polícia em vez de ligar para os seus pais? – Carla fala comigo pela primeira vez, exausta. – Você tinha que me ajudar a te ajudar, garoto.

– Você pode sempre me deixar ir embora agora – sugiro. Ela força uma risada, zombando, enquanto volta à cadeira e senta. – O quê? É a melhor solução. Você diz que não sabe como aconteceu. Ninguém vai te culpar.

Ela nem responde, clicando no mouse e se concentrando na tela. Viro de lado discretamente para tirar meu celular do bolso da calça.

– Sinal de celular não pega aqui – avisa Carla, me vigiando com algum olho invisível na testa ou sei lá. – Você viu que o seu Paulo não usa nem fone sem fio. É óbvio que ia escolher para a nossa equipe a sala mais feia de todas, nos fundos dos fundos, com vista para uma parede de concreto em vez de para a LivroCon, como a maioria das outras, só porque o sinal daqui é o pior da face da Terra. Eu juro pra você, se algum dia eu descobrir quem mandou o vídeo de conspiração pra ele falando que as ondas fritam o nosso cérebro, eu vou...

Ela resmunga algo que não entendo. Checo meu celular mesmo assim. Tem uma barra de sinal, mas nenhuma página na internet carrega.

Droga. O desespero começa a bater.

– Você vai mesmo obedecer ao seu Paulo e me manter aqui em cárcere privado? – a pressiono. – Me soa meio ilegal isso aí, não?

– Tão ilegal quanto você invadindo a área VIP? – ela rebate.

– Você mesma disse que deviam ter deixado isso pra lá. Por que continua do lado dele? O seu Paulo é seu chefe, por acaso?

Ela levanta os óculos de aro grosso e massageia a ponte do nariz, entre os olhos.

– Ele é um homem branco maluco de meia-idade – diz.

– É *claro* que ele é o meu chefe.

E veste os óculos de novo, voltando ao trabalho. Os *tec-tecs* das suas mãos digitando no teclado são o único som que sobra entre nós.

– Você acha que vão mesmo chamar a polícia? – pergunto, sem me aguentar.

– Eu não sei. Pessoas sensatas não chamariam. Mas ninguém é muito sensato depois de oito dias de evento. E, às vezes, a gerência aceita o que o seu Paulo quer só pra que largue do pé deles. Ele é muito insistente com algumas coisas.

– Chuto que camarões são algumas dessas coisas?

– Você não faz *ideia*. Nunca o vi tão orgulhoso de algo quanto ficou daquela cascata de camarões. Ele até atualizou a foto de perfil nas redes sociais pra uma com ela. E o homem tem três filhos!

Ela balança a cabeça e volta a digitar, dando o assunto por encerrado de novo.

Faço uma careta e deslizo um pouco na cadeira.

Estou incrivelmente ferrado.

Preciso dar um jeito de sair daqui. O que os milhões de jogos e filmes de ação que eu já absorvi me ensinaram sobre situações como essa?

Faço o reconhecimento do escritório em volta. Há quatro mesas com cadeiras e computadores e alguns armários nos cantos. Como rotas de fuga, há uma porta de entrada por onde eu vim e uma janela atrás de mim, que dá para uma parede de concreto a um ou dois metros de distância, provavelmente fora do pavilhão, no *backstage*.

Segundo os jogos e filmes de ação, para sair dessa situação eu teria que...

... Levantar, dar uma cambalhota por cima da mesa, jogar uma cadeira nos dois bandidos que iriam surgir pela porta convenientemente, me esquivar do terceiro aparecendo atrás deles. Despreparado, o homem cortaria direto sala adentro, escorregaria e se lançaria pela janela. Então eu olharia para o buraco que ele abriu no vidro e para a porta de entrada, encolheria os ombros em um gesto cômico e adorável de "serve também", pularia pela janela quebrada, daria um rolamento ao cair lá fora, um andar abaixo, ao lado do homem desacordado, e dispararia em liberdade.

Hummmm.

Aperto os olhos e avalio a cadeira mais próxima. Depois a janela.

Hummmmmmm.

Talvez eu não tenha toda essa habilidade. Há uma *pequena* chance de que eu quebraria o pescoço. Mas bem pequena, porque fiz um ano de karatê quando tinha 11 anos e isso me eleva a uns dois níveis e meio acima de um leigo em potencial físico, tenho certeza.

E quantos níveis a coreografia precisaria?

Hummmmmmmmmmmmmm.

Pelo menos uns doze, eu acho.

...

Beleza. Alternativas. Quais são?

Stefana

Se a minha história tivesse um narrador, ele estaria bem confuso agora, tentando explicar o rumo que minha narrativa tomou para me trazer até aqui, planejando um motim na LivroCon.

— Esse é o plano, então — termina Lorena, nos olhando da cabeceira da mesa como a general de um exército. — Alguém tem mais algo a declarar?

— Não sei se vai dar tempo de colocar laxante nessa quantidade de água do suprimento da administração. — Salgadinho franze a testa, pensativo.

— Eu já falei que nós não vamos seguir com essa ideia — lembro.

— Quer dizer, o estoque de emergência que a gente leva na mochila não vai ser suficiente. — Guará, com os cotovelos apoiados na mesa, gesticula com uma mão. — A gente teria que arranjar mais.

— Quem anda com um estoque de laxante?! — Faço uma careta, horrorizada.

– Nós vetamos a ideia do laxante – ordena Lorena, a voz firme. – Vocês ouviram a Stefana.

– Tá. – Salgadinho cruza os braços e desliza as costas para baixo na cadeira, em uma postura que me faz imaginar minha tia Leda gritando, a centenas de quilômetros de distância: "senta direito, menino! Sua família não lhe deu educação?" – A gente faz do jeito de vocês. Mas o nosso seria mais rápido.

Lorena o estuda como se *ele* fosse o plano que ela não quer seguir.

– Vocês estão realmente se empenhando pra impressionar o Cascadura e o Madureira, hein? – ela alfineta. – Sim, eu fiquei sabendo sobre o acordo de vocês pra gravar os vídeos. Mas que fique claro que agora não é hora de pensar nisso.

– Do que você tá falando? – Salgadinho soa irritado, mas suspeito que é porque entrou na defensiva. Ele parece uma dessas pessoas inseguras, que atacam para não serem atacadas. – É claro que nós queremos impressionar nossos parceiros, mas o que estamos fazendo aqui não tem nada a ver com eles. Sem ofensa. Nós estamos aqui pelo Gabriel.

– Sei – Lorena não esconde a descrença na voz.

Salgadinho não rebate irritado dessa vez. Se ajeita na cadeira e se debruça sobre a mesa, para encarar a garota com uma expressão tão séria que o faz parecer outra pessoa.

– Quando nós recebemos a sua mensagem contando que o Gabriel invadiu a área VIP, causou a maior confusão e foi preso pela LivroCon, nós ficamos... – Ele aperta a boca, sem conseguir continuar.

– Ficaram assustados por ele? – sugiro, do outro lado da mesa.

– Nunca sentimos tanto orgulho – Guará termina pelo amigo. Salgadinho e Bonito, que eu achei que nem estavam prestando atenção na discussão, assentem.

– Então o que precisa ficar claro aqui – Salgadinho cutuca a mesa com o indicador – é que não importa se a gente brigou, nem se ele quer passar mais tempo fazendo outras coisas com outras pessoas agora. Porque o Gabriel sempre vai ser um de nós. Nosso irmão. E isso significa que nós fazemos qualquer coisa por ele.

Lorena os encara por um longo momento, a testa tensa, como se estivesse decidindo pegar para ler um livro que já julgou ruim pela capa há muito tempo.

– Parece que nós finalmente temos algo em comum – ela diz, enfim. – Me ajudem a salvá-lo hoje e talvez eu implique menos com vocês.

– Salva ele hoje, e a gente deixa você implicar.

– A verdadeira guerra nunca foi entre nós, e sim contra a autoridade controladora – filosofa Bonito, enquanto digita no celular.

– Eu não queria cortar a discussão cheia de tensão de vocês – diz Madureira –, mas o tempo tá passando.

– Certo! – Lorena se vira para mim. – A Karen tem alguma novidade sobre o Gabriel? Houve alguma mudança?

Balanço a cabeça.

– Disse que não ouviu mais nada sobre ele, mas continua monitorando a comunicação interna dos funcionários. Se souber de algo, vai me avisar.

– Ela respondeu sobre o local onde estão mantendo ele? Preciso roubar alguma chave? Quantos seguranças devo esperar? Vou ter que me contorcer através de raios lasers?

– Olha, ela não sabe onde ele tá, mas disse que, e eu vou citar diretamente. – Ligo a tela do celular e leio nosso *chat*. – "Gente, ele é só um menino. Eu acho que vocês estão levando isso muito mais a sério do que a própria LivroCon. Muito provavelmente largaram o coitado sentado em um escritório qualquer, talvez o encarregado pela área VIP, enquanto decidem o que fazer."

– *Hum...* – Lorena abre e fecha as mãos sobre a mesa.

– Você acha que a Karen pode me guiar lá dentro como fez na área VIP?

Meu estômago aperta. É a pergunta que eu temia que ela fizesse.

– Lorena – digo, com pena, porque infelizmente vou ter que impor meus limites. – Não posso pedir isso a ela. Ela já se arriscou demais por nós, sem nem nos conhecer direito.

Me endureço para discutir, mas Lorena não insiste. Só assente, tensa como sempre, e diz:

– Eu entendo. Vou dar um jeito sozinha.

Mordo meu lábio inferior. A rapidez com que ela aceitou que vai ter que trabalhar sozinha é algo que me dói. Ninguém devia ter essa naturalidade.

– Vou pedir a ela que faça um mapa – ofereço –, ou mande um áudio com a descrição do local. Qualquer coisa que ajude.

– Seria ótimo! – agradece Lorena.

Madureira entrelaça os dedos sobre a mesa. O esmalte preto faz com que sua pele fique tão pálida quanto pó de arroz.

– Mesmo se o Gabriel estiver só com um funcionário desocupado, como a Karen acha – ele diz –, como vai convencê-lo a deixar o garoto sair contigo? E se ele estiver com mais gente? Isso considerando que você não vai dar de cara com o próprio segurança que te abordou na área VIP, mesmo que as chances disso sejam pequenas.

– Vou ter que usar a minha famosa *brasilidade* – responde Lorena – pra ter um joguinho de cintura e passar a conversa nas pessoas.

Nós seis a encaramos, céticos.

– Tá – ela cede. – Cascadura e Madureira, vocês são os melhores na interpretação. Vão me ajudar a criar os meus argumentos e me testar com perguntas.

– Não vai ser fácil – Madureira me olha de cima a baixo. – Mas eu sempre gostei de um desafio. O ideal é fingirmos que você trabalha na LivroCon. Tem algum funcionário da administração que nós sabemos o nome, além da Karen? Mostrar que você conhece alguém lá dentro é uma boa estratégia pra diminuir suspeitas.

– Tem o Marcello – Stefana aperta as sobrancelhas. – O amigo da Karen que filma os vídeos dela. Ele trabalha no *marketing*. Fizeram o maior auê pra anunciar que ele ia estagiar na organização da LivroCon, quando o evento foi anunciado, e todo mundo achava que seria uma honra e o emprego dos sonhos. Ele que mexeu os pauzinhos pra chamar a Karen.

– Então, se alguém te perguntar, você tá lá dentro indo falar com o Marcello do marketing. – Cascadura me ensina.

– Se não funcionar, é só dar um jeito de mencionar também as palavras "reunião", "RH" ou "foi o jurídico que pediu". Quase todo funcionário vai aceitar o que você pedir só pra se livrar de você o mais rápido possível.

Guará solta um latido de risada.

– Pode dizer o que quiser – ele zomba –, mas ninguém vai acreditar em você se continuar vestida desse jeito. Roupas passam mensagens, tá ligada? E a mensagem que você tá passando com essa camisetinha roxa é a de que você é só uma garota que veio passear na LivroCon pra comprar livros sobre flores e, sei lá, *bullet journals*. Não uma funcionária.

– O Gabriel estava certo. – Salgadinho o observa, admirado. – Assistir a todas aquelas temporadas de *Queer Eye* realmente te deu toda uma sabedoria.

– Sinto que vou me arrepender de dizer isso, mas... – Lorena respira fundo. – Que tal pôr essa sabedoria em prática?

Gabriel

Sabiamente, decido trocar os filmes e jogos de ação por Lorena. O que ela faria no meu lugar, se estivesse montando um plano?

Ela avaliaria todas as opções de ação.

Tá. Posso fazer isso. No momento, as minhas alternativas são:

a) Levantar e sair correndo. Tenho certeza de que Carla não mexeria um dedo para me impedir. Mas ela está usando um fone comunicador na orelha, assim como quase todos os funcionários que vi aqui no evento (exceto o grande seu Paulo). Se eu tentasse essa fuga "na sorte", das duas uma: ou Carla seguiria suas convicções de que eu mereço ser solto e me deixaria ir de boa; ou ela cederia ao medo hierárquico e cumpriria a ordem de me vigiar, acionando os funcionários e seguranças espalhados pela administração, que me capturariam na saída dela feito um leitãozinho endiabrado fugindo do chiqueiro.

b) Distrair Carla e fugir sem que ela perceba. Se por algum milagre eu conseguisse isso, ainda correria o risco de ela descobrir meu plano antes de eu sair da administração e passar a ordem para os seguranças na porta me barrarem, como na opção a.

c) Distrair Carla, nocautear algum funcionário desavisado, me vestir com o uniforme dele e sair da administração fingindo que sou um estagiário. É um plano clássico e Hollywoodiano, o que me faz ter bastante certeza de que não funcionaria na vida real. Além do mais, eu não vou tirar a roupa de estranhos enquanto eles estão inconscientes, porque isso é perturbador e eu não sou um lixo de ser humano. Talvez, se eu fosse um Pinguim de Madagascar...

... E é isso, eu acho.

Admito que as opções não são muito atraentes na situação atual. Preciso arranjar uma posição mais vantajosa antes de tentar qualquer coisa. Mas meu tempo está acabando, então vou ter que mudar de estratégia.

Quando você não tem nenhuma chance de ganhar sozinho, comece a fazer aliados.

(Mano, andar com a Lorena está fazendo eu me tornar um monstro.)

— Essa convenção de vocês tá cheia, hein? – digo, já me arrependendo. É uma péssima puxada de assunto. Me sinto em um elevador.

– Pelo menos as pessoas gostam de livros. – Carla nem tira os olhos do computador.

Silêncio.

A estudo digitando. *Tec, tec, tec. Tec, tec, tec.* Ela tem cabelo nos ombros com as pontas pintadas de verde, o que indica algum nível de subversividade. Além disso, tem uma tatuagem no pulso de um passarinho dentro de um círculo que não sei o que significa, mas já vi o símbolo nos enfeites de alguns *YouTubers* literários enquanto assistia a resenhas de *Cometas*, então deve ser algo relacionado a livros. Julgando pelo emprego dela na organização desta convenção também, é quase certo que Carla é uma leitora ávida. Inclusive, na sua mesa, ao lado de um copo de plástico com café e sobre uma pilha de documentos bagunçados, está uma prova.

– Esse livro contigo é daquele outro autor que também veio para a convenção? – chuto, o mais genérico possível.

Carla não olha nem para mim nem para o livro antes de responder:

– Não, esse eu tô lendo, só.

– É bom?

– Tô gostando.

– É sobre o quê?

– Desgraça, morte, sofrimento. É bacana.

Seus olhos correm de um lado para o outro, lendo no computador algo mais interessante que nosso papo. A imagem da tela refletida nos seus óculos rola para cima conforme ela passa a página.

Terei que mudar minha abordagem. Pegar mais pesado. Contar a verdade.

— Eu nunca fui muito de ler. — Coço o pescoço. Não é algo fácil de admitir para mim, mas pelo menos ela é uma estranha. — Sempre preferi quando me contam a história e eu posso participar dela, sabe? Lutar com uns inimigos nos jogos, resolver uns problemas. Mas isso mudou de uns tempos pra cá.

Seus olhos movem pela tela, mas ela não está mais rolando o texto. Continuo.

— Desde que eu descobri *Cometas da Galáxia*, pelo menos. Um dos *streamers* de jogos que eu sigo indicou. Decidi dar uma chance. Demorei um pouco no primeiro livro. Dois dias no segundo. Do terceiro em diante, eu já terminava em uma tarde. Foi um troço insano. A história me deu uma rasteira e me pegou de um jeito que: *vuuush*. — Corto o ar com uma mão esticada feito um carro de Fórmula 1. — O chato é que minha família não curte. Acham que eu tô perdendo meu tempo com besteira. Por causa deles, eu tinha... vergonha, sabe?

Os olhos dela já não se movem mais pela tela.

— Até que hoje, na convenção, eu consegui bater um papo com uma menina da minha sala que eu sei que lê também. Ela me convenceu de que eu não posso ter vergonha do que eu gosto. E eu decidi ir com ela encontrar a Cassarola Star. Porque é disso que eu gosto. De *Cometas*. Seria a minha... declaração de liberdade, eu acho. Mas tivemos uns contratempos e perdemos o horário da fila. Sem saber o que fazer, acabei me precipitando. Por isso entrei na área VIP e causei essa baderna toda.

Faço uma pausa, sem nem querer espiar Carla dessa vez. Respiro fundo.

– Foi mal, é sério. Não era a intenção. Talvez, se fosse por mim, eu teria desistido, mas essa minha amiga... é o sonho dela, pegar o autógrafo da Cassarola Star. E eu não queria que ela perdesse isso. Não justifica o que eu fiz, mas... – Passo uma mão no cabelo daquele jeito que faz minha mãe brigar porque o bagunça. Tomo coragem e encaro a moça de novo. – Você já se sentiu assim? Gostou tanto de uma pessoa que, sei lá, fez algo idiota por ela?

Carla desce os olhos da tela do computador por um momento. E enfim os sobe para mim.

Lorena

Cascadura dobra com cuidado as mangas da camisa de botões de Bonito que Guará me mandou vestir por cima da roupa. Ela é rosa e tem minúsculos patinhos na estampa.

— Valeu pelo disfarce, Bonito — digo ao dono da peça, ainda sentado na mesa. Ele me manda um gesto com o indicador e o polegar juntos em um círculo, aprovando meu visual. — Mesmo que eu honestamente não entenda por que você trouxe duas mudas de roupa de diferentes estilos na mochila para a LivroCon.

— O Bonito gosta de trocar de roupa quando vai a lugares legais pra parecer que ele esteve lá durante vários dias, quando postar as fotos — me explica Guará, com um tom de quem já está acostumado.

— Se as redes sociais já são uma grande fantasia, pelo menos podemos contar uma boa história — é tudo o que Bonito diz em sua defesa, orgulhoso.

Para completar "os acessórios do *look*", segundo Guará, o garoto me faz segurar meu bloco de desenho contra o peito, argumentando que preciso parecer uma funcionária "indo entregar documentos importantes a alguém importante". Por fim, ele retira de si mesmo o crachá que está vestindo desde que chegaram na LivroCon, parecido com o dos funcionários do evento, mas com a foto de um pato e o nome do canal Patotube. De forma cerimoniosa, ele o veste sobre a minha cabeça.

— Pronto! — ele vibra. — Não tá perfeito, mas...

— Eu te dou todo o tempo do mundo para ser a minha fada madrinha depois, Guará — digo —, mas agora nós temos que salvar o Gabriel. Ele pode ser expulso da LivroCon a qualquer segundo!

Visto minha bolsa e tiro o celular dela para checar se Gabriel respondeu às minhas mensagens. Não. Então guardo o aparelho na calça, já que minha bolsa e nossas mochilas vão ficar no guarda-volumes, para não nos atrapalhar.

— Estão todos prontos? — digo para o meu esquadrão.

Cascadura e Madureira urram uma espécie de grito de guerra. Guará alonga os braços compridos. Bonito desliga a tela do celular e o guarda. Salgadinho soca a própria palma.

— Espera! — Stefana pede, a voz aguda. Paro e a olho. Ela havia ficado quieta enquanto observava os meninos me vestirem rápido. — Eu não acho que vá dar certo dessa forma.

Balanço a cabeça.

— Stefana, você sempre acha que vai dar errado. A gente já conversou sobre isso.

– A distração que vocês planejaram não vai ser suficiente, mesmo com a dancinha – ela insiste, mais séria que nunca. – Assim que os funcionários descobrirem a ilegalidade desse plano, os garotos vão ter que dar no pé, e o tumulto some com eles. É capaz de você nem conseguir entrar.

– É uma aposta que vamos ser obrigados a fazer – retruco. – Porque é isso ou seguir com a ideia do Guará de me lançar na administração com uma catapulta.

– Que foi uma ideia muito promissora – se defende o garoto –, mas a gente nunca ia arranjar uma catapulta grande o suficiente a essa hora de um sábado.

– E se nós tivermos também algo que chame bastante atenção e não quebre nenhuma regra? – Stefana fala devagar, testando cada palavra.

Todos olhamos para ela, na expectativa de que explique. Ela morde a boca, se encolhe, mas continua:

– A Capitã Plutão é uma das personagens mais populares de *Cometas*.

E entendo o que ela está pensando.

– Stefana... – começo, apreensiva.

Mas Cascadura e Madureira já estão abrindo sorrisos brilhantes.

– Bom – ela continua, segurando as alças da mochila.

– Eu prometi a mim mesma que não ia vestir o meu *cosplay* a menos que a vida de alguém dependesse disso, não foi? Então... Lorena, você me ajuda a me vestir?

Stefana

Livros podem me mostrar mundos extraordinários e jornadas épicas, mas o que realmente me prende a uma história são os personagens. Arcos de pessoas lutando contra seus próprios fantasmas, brigando e aprendendo a se relacionar, ou simplesmente querendo se pegar loucamente. Isso é o que alimenta minha alma de leitora.

E uma personagem em especial, de todos os livros que já li, sempre me deixou particularmente fascinada. A garota boa que foi quebrada pela vida e que não confia mais em si. Que decidiu seguir do seu jeito e tomar do universo o que quisesse, sem nunca se dobrar para ninguém. E que, mesmo abraçando o caos, ainda acha espaço, em algum lugar dentro de si, para se importar. Para fazer a coisa certa, no final.

Escolher de que personagem eu me vestiria, se um dia fizesse *cosplay*, foi extremamente fácil.

Agora, me visto tão rápido em uma corrida contra o tempo para salvar Gabriel que mal tenho tempo de me arrepender. Fico de costas para Lorena, escondendo meu rosto quente de vergonha por estar mostrando meu sutiã atrás. Ela puxa minha regata para baixo com tanta força que o tecido escorrega de uma vez só e para no lugar. Atordoada, nem presto atenção enquanto ela me ajuda a ajeitar os acessórios. Só me dou por mim de verdade quando saímos do cubículo semiaberto do banheiro e, no espelho atrás das pias, me encontro já vestida com o *cosplay*.

E esqueço como me mover. O mundo em volta fica fosco, pálido, comparado ao que vejo. As pulseiras holográficas com detalhes em correntes e couro. A ombreira de espetos no ombro esquerdo, a joelheira de espetos no joelho direito, ambas de material furta-cor. A jaqueta perolada translúcida refletindo um leve brilho arco-íris sobre minha regata preta. O coldre com Caronte, a adaga (de plástico), preso na minha coxa, logo abaixo do meu saiote de couro sintético. O broche com o símbolo de capitã dos cadentes preso no cinto. As botas salpicadas de rosa, azul, roxo e branco, como uma galáxia aos meus pés. E tantos, tantos detalhes, tão diferentes, tão alheios a mim, mas *em mim* agora.

Não sou mais só Stefana. Sou também a Capitã Plutão.

Mas é como se...

... Como se ela sempre estivesse morado dentro de mim, em algum lugar.

Flexiono minhas mãos com luvas de couro manchado de *glitter* e dedos abertos. Sinto que eu poderia socar a lua para longe, se quisesse. Se eu soubesse que me sentiria poderosa desse jeito, talvez eu tivesse vestido minha roupa há dias. Para não tirar nunca mais.

— Tia Leda estava certa. — Faço uma pausa para controlar minha respiração. — Brincos de elo de corrente furta-cor realmente são meio pesados.

— Não chora! — Lorena pega o kit de maquiagem na minha mochila (ela curiosamente não tem restrições sobre invadir o espaço pessoal das pessoas). — Espera colocar o delineador primeiro, aí ele vai escorrer e ficar com um efeito super daora.

Dou uma risada curta. Eu não ia chorar. Não mais.

Você está num livro e essa é a sua história. Seja a estrela.

As pessoas no resto do banheiro estão nos assistindo como a um episódio da novela das 9. Tenho vontade de me esconder. Me olho no espelho, em vez disso. Absorvo quem eu sou agora.

"Não sou uma cadente qualquer", Capitã Plutão disse em um dos livros. "Sou uma chuva de meteoros, brilhando mais forte que mil cometas juntos e destruindo o que quer que se coloque no meu caminho."

Passo a base e o delineador em uma versão a jato da maquiagem que ensaiei, já que todo segundo conta. Enquanto esfumo a sombra, Lorena desenha as estrelas com lápis de olho roxo na lateral do meu rosto. Prendemos meu cabelo em um rabo de cavalo cheio e alto.

— Stefana — ela diz, enquanto passa *spray* rosa nas minhas pontas. – Você sabe que não precisa fazer isso se não se sentir confortável, né? A gente pensa em outra coisa.

– Eu quero fazer – respondo rápido, e é impressionante a facilidade com que essas palavras escapam de mim agora.

– Eu nunca me senti tão... eu mesma, eu acho. Por incrível que pareça. E confesso que estou gostando. Porque...

– Faço uma pausa para me entender. Desenvolver o que sinto. – Sempre me pareceu tão difícil ser eu mesma em um mundo que mergulha com orgulho em racismo e *body shaming* como o Tio Patinhas na piscina de moedas. E agora, cá estou eu, tentando fazer isso. E me sinto *bem*. Terrivelmente nervosa, mas *bem*. Então não. Não quero parar agora.

Encontro os olhos de Lorena pelo espelho e ela está sorrindo para mim. Fecha com um clique a tampa da tinta.

– Então tá pronta – ela anuncia.

Espero que sim, Lô. Espero que sim.

– Brigada, amiga – peço.

– É isso o que amigas fazem, não é? – Então ela fica tímida. Abaixa o rosto e se concentra em juntar minhas roupas normais e estufá-las na minha mochila. – Eu acho que é, pelo menos. Não é? Sei lá. Quer dizer, eu nunca soube o que amigas fazem. O Gabriel tentou me ensinar na teoria, mas acho que aprendo as coisas melhor na prática.

Meu coração aperta um pouco.

– Depois que essa convenção acabar – pego minha mochila dela e indico a saída do banheiro –, vamos marcar um dia pra comer mil pães de queijo, assistir aos filmes ruins de

Cometas e dançar Dua Lipa juntas. Essa é a base com que se constrói uma amizade duradoura. Você nunca mais vai ter dúvida.

Ela sorri o suficiente para fazer covinhas e assente, saindo do banheiro na minha frente.

Paro na porta e endireito a coluna. Saco o celular e mando mais uma mensagem para Karen no nosso *chat*:

> **STAR(FANA)** ☆ **@CAPPLUTAO**
>
> Acabei de vestir o meu cosplay, finalmente. Tenho que te agradecer por isso tbm. É por sua causa, de certa forma. Obrigada.

> **STAR(FANA)** ☆ **@CAPPLUTAO**
>
> Também estou pronta para a guerra.

Relaxo os ombros e saio do banheiro.

Gabriel

Não, Carla nunca fez algo tão inconsequente quanto invadir uma área VIP e sair carregada pelos seguranças por outra pessoa. Mas ela ainda ficou muito comovida com a minha história, por achar que parecia seus... Bom, seus livros de romance. E isso libertou alguma fera adormecida dentro dela, aparentemente, porque até agora a garota está me contando sobre as histórias que gosta sem qualquer intenção de parar.

— E tem essa outra que os protagonistas têm a minha dinâmica de casal favorita, como você deve ter percebido, que é "duas pessoas que têm apenas um neurônio quando o assunto é amor". Nessa, eles...

Por mais que eu esteja sentindo quase que fisicamente a dor de cada segundo passando do pouco tempo que me resta para fugir, é legal ver alguém tão empolgada falando sobre o que ama. Me lembrou de Lorena mais cedo, em tempos mais simples.

Ao contar o enredo do seu quinto livro favorito, Carla levanta e vai até o fundo do escritório.

— Eu até trouxe esse aqui... — ela diz, procurando algo em uma bolsa.

Pego meu celular correndo e checo se entrou algum sinal. Sim! Tem mensagens recebidas! Duas de quase meia hora atrás, e uma de agora há pouco.

> **LORENA PERA**
>
> Gabriel, cadê você?! Você tá bem?!

> **LORENA PERA**
>
> Desculpa.........

> **LORENA PERA**
>
> A gente vai te tirar daí. Temos um plano. Vai ser glorioso.

Congelo na cadeira. Se Lorena planeja fazer algo *glorioso*, com certeza é algo que vai colocá-la em risco gravíssimo (senão o planeta inteiro). E por minha causa, ainda por cima! Isso me deixa tão... irritado e frustrado! Como ela pode fazer uma coisa dessas?! Ela não sabe que eu gosto demais dela para querer que fique se sacrificando por minha causa?!

Eita. Passo a mão no rosto, meio intimidado por ter

pensado isso. Talvez eu seja mesmo um dos personagens dos livros da Carla.

Envio uma mensagem rápida pedindo para que Lorena não faça nada. Contando que eu vou dar um jeito sozinho. A mensagem não envia. Aperto a boca, torcendo para que o sinal volte.

Carla surge na minha frente e me entrega um livro. Desligo a tela no susto.

– Esse aqui é excelente – ela diz. – Mas pega com cuidado, que é o meu xodó. O *Cometas da Galáxia* que você gosta é ótimo, mas tem infinitos outros universos literários que precisa conhecer, e eu tô aqui pra te empurrar nesse precipício, digo, jornada.

A capa do livro tem uma garota com uma espada.

– Parece bom – digo, até sendo sincero, enquanto Carla volta para sua cadeira. Garotas com espadas são sempre algo que me chama a atenção. (Me pergunto se isso tem alguma relação direta com a atração que sinto pela Lorena.)

Então o folheio, tentando pensar. Já gastei tempo demais. Agora, mais que nunca, preciso convencer Carla a me ajudar. Antes que seja tarde.

Mas por mais que eu pense, e busque, e olhe em volta, não tenho nenhuma ideia. Não sei como sair daqui. Não sou a Lorena. Não tenho um plano para toda situação.

E, me sentindo um fracasso total, olho para o livro da garota com a espada e deixo a pergunta mais idiota escapar, com uma ponta de desespero:

– Você acha que eles vão me deixar ler na delegacia?

Carla não responde. Quando ergo os olhos, ela está com a cabeça virada para cima, a cadeira inclinada sob seu peso. Então ela levanta, batendo as palmas das mãos na mesa de um jeito irritado.

– Você ganhou – ela reclama. – Vou lá bater boca com a gerência e defender o seu lado contra o seu Paulo. Pelo tempo que estão demorando, talvez eu tenha alguma chance. Se não... posso perder o meu emprego, mas pelo menos vou ficar com a consciência limpa, não é mesmo?

Ela diz essa última parte cheia de sarcasmo, e por um segundo fico confuso demais para comemorar.

– Mas não se anima – ela lê minha mente, andando até a porta. – Que eu vou te deixar sozinho aqui, mas não sou boba. Se você fugir, não vai ser por culpa minha. Então fica quietinho aí. Aproveita o tempo pra ler um bom livro.

Ela aponta para o título na minha mão.

– Carla... – chamo. Ela para sob o arco da porta. – Valeu mesmo.

– É cedo demais pra me agradecer. – Ela aperta o comunicador no ouvido e fala para ele. – Estou tendo que deixar o menino do B.O. lá da área VIP sozinho por um segundo na sala doze. Isso, o loirinho com braço de estrela. Ninguém deixa ele sair da administração, por favor. E muito menos chegar perto da Cassarola Star.

Quando sai da sala, deixa a porta entreaberta.

Não pulo de pé para de fato fugir no segundo em que ela

some, como tinha planejado. Ainda estou processando o que ela disse por último para o comunicador, convenientemente. A Cassarola Star está aqui no prédio?

Olho para minha mochila no chão. Meu livro de *Cometas* está dentro dela. E o quadrinho da Sophitia que comprei também.

Lembro da expressão de Lorena esperando a autora na área VIP. Dos seus olhos perdidos, como se assistissem a planetas sendo rachados em dois.

Eu me levanto da cadeira. Deixo o livro de Carla nela, pego minha mochila do chão e a coloco no ombro.

Aparentemente não há um limite diário de burrices que alguém pode fazer quando gosta de outra pessoa.

Lorena

Estão todos em suas posições. Do outro lado do corredor do pavilhão um, o prédio do complexo administrativo da LivroCon nos afronta imponente, como uma longa fortaleza impenetrável de três andares, e o segurança na porta de vidro, um cavaleiro de armadura.

Talvez nós devêssemos ter trazido a catapulta mesmo, afinal.

Como previmos, a área está lotada. Até a enorme piscina de bolinhas parece ter mais gente do que bolas. E lá na frente da administração, além da massa normal de pessoas dos estandes e filas próximos, há um cardume de visitantes em especial. Eles vestem camisetas e mochilas cheias de símbolos em forma de luas e estrelas que conheço muito bem, e olham ocasionalmente para cima na direção do salão do terceiro andar do prédio. Não restam dúvidas de que são fãs de *Cometas* tentando como tolos desesperados espiar a autora lá em cima. (Mas ela não está em nenhum lugar visível. Eu chequei isso também.)

E bem perto deles estão Guará e Bonito, já a postos. Me escondo com Stefana atrás de um dos livros gigantes que decoram a área da piscina de bolinhas.

— Você tá bem? – pergunto, segurando sua mão para confortá-la, como aprendi que funciona com Gabriel. Ela deve estar se sentindo pressionada, considerando a quantidade de gente que torceu o pescoço para examinar seu *cosplay* no nosso caminho até aqui. Bom, pelo menos parou de pular de susto toda vez que alguém a aborda para pedir fotos.

— *Bem* é um conceito tão abstrato e complexo – ela filosofa, para não responder.

Meu celular vibra. Checo correndo a mensagem que chegou, esperançosa de que seja Gabriel. Mas não há nada dele.

— O Salgadinho disse que a operação "Carnaval em julho" já começou – aviso Stefana. – Vão estar aqui em breve.

Agora é a nossa vez.

Estico o corpo para fora do livro e levanto o braço, dando o sinal para Guará. Ele me vê. Assente discretamente. Sussurra algo para o garoto com ele e os dois caminham até o meio do corredor, pouco à frente da porta da administração. E ali, onde mais poderiam atrapalhar a passagem, Bonito levanta o celular e começa a filmar Guará para o mais novo vídeo do canal do Patotube. O segurança nem repara neles. Em um evento desse tamanho, deve ter gente gravando vídeos em todos os lugares.

— Você vai conseguir seguir com a sua parte? – pergunto para Stefana.

– É claro que vou. – Ela respira fundo. – Eu não sou uma cadente qualquer. Sou uma chuva de meteoros.

Reconheço a fala da Capitã Plutão. Devolvo outra da Sophitia:

– Alguém precisa salvar a galáxia, e infelizmente isso é um trabalho de tempo integral.

Sorrimos uma para a outra, com a satisfação de quem cumpriu suas promessas.

Stefana larga minha mão e sai de trás do livro gigante.

Aperto meu bloco de desenho contra mim, segurando na barriga o contrabando que Salgadinho e Guará me fizeram esconder debaixo da camisa social, e a sigo a uma distância discreta.

As pessoas em volta começam a reconhecê-la. Os fãs de *Cometas* se cutucam e apontam na direção dela. Prendo um sorriso orgulhoso. Stefana está realmente deslumbrante no *cosplay*.

Que sensação estranha essa, a de sentir orgulho por *outra pessoa*.

Devagar, vou parando perto do cardume, deixando que me escondam.

– Pessoal aí de casa, olha quem tá passando aqui! – Guará grita para a câmera quando Stefana se aproxima. Ela quase teve que esbarrar nele, porque o garoto tirou os óculos e tem um grau alto de miopia. – Vocês estão vendo o mesmo que eu?! É a grande Capitã Plutão!

Ela para e força um sorriso para ele. Quando vai respondê-lo conforme nosso roteiro, porém, seus olhos escapam para a multidão de fãs de *Cometas da Galáxia* a encarando.

E Stefana vira uma estátua.

– Vai, Capitã... – murmuro para mim mesma.

Ela nos garantiu que conseguiria interpretar a personagem, apesar do nervosismo. Insistiu que treinou com Cascadura e Madureira exaustivamente antes do evento. Que não teria problemas com isso.

Mas sentimentos são criaturas cruéis, que te pegam e te prendem de repente, mesmo quando você acha que está segura.

Por um milésimo de segundo, penso que ela não vai conseguir. Que vamos precisar de um plano B.

Mas me lembro de tudo o que Stefana achou que não conseguiria fazer hoje. E que, com esforço, fez mesmo assim. Porque talvez uma parte dela sempre foi aquela garota que eu conheci só agora há pouco, depois que se vestiu. Não por causa da roupa, mas por causa do jeito com que se olhou no espelho com ela.

Como se soubesse que está destinada à glória.

Posso não conseguir ler pessoas tão bem quanto ela ou Gabriel, mas esse olhar eu reconheço em qualquer lugar. E por isso, agora, não tenho dúvidas de que Stefana vai cumprir com o que nos prometeu.

Ela descongela em um sorriso de queixo erguido para o público.

– Cheguei, meus cadentes! – brada, colocando as mãos na cintura de um jeito arrogante e plantando as botas de galáxia no chão. Sendo glória e fúria, caos perfeitamente encaixado. Pura perfeição estelar. – Quem quer caçar alguns cometas?

Stefana

— Você que tá aí em casa nos assistindo — Guará berra para a câmera de Bonito —, aperta curtir no vídeo *nesse segundo*, porque quem aceitou dar uma entrevista para o Patotube é ninguém menos que uma das maiores personalidades do caos universal, a Capitã Plutão!

Abaixo o rosto com o que eu espero ser um sorriso intimidador, mas que talvez esteja só parecendo maníaco. É bastante difícil ficar na personagem. Primeiro porque Guará está usando um pato de borracha como microfone, que era tudo o que os garotos tinham para improvisar (por motivos que desconheço e quero permanecer desconhecendo), e segundo porque, bom, estou quase vomitando de nervoso.

— Capitã. — O garoto aponta o pato para mim. — Nós tentamos te pedir essa entrevista cinco vezes hoje e não conseguimos, porque sempre tem uma multidão querendo tirar foto contigo. Diz pra gente: a fama atrapalha o seu trabalho de destruir a ordem pela galáxia?

— Me ajuda, na verdade — me foco exclusivamente na

câmera –, já que grande parte dessas multidões eu alisto pro exército dos cadentes depois. De onde você acha que eu tiro os meus melhores soldados?

– Parece que ser cadente é uma profissão em alta, hein?

– Claro! Em que outro emprego o seu chefe ia te elogiar por explodir sem querer as coisas? – Ouço risadas. Tento abstraí-las. – Nós temos até uma competição interna de quem faz as explosões mais legais. Tô em primeiro lugar no ranking, obviamente. Explodi uma nave inteira de fogos de artifício no ano passado. Não teve queima de fogos na virada de ano de Marte, mas, bom, eu consegui humilhar todos os outros cadentes quando conquistei o título, então foi por uma boa causa.

Guará olha para a câmera:

– E você tá aceitando recrutas agora? – ele brinca.

– Eu acabei de dizer que explodimos coisas com certa frequência. Então sim, estamos sempre procurando novos recrutas. – Dou de ombros, entrando na piada. – Alguém se voluntaria?

Ouso olhar para a plateia de fãs de *Cometas* e passantes curiosos que pararam para prestar atenção em nós. E eles estão... Espera, sorrindo para mim? Não de um jeito que dói ou que está prestes a jogar um tomate na minha cabeça. E sim de um jeito que...

... Que me convida a sorrir também, eu acho.

De repente, não tenho mais tanto medo assim de olhar em volta.

Guará faz mais algumas perguntas rápidas, conforme nosso roteiro, e minhas respostas improvisadas saem cada vez mais naturais. Aos poucos, vamos sendo engolidos por pessoas assistindo ao nosso teatrinho. No meio do corredor, viramos uma represa no rio de visitantes. Uma represa que já se aproxima da porta da administração.

– Acho que a gente vai ter que parar a entrevista por aqui – anuncia Guará, percebendo o mesmo que eu. – Antes que os seus fãs atropelem a nossa produção. Você vai ter um tempinho pra tirar foto com essa galera toda que veio aqui te ver?

– Com certeza! – Sorrio para eles. – Eu quero ter o máximo de fotos minhas espalhadas por aí. Gosto que os cometas tenham muitas opções na hora de atualizar meu cadastro na lista de mais procurados da galáxia.

– E essa foi a Capitã Plutão, exclusivamente para o Patotube! – Guará termina para a câmera, então se dirige a quem está em volta. – Pessoal, vamos sair do caminho pra montar a fila, que eu quero a minha foto também.

Ele nos empurra inocentemente para mais perto da administração. Boa parte da massa de gente se move conosco. Espio de relance o segurança, que nos examina com cara de quem não sabe mais diferenciar o que é realidade e o que é pesadelo. Desvio os olhos rápido.

Guará e Bonito vêm e tiram uma *selfie* comigo. Poso para a câmera mais congelada do que o necessário. Não só pelo nosso plano ousado, mas porque sou subitamente tomada pelo medo de que ninguém vai querer tirar foto comigo depois deles. Afinal, a essa hora a LivroCon inteira já deve ter percebido que eu sou uma grande farsa. Por que fui dar essa sugestão estúpida de me usarem como distração?! É claro que essa ideia estava fadada ao fracasso! Céus, isso vai ser a maior humilhação que eu...

– É aquela *cosplayer* famosa da Capitã Plutão! – ouço Lorena gritar de algum canto. A procuro, nervosa. Ela não pode chamar atenção para si agora! Mas a garota continua, de algum lugar um pouco diferente: – Eu tô esperando o dia inteiro pra falar com ela! Nem acredito! Sou muito fã!

Eu a encontro entre os visitantes. Em vez de seguir em direção à porta, seu grande objetivo, ela está parada, olhando para mim. Me ajudando.

– É uma das *cosplayers* mais famosas do Brasil! – ela continua. – Eu preciso tirar foto! Vai chover curtidas!

Uma mãe próxima empurra o filho pequeno na minha direção.

– Vai tirar foto com a moça, Renanzinho – manda. – Ela é famosa.

O menino vem, fazendo um bico tímido.

E os outros se adiantam para segui-lo.

Trinco os dentes em um sorriso duro para não chorar por mais motivos que o número de estrelas que tenho no rosto.

Enquanto poso com a criança, espio na direção da porta. O segurança conseguiu afastar as pessoas que haviam parado próximas demais a ele. Agora, leva o dedo ao ouvido e fala algo ao comunicador. Provavelmente está alertando o resto dos funcionários sobre o tumulto. Provavelmente está pedindo reforços.

Droga. Nada do que fizemos até agora foi suficiente.

Procuro Lorena, meu coração acelerando. Ela está no mesmo lugar, mas sem nenhum sinal de pânico. Pelo contrário. Calma, ela levanta a cabeça e olha não para a porta, mas para a direção oposta a ela, no corredor de frente.

E seus lábios se apertam em um sorriso de triunfo.

Porque a operação "Carnaval em julho" está prestes a chegar até nós.

Gabriel

Digito "PDF" e faço uma busca pelo computador de seu Paulo. Já joguei videogame demais na vida para saber que sair para a batalha sem qualquer informação sobre o inimigo sempre aumenta em muito o nível de dificuldade da fase. Como na minha situação atual a chance de eu conseguir o que quero já é quase zero, passo os olhos pelos arquivos que carregam, procurando qualquer coisa que me ajude a encontrar a Cassarola Star nessa droga desse prédio e sair com vida depois. Programações internas, esquemas de segurança, plantas baixas, mapas de montagem do complexo, qualquer coisa!

Mas a inépcia tecnológica de Paulo, que me ajudou na hora de logar no computador (a senha dele estava obviamente escrita em um *post-it* colado no monitor), agora trabalha contra mim. Não há nada de valor na sua máquina, como se ele nem se importasse em usá-la.

Uma voz baixinha me faz pular da cadeira. Olho para a porta entreaberta, mas não ouço ninguém no corredor. O som não vem dali. A voz continua.

Ela vem da mesa na minha frente.

O comunicador abandonado do Paulo!

Mergulho sobre ele e o enfio no ouvido.

– Arnaldinho, desce aqui pra me ajudar – diz uma voz grossa, o som perturbado por barulho de conversa e ruído estático pesado, este provavelmente por causa do escritório em que estou. – Tem uma confusão na porta da ADM.

Confusão?! Droga! Lorena já deve estar aprontando alguma coisa.

– Não posso descer agora, tô no plantão da dona Cacilda – responde outra voz.

– Cacilda é a autora que tá lá em cima com o marketing fazendo o maior fuzuê na sala dos autores? – uma voz feminina pergunta.

Estão falando da Cassarola Star? Ótimo. Ela está no terceiro andar.

– Não – responde a segunda voz –, dona Cacilda aqui da copa, que fez um cafezinho de ouro pra rapaziada.

Risos abafados ao fundo.

– Seus filhos da mãe – a primeira voz reclama baixinho.

– Queria eu estar aí no café, e não aqui na...

Ele para de falar para xingar de um jeito bem criativo. Até tomo nota mentalmente, para usar depois.

– O que foi?! – a pessoa na copa pergunta, enfim levando o outro a sério.

– Se eu te contasse o que apareceu aqui agora, você não

ia acreditar – o primeiro homem responde. – Esse pessoal tem cada ideia...

Uma risada curta e com uma ponta de aflição escapa de mim. O que quer que o homem na porta esteja vendo agora, tenho certeza absoluta de que foi Lorena que orquestrou. E agora preciso encontrar a Cassarola Star e sair daqui antes que Lorena seja presa. Ou antes que destrua a LivroCon. O que vier primeiro.

Pelo menos os funcionários vão estar mais distraídos, agora.

Coloco o comunicador bem preso no ouvido, checo se o corredor fora da sala está silencioso e saio do escritório.

Lorena

Stefana arregala os olhos no meio de posar para uma foto com uma menina e vira o rosto para o corredor. Os fãs de *Cometas* em volta fazem o mesmo. Celulares sobem. Câmeras são ligadas. E os clamores de surpresa e admiração começam a cortar o turbilhão de barulho da LivroCon. Com um sorriso fanático, vislumbro a glória do nosso ataque final. Cabeças gigantes e caricaturais. Metros e metros de roupas sobre revestimento de fibra de vidro e isopor. E por baixo de tudo, carregando secretamente as estruturas, estão Cascadura, Madureira e Salgadinho, pilotando na nossa direção os três bonecos de Olinda de *Cometas da Galáxia*.

Eu poderia ficar horas aqui admirando a glória que é Sophitia, Aleksander e o gato espacial Toninho, em suas versões gigantes, andando rebolandinho enquanto cortam caminho pelas multidões da LivroCon. Deixando para trás um rastro de visitantes boquiabertos, com câmeras nas mãos.

Considerando que os bonecos estavam quase esquecidos na sua exposição perto do **Mundo Fã**, até que roubá-los e trazê-los até aqui está sendo vantajoso para ambos os lados.

– Meus grandes inimigos vieram atrás de mim! – Stefana grita quando chegam na nossa aglomeração. Continua pra quem está em volta: – Sempre aparece um cometa pra estragar a diversão, não é? Mas dessa vez eu não vou arredar o pé, não. Se eles quiserem invadir a minha festa, é melhor que aprendam a dançar!

E, avançando sobre a aglomeração lado a lado, os cometas de Olinda se balançam na mesma coreografia de uma dancinha ridícula.

– É lindo – ouço Guará gritar emocionado, filmando tudo com Bonito não muito longe de mim.

Tão lindo quanto um plano bem executado.

Abrindo espaço, as pessoas conosco recuam na direção da administração. Algumas, querendo enquadrar toda a grandiosidade dos bonecos nas suas câmeras, encostam nas paredes de vidro. Até quem está lá dentro do complexo, no saguão da recepção, chega mais perto para ver melhor. Alguns saem para onde estamos.

Todos estão distraídos pelo carnaval em que transformamos a LivroCon.

Monitoro o segurança. Ele está falando algo no aparelho no seu ouvido. Temos pouco tempo até que alguém descubra que o desfile que fizemos não é apenas mais um dos inúmeros eventos programados pela própria organização. Então me aproximo com cuidado, me camuflando na confusão.

– Não fica no caminho, pessoal! – pede o homem, tentando em vão empurrar as pessoas para longe.

Colo na parede de vidro ao seu lado e o espio com o canto do olho. Agora, o segurança está fazendo cara de quem está calculando quanto vai ganhar se pedir demissão. É minha chance.

Só que uma senhora passa na minha frente, perturbada com o tumulto. E o homem ainda a para, olha para baixo, checa rapidamente seu crachá, antes de deixá-la entrar no prédio.

Como pode alguém não se distrair com cometas de Olinda dançando com um gato gigante e a Capitã Plutão?! Isso é humanamente impossível! Quantos litros de café esse homem bebeu para ficar tão atento?!

O plano vai falhar. O plano vai falhar! Rápido, Lorena! Pensa em alguma coisa! Faz alguma coisa!

– O marketing tem cada ideia – digo para o segurança, com a maior naturalidade de funcionária que consigo com um coração tentando sair pela garganta. Balanço meu crachá, atraindo atenção para ele enquanto discretamente escondo a foto do pato. – Isso deve ser coisa do Marcello. Não sei como conseguiram aprovar isso com o jurídico. A reunião deve ter durado horas.

Ele me olha de relance. Um frio corre pela minha espinha. Vai desconfiar!

Os cometas de Olinda fazem um trenzinho, se inclinam para frente e fingem rebolar loucamente. O segurança volta a eles, horrorizado.

– Nem me fala – responde baixinho.

É isso. É agora ou nunca.

Na frente dele, passo porta adentro.

O homem nem vira para trás.

Não dou nem dois passos e outros dois seguranças e uma senhora uniformizada correm pelo saguão na minha direção. Desvio o rosto, fingindo mexer no celular, como se fosse a pessoa mais inocente do mundo. Eles passam direto, saindo pela porta.

Se eu fosse uma personagem de *Cometas* agora, estaria narrando que soltei a respiração que nem sabia que prendia.

Ajeito o crachá com a foto do pato para mim, seguro o bloco de desenho da forma que imagino ser mais profissional e, torcendo para que ninguém olhe tempo demais para mim, analiso o saguão.

Do lado esquerdo, em uma longa mesa de recepção, alguns funcionários ainda atendem pessoas de coração duro que são imunes à beleza do caos lá fora. Do lado direito, sofás vazios e um bebedouro. No fundo, na frente de portas e corredores, uma escada de metal leva até um mezanino, que se divide em três novos corredores amplos do segundo andar, seguindo para além da minha visão.

E eu percebo, com um certo pânico, que essa etapa do meu plano é uma porcaria. Mesmo que Karen tenha me dito onde acha que Gabriel está, pode ser que esteja errada. Ou pode ser que tenha mudado de lugar. E não tenho como varrer o complexo inteiro atrás dele nos meros minutos de distração que tenho. O garoto não vai aparecer de mão beijada na minha frente nem em um milhão de...

Gabriel surge no mezanino.

Meu peito dá uma pirueta. Seu cabelo está um pouco mais bagunçado que o normal, mas ele parece bem. Quero desabar sobre um dos sofás, de tanto alívio. Agora vai descer as escadas, vamos escapar e...

Ele não desce as escadas. Passa direto por elas. Mal olha para o saguão de entrada. Não me reconhece. Vira para o corredor central do segundo andar.

O que ele está fazendo?!

Quero gritar para chamá-lo. Não posso.

Trinco os dentes e vou atrás dele.

Gabriel

No geral, sou excepcionalmente bom em jogos de furtividade.

Infelizmente isso não se traduz para a vida real, como descubro em mais um episódio de "Gabriel confronta sua própria mediocridade".

Explodo pelas portas corta-fogo do final do corredor do segundo andar e subo as escadas até o terceiro. Paro antes de abrir a porta dele, tentando pensar no próximo passo. Admito que não tenho realmente um plano para encontrar a Cassarola Star e estou avançando com base apenas na minha experiência adquirida com os garotos enquanto fazem o que não devem, que se baseia em dois princípios:

1) Manter a calma; e

2) Esquecer todas as consequências dos meus atos como se não houvesse amanhã.

Sorte é um componente importante também, mas não é um recurso infinito, e já usei toda a minha no caminho da sala onde eu estava até aqui. Cruzei só com dois funcionários até agora, ambos sem fones no ouvido e carregando, apressados, pilhas de papéis, como se estivessem levando algo importante a alguém importante. Nenhum dos dois sequer olhou na minha direção. É possível que o resto da galera esteja sumido porque estão todos grudados nas janelas dos escritórios com vista para o evento assistindo ao que Lorena maquinou lá fora.

– Me disseram que foi ideia do marketing – uma voz diz no comunicador no meu ouvido, como se lesse minha mente.

– Tinha que ser – outra voz responde. A transmissão está bem mais clara, aqui. – Como o jurídico aprovou esse desfile, nunca saberemos...

Estou ficando sem tempo. Hora de entrar no terceiro andar e improvisar. Encosto a ponta dos dedos na barra antipânico da porta de saída das escadas.

Um barulho estala do andar de baixo. A porta *dele* se abrindo.

Fico imóvel, esperando para descobrir se quem entrou nas escadas vai subir na minha direção. Tudo o que ouço é o zumbido de ar-condicionados de larga escala em algum lugar. Então, passos leves em degraus. Se afastando. Descendo. Começo a respirar aliviado.

– Gabriel? – uma voz que conheço ecoa.

Me jogo no corrimão e olho para baixo no vão.

– Lorena?!

Lá embaixo, ela olha para cima e me vê. Sobe os andares apressada. Demoro tanto para processar que isso não é uma alucinação que, quando decido que não, Lorena já está saltando pelo último lance das escadas até mim, um crachá quicando no bloco de desenho que segura contra o peito.

— Por que você subiu?! — Ela para alguns degraus abaixo.

— O que você tá fazendo aqui?!

— O que *você* tá fazendo aqui? E por que você tá vestindo uma camisa do Bonito?

— Eu vim te resgatar! Mas aí você voltou pra dentro do prédio e fugiu até aqui feito um lunático!

— Não era pra você ter entrado na administração! — Passo a mão na testa, já reconhecendo meu próprio erro. — Como eu não previ que você ia entrar na administração? É a ação mais imprudente e inconsequente que alguém poderia tomar. É óbvio que você ia fazer isso.

Ela apoia o braço livre na cintura.

— Disse aquele que *subiu* as escadas — rebate —, ao invés de *descer* em direção à saída.

— Mas só um de nós dois pode ser burro por vez!

— Depois a gente monta uma planilha organizando os turnos, se você quiser, mas hoje infelizmente não temos tempo. Vamos! — Ela desce um degrau. — A gente precisa sair daqui enquanto a distração ainda tá rolando lá fora.

— Não posso! — Ela franze as sobrancelhas, esperando uma explicação. Aperto a boca. Não quero colocá-la em risco. — Tenho algo importante pra fazer aqui no prédio, ainda. Mas não posso correr o risco de você ser expulsa da LivroCon comigo. Me espera lá fora, em segurança. Vou dar o meu jeito de sair sozinho depois. Confia em mim. Você não vai ser arrepender.

Ela sorri, e por um milésimo de segundo sou tomado por algum delírio que me faz acreditar que concorda e que vai me obedecer.

O segundo passa e ela ri da minha cara.

– Você tá absolutamente fora de si se acha que eu vou sair daqui sem você. Não. – Ela levanta um dedo, me cortando preventivamente. – Esse aqui é o meu grande plano triunfal de resgate do Gabriel. Eu e muitas pessoas trabalhamos duro nele, e só vamos parar quando, de fato, o objetivo "resgate do Gabriel" for cumprido. Agora você, que me conhece, olhe nos meus olhos e me diga se existe mesmo alguma chance de eu dar meia-volta e sair daqui sem completar esse objetivo por livre e espontânea vontade?

A encaro, pulando de planeta em planeta dos seus olhos. E não digo nada, porque, de fato, não existe chance.

Bufo e balanço a cabeça.

– Tá bom – digo, derrotado. – Então se prepara, porque a Cassarola Star tá em algum lugar desse andar e nós vamos falar com ela.

Lorena fica absolutamente imóvel. Abre a boca um pouco.

– Ia ser divertido ficar aqui o resto do dia te vendo processar essa informação – brinco –, mas a gente tá com o tempo meio apertado, então é melhor irmos logo.

Viro de lado e indico com a cabeça a porta corta-fogo atrás de mim.

Mas Lorena fica imóvel.

– Não – ela diz, a voz falhando. A conserta quando repete: – Não. Eu já sei que a Cassarola Star está aqui. Mas nós não vamos atrás dela.

– Como assim? – Franzo a testa. – Mas ela tá pertinho. Logo atrás dessa porta.

– Eu sei.

– Então não tô entendendo. Você não disse que pegar o autógrafo dela era a coisa mais importante da sua vida?

– É claro que é importante. – Ela lambe a boca. Devagar, sobe os degraus até mim. Para na minha frente. – Mas existem outras coisas mais importantes agora. Não vou correr o risco de fazer você se ferrar por minha causa de novo. Hoje eu já perdi as minhas chances de encontrar a Cassarola Star. Já passou da hora de desistir e bater em retirada. Se algum dia tivermos a oportunidade de tentar pegar esses autógrafos de novo, eu, você e a Stefana voltamos juntos com um plano infalível. Mas hoje… hoje nós vamos embora. Hoje eu vou cuidar de você, primeiro.

A encaro, absorvendo suas palavras. É incrível como, não importa o quanto eu aprenda sobre Lorena, ela sempre acaba me mostrando um canto novo seu, inesperado e cheio de maravilhas.

Acompanhá-la é escavar constantemente tesouros.

– Por que você tá me olhando desse jeito? – ela pergunta.

– Eu quero muito te beijar agora – respondo, sincero.

Ela sorri, não com o sorriso de rosto de coração, mas

com aquele seu sorriso maldoso. E a beijo mesmo. É rápido e bagunçado e quente, com o corpo dela contra o meu e minhas costas contra, sei lá, o corrimão?, sem eu saber onde boca começa e boca acaba, ou qual tambor batendo no peito é dela e qual é meu.

— A gente tá com adrenalina demais no sangue pra estar fazendo isso agora — ela diz, se afastando. — Quase implorando para que alguém nos veja.

— Bom — deslizo um dedo pela sua bochecha, hipnotizado pelo seu rosto, sua boca —, é de conhecimento geral que escadas de incêndio foram inventadas para pessoas se pegarem nelas.

Lorena sorri e começa a desabotoar a camisa.

Essa é a sensação de ter um ataque cardíaco?

— A-ah... — gaguejo.

— Infelizmente não estamos em uma *fanfic*, Gabriel — Ela tira a camisa de Bonito e a joga contra mim. — Não podemos ficar nos beijando aleatoriamente por aí. Vista isso logo, que já demoramos demais.

— Ah... — repito, eloquente, enquanto obedeço.

Ela está usando sua blusa roxa normal por baixo. Reparo em um volume esquisito na sua barriga. De debaixo dela, e preso na calça, Lorena tira um boné dobrado. Do bolso de trás, ela tira um par de óculos. Me entrega ambos.

O boné do Salgadinho e os óculos do Guará.

— Lembrancinhas dos seus amigos pra ajudar no seu disfarce — ela explica.

Sinto um lado da minha boca subindo. Mesmo quando brigamos, os garotos nunca me deixam na mão.

Visto o boné e guardo os óculos, com medo de quebrá-los. Eu não conseguiria enxergar, de qualquer jeito. Por último, Lorena me faz vestir o crachá.

— Pronto — digo. — Vamos sair daq...

— O garoto da área VIP fugiu! — seu Paulo me interrompe, gritando no comunicador ainda no meu ouvido. Sua voz está distante, como se usasse o aparelho de outra pessoa.

— Ele ainda deve estar na administração. Vigiem as saídas e as escadas e encontrem o delinquente!

Stefana

Tem uma parte de mim que quer se encolher toda de vergonha. Para alguém que foi ensinada desde muito nova que o olhar das pessoas pode ser cruel, virar o centro das atenções por tanto tempo é algo aterrorizante. Algo que te dá a sensação de que os olhares estão mordiscando pedaços seus.

Ainda sinto um fantasma desse sentimento agora, em meio às fotos. Em meio à multidão crescendo em O em volta de mim e dos cometas de Olinda, que pararam de dançar e posam ao meu lado. Talvez eu sempre sinta. Algumas cicatrizes são profundas demais para serem apagadas totalmente.

Mas nós somos muito mais do que uma cicatriz ou outra.

Então não tem tanto problema que parte de mim ainda queira se encolher de vergonha. Posso lidar com ela, enquanto todo o resto quiser continuar sorrindo.

Ou fazendo careta, no caso, porque é o que combina com a personalidade da Capitã Plutão na hora das fotos. Mas significa a mesma coisa.

A cada *flash*, a cada pose divertida e a cada sorriso de agradecimento, minha insegurança é soterrada mais fundo pelo êxtase de estar aqui. Realizando um sonho que, depois de guardá-lo por tanto tempo, explode para fora de mim de uma vez só em pura felicidade.

Você está num livro e essa é a sua história. Seja a heroína.

Tento memorizar cada detalhe do momento, enquanto Lorena não volta com Gabriel. Guardar toda a parte boa como uma espécie de cicatriz do bem, para nunca esquecer. Para sobrepor.

É quando estou espiando as pessoas em volta entre uma foto e outra, tentando decorar suas expressões, que reparo nos dois novos seguranças que surgiram da administração e se juntaram ao primeiro. Um olha para os cometas de Olinda comigo e balança a cabeça com veemência, afirmando algo para os outros.

— Acho que descobriram que vocês não deviam estar aqui — sussurro para o gato Toninho gigante ao meu lado, entre uma foto e outra.

Por um segundo, não tenho certeza se Salgadinho me ouviu, debaixo do boneco. Então Toninho começa a recuar, balançando de um lado para o outro com naturalidade. Madureira e Cascadura percebem e o seguem. Sabíamos que a chance de serem descobertos era alta, então planejamos um plano de fuga de acordo, e ninguém entra em pânico. Além de mim, claro, que vou ficar sozinha com toda essa gente, porque até Guará e Bonito já foram para suas posições estratégicas e sumiram de vista. Mas me esforço para não pensar sobre isso.

— Até a próxima, meus cometas favoritos — anuncio, para que o público abra caminho. — Quem diria que a primeira batalha que vocês iam ganhar contra mim seria uma batalha de dança, não é mesmo? Mas me aguardem da próxima vez, que eu vou aprender todas as minhas coreografias favoritas de *K-pop*!

Os garotos estão conseguindo se livrar da muvuca. Espio os seguranças na porta. Ué?! Dois sumiram! Procuro-os em volta. Estão cortando caminho em direção aos cometas de Olinda, que se afastam pelo corredor. Vão pegar meus amigos!

— Fujam mesmo! — grito, no instinto. — Antes que peguem vocês!

As pessoas em volta riem, achando que falo dos cadentes. Não tenho certeza se os garotos me entenderam.

Então os bonecos disparam a toda velocidade.

Ou na velocidade com que pessoas carregando bonecos gigantes de mais de dez quilos em cima da cabeça conseguem correr, pelo menos. O que não é muito. Nem algo exatamente gracioso.

Os seguranças os alcançam rápido ao lado da piscina de bolinhas. O braço de um se estica na direção do Aleksander.

Ao mesmo tempo, os três bonecos desabam para trás em cima dos homens. Meus amigos e Salgadinho surgem por baixo dos tecidos, se desvencilhando e tropeçando. Se livram antes que os seguranças se recuperem do susto.

Madureira e Cascadura correm na frente. Salgadinho demora mais do que deveria. Um dos seguranças vai pegar seu braço.

Guará irrompe da multidão de pessoas olhando em volta e finge tropeçar sobre os dois. Na confusão de corpos, Salgadinho levanta e se afasta. Os seguranças tentam passar por cima de Guará. Bonito se mete na frente, ajudando o amigo supostamente desastrado a levantar. Os homens dão a volta. Guará e Bonito não conseguem fazer mais nada.

Mas os segundos que compraram já foram suficientes para deixar os outros garotos na dianteira. Vão escap...

— É ela? — uma voz perto de mim se destaca da multidão pelo tom seco, profissional.

Viro para o segurança que restou na porta. Ele está perguntando isso a um rapaz vestindo uma camisa polo de uniforme da LivroCon. Reconheço Marcello, o amigo de Karen. Mas sua expressão não é a amigável de mais cedo, e sim um semblante tenso, duro, enquanto sussurra algo em resposta para o outro homem.

Os dois olham ao mesmo tempo para mim. O segurança assente para Marcello, sem desviar os olhos.

E imediatamente tenho certeza de que Lorena cometeu algum erro lá dentro e descobriram nossa farsa.

Droga, droga, droga, droga!

Meus sorrisos e caretas para as fotos vão se desmanchando em medo.

Marcello e o segurança avançam na minha direção.

Lorena

Avanço na direção das escadas, mas Gabriel me segura.

— Espera! — Ele aponta para o fone no ouvido. Grudo o rosto no dele e tento escutar.

— O garoto ainda deu um jeito de roubar o meu comunicador, que eu guardo com tanto carinho — reclama uma voz masculina. — Ele deve estar nos escutando. Controlem o que vão dizer por aqui.

— Lá se foi nossa vantagem — murmura Gabriel. — Temos que meter o pé antes que organizem a busca.

A porta corta-fogo do andar de baixo estala aberta. O barulho me faz pular para longe dos degraus.

— Vou ficar nas escadas dos fundos — anuncia uma voz masculina. — O garoto vai ter que descer por aqui ou pela escada da frente.

Outra voz responde algo, mas está distante e não consigo discernir o quê.

Nunca fui muito boa em leitura labial, mas sei exatamente os palavrões que Gabriel está entoando em silêncio agora.

– Não dá pra descer com esse cara ali – ele sussurra.

– O que você acha melhor: eu seguro e você bate, ou o contrário? – Meu coração pulsa feito turbina, gerando uma eletricidade que corre pela minha pele. – Tenho bastante conhecimento sobre como deixar um ser humano desacordado, então...

– Quê?! Lô, a gente não vai bater em ninguém hoje!

– Mas...

Gabriel segura meu braço.

– Você precisa sair sem mim – murmura. – Sozinha, as suas chances são muito maiores.

– Nós já tivemos essa conversa. Eu não saio daqui sem você.

Ele aperta os lábios e busca no meu rosto alguma brecha para discussão. Não dou nenhuma.

– A gente vai ter que fazer uma planilha pra alternar os turnos da teimosia também, depois – diz, enfim, então olha para a porta. – Vamos procurar outra saída. Eu passei por elevadores no segundo andar. Devem subir até aqui.

– Você quer entrar no terceiro andar? – Faço uma careta desgostosa. – Por que o destino fica me empurrando na direção da Cassarola Star, depois de todo o esforço que eu tive pra decidir ir embora? Que crueldade, poxa...

– Poxa – o homem repete no andar de baixo, nas escadas. Por um segundo, tenho certeza de que estava nos ouvindo. Mas ele continua, resmungando: – Eu só queria beber o cafezinho da dona Cacilda em paz...

Gabriel troca um olhar de alívio comigo e indica a porta corta-fogo do terceiro andar. Bufo em silêncio e vou na frente, já que ninguém me conhece. Empurro a barra antipânico com cuidado, sem fazer barulho. Espio pela fresta. O local está limpo. Faço sinal para que Gabriel me siga para dentro.

Estamos em um corredor largo e deserto de carpete azul-escuro, paredes ornamentadas com faixas de tecido TNT dourado e uma visão geral não de que é chique, mas de que está tentando *parecer* chique com o mínimo de esforço possível. Há portas duplas fechadas nas paredes dos lados esquerdo e direito, com placas indicando salas de reunião, e, ao fundo, uma última porta dupla entreaberta, sem placa. Ouço um burburinho de vozes vindo desta última, mas daqui não consigo enxergar pela fresta o que tem lá dentro. Calculo ser a entrada do salão panorâmico que os plebeus veem dos corredores da LivroCon, e as vozes provavelmente pertencem a pessoas importantes demais para se misturarem aos humanos mortais. A famosa sala dos autores.

Meu coração para de bater por um segundo. Desvio os olhos com força.

Não, Lorena. Não.

— Deve ser ali que a Cassa.... — Gabriel começa, mas o interrompo.

— Fica aí.

Troto em direção ao que realmente importa para nós, entre as salas de reunião do lado esquerdo do corredor.

Dois elevadores.

– Eu vou chamar – digo. – Se vier vazio, você vem. Lá no saguão de entrada, vamos rezar para que o seu disfarce e a distração na LivroCon sejam suficientes.

Gabriel encosta na parede atrás de um vaso de plantas falsas e tenta se transformar também em decoração inanimada.

O visor mostra os dois elevadores no térreo. Aperto o botão único. Aguardo. Um sobe para o segundo andar. Aperto o botão de novo. Vem para o terceiro. A porta começa a abrir.

O som de palmas explode da sala no fundo. Vozes gritam: "saúde!"

E um milésimo de segundo de descuido é suficiente para quebrar minha concentração.

Olho na direção delas. Da frente dos elevadores, é possível enxergar através da abertura da porta.

Para a matemática da probabilidade, seriam infinitas as possibilidades de pessoas diferentes que poderiam ser sorteadas para aparecer para mim ali. Mas o meu encontro com a Cassarola Star nunca dependeu de mera probabilidade. Sempre foi lei da física. Força gravitacional. Em algum momento, teríamos que nos encontrar. O resultado de uma fórmula. Ciência indiscutível.

E é por isso que, por entre a porta aberta, por entre as pessoas, por entre os móveis e por entre os infinitos corpos celestes orbitando ao acaso pelo universo, o inevitável acontece.

Vejo a Cassarola Star.

O mundo se apaga e me envolve com uma calma absoluta, um silêncio acima de silêncio. Aquela sensação de vácuo no espaço logo antes de uma estrela explodir. Minha respiração acelera. Algo quente e borbulhante sobe pelo meu pescoço e rosto, como se tivessem misturado pó de balinha que estala ao meu sangue. Meus olhos não piscam. Queimam. – Lorena! – Gabriel chama. – Posso ir?! Ela está mais velha que nas fotos oficiais dos livros. E seu cabelo não está mais alisado, e sim cresce em cachos volumosos. Sua pele cor de areia tem marcas da idade.

Em algum lugar distante na minha consciência, ouço o barulho das portas do elevador deslizando. Fechando.

Ela segura uma taça de champanhe e ouve o que outra pessoa está lhe dizendo com um sorriso interessado. Um sorriso de quem vive em função de histórias – seja para contá-las ou para recebê-las. Será que ela me olharia dessa forma, quando eu lhe mostrasse o meu desenho?

Levo uma mão ao rosto e amasso meu nariz queimando. Tem algo molhado nas minhas bochechas.

– Você tá bem? – pergunta Gabriel. Quando foi que ele chegou do meu lado? Não importa. Não respondo. Não consigo desviar os olhos da porta. Não quero. Ele segura minha mão. – Lô?

Ele segue o meu olhar. Sua mão aperta a minha automaticamente.

381

Eu entendo, Gabriel. Eu entendo.

Nenhum de nós se importa quando o *bip* do outro elevador toca. Nem quando as portas se abrem.

– Eu disse que sabia pra onde ele tinha vindo – diz uma voz masculina saindo delas.

Gabriel

Saem do elevador Carla, Paulo, dois seguranças e muito ódio no coração.

O homem mais velho se aproxima e dou um passo à frente de Lorena, antecipando que vá tentar nos matar com uma faca de limpar camarão. Mas ele passa direto, caminhando em direção ao salão no fim do corredor.

Carla me encara com uma expressão dura e balança a cabeça devagar. Sinto que a decepcionei, e isso me enche de remorso.

– No fundo, sei que me entende – me defendo, aproveitando a distância do seu chefe. – Teria feito o mesmo que eu.

Ela espia o homem, que ainda está vigiando a sala da Cassarola Star pela porta entreaberta, antes de responder, bem baixo:

– Eu nunca teria sido pega.

– Quem é essa aí? – pergunta Lorena, sua voz mais fina que o normal, seu rosto ainda úmido. Ela deve ter saído do transe agora que Paulo está fisicamente no caminho para a Cassarola Star.

Abro a boca para responder, mas algo na cabeça de Lorena raciocina e ela estuda Carla com olhos que afiam adagas. Um súbito medo de escolher as palavras erradas e morrer me faz engasgar nas palavras.

— Seu safado! — Lorena me dá um tapa no braço. — Não vai me dizer que, no curto período de tempo que ficou aqui dentro da administração, já foi correndo e arranjou uma nova...

— Eu não...

— ... *Inimiga*?!

— Não é isso, eu... espera, o quê?

— O meliante não só fugiu, como se multiplicou — diz Paulo, voltando até nós.

Espio rápido a sala da Cassarola Star.

Ele fechou a porta.

O ódio me toma de uma vez só. Já não basta dar tudo errado, o carrasco ainda tem que arrancar da Lorena as únicas migalhas que ela conseguiu realizar do seu sonho?! Juro por tudo o que é mais sagrado, se ela sugerisse que a gente abrisse caminho à força agora, eu ia meter a porrada nesse cara.

— Deixa a Lorena fora disso — ameaço, fechando os punhos. — Ela não fez nada de errado.

— Rogério. — O homem vira para um dos dois seguranças conosco. — Foi essa menina que você encontrou invadindo a área VIP com o garoto?

– Positivo – o funcionário afirma.

Xingo mentalmente.

– Seu Paulo! – intervém Carla. – Não vamos aumentar mais ainda o problemão que já temos. Ninguém quer voltar lá na diretoria pra ficar batendo boca. Você viu que nem os diretores queriam decidir o que fazer.

– Mas decidiram! – Paulo se dirige aos seguranças. – Podem levar as crianças de volta para a minha sala. Me deram permissão pra chamar a polícia se eu quiser tomar a responsabilidade, e eu quero.

– Calma! – Carla ergue a mão para os seguranças, que parecem confiar no julgamento dela em relação ao homem e não se movem. Ela continua: – Me sinto no dever de repetir que essa é a pior solução e a que mais vai nos trazer dor de cabeça!

– Não tem outra – o homem retruca. – Ou você vai me deixar expulsar o menino?

– Mas ele é menor! Vão nos acusar de negligência!

– Vocês não vão ser acusados de nada, se eu for embora sozinho – digo de uma vez só, firme.

Os dois param para me encarar, Paulo só de canto de olho, como se desconfiasse demais de mim para me deixar roubar a atenção dos seus dois olhos.

– Se vocês deixarem a Lorena pegar um autógrafo com a Cassarola Star, eu vou embora da LivroCon de livre e espontânea vontade, sem consequência nenhuma pra vocês – negocio.

– Quê?! – guincha Lorena. – Eu já falei que não vou deixar você se sacrificar por mim!

– É a nossa única opção! – insisto.

– Você só pode estar de brincadeira – reclama Paulo. Vira para os seguranças. – Estão esperando o quê? Levem eles logo. A polícia demora.

– NÃO! – Ergo uma mão. – Tá, tá, tá, eu vou embora sozinho, é só deixarem a Lorena continuar na LivroCon em paz! Ela não fez nada!

Mas Paulo só faz um *tsc* sem paciência, desistindo da negociação, e vai chamar o elevador de volta. Carla encara as costas dele ao mesmo tempo com a raiva de quem quer lhe apunhalar com uma faca e com a resignação de quem acha que não ia adiantar, porque o mal de verdade nunca morre.

Os seguranças vêm na nossa direção.

E Lorena, que por algum motivo veio ao mundo sem nenhum senso de autopreservação, enfia o bloco de papel que estava carregando na minha barriga para que eu segure, me empurra para trás e pula na nossa frente.

– Vocês não vão encostar em um único fio de cabelo desse menino!

Ela dobra os joelhos e – ah, não, de novo, não! – monta uma base de luta.

De todos os cenários possíveis para o desfecho do nosso dia, esse é ABSOLUTAMENTE O PIOR DE TODOS ELES.

Planto os pés no chão para agir.

BIP, soa o gongo que começa a luta.

Estamos ferrados.

Espera, não era um BIP de gongo de luta. Era o som do outro elevador abrindo.

Todos paramos ao ver ninguém menos que a Capitã Plutão, de *Cometas da Galáxia*, sair dele.

Stefana

Todas as partes do meu cérebro – inclusive a mais lógica, que é bem reclamona – estão concentradas tentando entender o que está acontecendo aqui. Olho para os seguranças. Olho para os funcionários de crachá da LivroCon com eles. Olho para Gabriel e Lorena de frente para todos. Gabriel segurando Lorena como se estivessem prontos para serem levados pela Morte. Lorena com a postura de peito inflado de quem, se ver a Morte, vai meter a mão na cara dela.

– Que alucinação coletiva tá acontecendo aqui? – pergunta Marcello, saindo do elevador atrás de mim e definindo a cena muito melhor que eu.

– É assunto da segurança – encrenca o funcionário mais velho, que reconheço como sendo o que carregou Gabriel para fora da área VIP mais cedo. – O marketing não precisa se preocupar.

– Eu me preocupo como ser humano, no caso. – Marcello entorta a cabeça. – Seu Paulo, o senhor é vilão de anime pra ficar arranjando briga com adolescentes por aí?

Enquanto discutem, Lorena me encara e balança a cabeça milimetricamente. Acho que está pedindo para que eu fique quieta. Seu plano foi por água abaixo e ela não quer que eu me afogue junto.

– Melhor você se concentrar no seu próprio trabalho, estagiário – o senhor rebate, e olha para mim. – Seja o que for que o marketing inventou dessa vez.

Reconheço que estou vestindo roupas esquisitas para quem não conhece *cosplayers*, mas o desdém ainda me machuca.

– Seu Paulo! – repreende a funcionária de óculos, cabelos ruivos curtos, pele branca e gorda que está com ele. – Vou ter que enviar para o senhor de novo a cartilha do RH ensinando como ser legal com as pessoas!

O homem faz um *tsc* de deboche.

– A Stefana é nossa convidada – Marcello conta, ríspido. – A Cassarola Star a viu da sala dos autores, ficou encantada e pediu pessoalmente que nós a convidássemos para tirarem fotos juntas. Vai ficar lindo nas redes sociais da LivroCon mais tarde.

Lorena arregala os olhos para mim até o tamanho de moedas de um real:

– Ela quer a personagem favorita dela!

– Então você tem o seu trabalho pra fazer, e não precisa cuidar do meu – corta Paulo, grosseiramente. Faz sinal para os homens com roupas de seguranças e eles avançam sobre meus amigos. Um pega o braço de Gabriel e o outro, o de Lorena.

– Larga ela! – grita Gabriel, tentando vê-la por cima do ombro enquanto é empurrado na direção do elevador. – Ela não tem nada a ver com isso!

– Deixa, Gabriel – pede Lorena, sem lutar contra seu próprio captor.

Então vira o rosto para mim. Nos seus olhos cabem um milhão de expressões. Revolta. Raiva. Ódio. E lutando para escapar por entre elas, vem à tona uma última pontinha de satisfação. De esperança.

– Você vai ser a nossa vitória – ela me diz.

O segurança a empurra para andar e nossos olhares se separam.

– Eu vou te deixar com a Cassarola Star na sala dos autores e volto para checar se ficou tudo bem com eles – me diz Marcello. Indica com a mão a direção que devo andar.

Não me movo.

Paulo aperta o botão para abrir a porta do elevador já no andar. Me olha de canto de olho uma última vez, arrogância transbordando como uma cobra sempre pronta para dar o bote.

E sinto algo acordar mim. Uma energia parecida com aquela de quando me tornei a Capitã Plutão, só que um pouco mais... dura. Firme.

Feroz.

Quando você é uma criança de 12 anos vestindo camisetas de tamanho adulto, você aprende que o mundo não está ligando muito para se adequar a quem você é ou ao que você deseja. Você pensa que é você que tem que se encaixar. Se dobrar feito uma folha de papel para caber nas caixinhas dele. Esconder o que está escrito sobre quem você realmente é. Hoje eu não me adequei. Hoje me abri, me pintei como quis. Foi glorioso. E aprendi algo novo sobre o mundo. Ele realmente não vai se adequar a você. Então, sempre que tiver a oportunidade, você deve obrigá-lo. Force-o a obedecer.

– Não – eu digo, minha voz firme.

A comitiva que leva meus amigos embora para. Todos viram para mim.

Penso em me encolher por reflexo, por um segundo. Então mudo. Os absorvo, como se a atenção deles me trouxesse o poder que preciso nesse momento.

– Não o quê? – Marcello pergunta, confuso.

– Não vou encontrar a Cassarola Star – continuo –, a menos que os meus amigos possam ir comigo.

O rosto branco de Paulo ficando vermelho é uma obra de arte tão singular quanto as que vi no MASP quando viajei com meus pais.

– Mas a Cassarola Star quer te ver, Stefana – repete Marcello, como se precisasse me lembrar.

– Ela vai ter que aprender a se decepcionar, então – digo imutável.

Não sei se é um blefe ou não da minha parte e me impeço de pensar sobre o que vai acontecer se não der certo. Não há espaço para hesitar agora.

Por um momento, ninguém sabe o que fazer.

– Vocês ouviram a garota – decide Paulo. – Não vai ter fotos.

– Seu Paulo! – A funcionária com ele o encara, séria. – Se a autora pediu pela *cosplayer*, vamos ter que levar a *cosplayer* até ela.

– E dar ao meliante exatamente o que ele quer? Nem pensar! Não sou padre pra ficar perdoando criminoso não, Carla.

– Não é questão de dar a ele o que ele quer, e sim de dar à *Cassarola Star* o que *ela* quer. A ordem da diretoria é fazer tudo o que a autora pedir. Beijar o chão que ela pisa, se for necessário. A mulher tem que sair daqui achando que foi o melhor evento da vida dela, pra querer voltar todo ano.

– E o garoto tem que sair daqui aprendendo que ações têm consequências, e que quem brinca com camarões nunca fica sem punição.

– Mas eu vou ter a minha punição! – Gabriel se mete. O segurança puxa seu braço para trás, mas o garoto continua, jogando o peso do corpo para frente. – Depois que nós nos encontrarmos com a Cassarola Star, vocês vão nos escoltar pra fora da LivroCon. Não vamos brigar, nem fugir, nem reclamar. Se qualquer pessoa perguntar, saímos por vontade própria. E o evento fica livre de mim, exatamente como o senhor queria.

Mas o homem só balança a cabeça negativamente.

– De jeito nenhum.

– Mas é uma solução excelente! – insiste a funcionária.

– Não, Carla! Se fizermos isso, eles ganham! Eles não podem ganhar!

– Nós vamos ser expulsos da LivroCon! – lembra Lorena. – Isso não é ganhar! Eu ainda tinha um monte de coisas pra ver e fazer! Nem fui ao estande da editora de *Cometas da galáxia!*

– Não é o suficiente!

Carla põe as mãos nos quadris, se cansando da discussão.

– Pois vai ter que ser – decide, ríspida. – Porque é o preço que vamos pagar pra agradar a convidada de maior destaque da LivroCon. E executar vingança punitivista contra dois adolescentes que muito provavelmente nem pensam direito no que estão fazendo não é mais importante do que isso!

– Mas os camarões...

– Ninguém liga pros camarões, pelo amor de Deus!

A voz de Carla reverbera pelo corredor e, quando some, deixa um silêncio pesado no lugar.

Sinto minha pulsação no pescoço, o calor do nervosismo queimando meu nariz. Mas não me encolho. Não vou me dobrar.

Paulo aponta um dedo em ameaça para a colega de trabalho.

– Da próxima vez que eu quiser mandar alguém para a cadeia, é você que vai na gerência convencê-los. Fica me devendo essa, Carla. – Ele nos dá as costas e entra no elevador. – Espero vocês lá embaixo em cinco minutos.

As portas deslizam e fecham.

Sobro no corredor com dois seguranças ainda enrolados nos meus amigos, com um estagiário Marcello que não ganha o suficiente para lidar com esse tipo de drama e com uma Carla emburrada que não tem cara de quem acha que ganhou a discussão.

Com a testa feito um nó e os lábios apertados em uma linha fina, a moça nos olha um a um. Para em Gabriel.

– Eu conheço esse olhar, porque eu *uso* esse olhar – observa Lorena. – Mas já posso te adiantar que não funciona. Infelizmente não dá pra cortar o pescoço de ninguém só usando a força do ódio.

– Sorte dele – diz Carla, e continua para Gabriel: – Olha a posição que você fez eu me meter por causa das suas traquinagens.

– Eu… – Gabriel começa a dizer, mas ela levanta uma mão cheia de anéis prateados e o interrompe.

– Não quero ouvir. Vou só te fazer uma pergunta. Você vai ler o livro que eu te indiquei?

Isso parece pegá-lo de surpresa, pois não responde de cara. Preciso me controlar para não pular no meio e perguntar "que livro?!", como manda minha natureza.

– Vou – responde Gabriel. – Leio a série inteira.

Ela puxa a boca de batom escuro para o lado e assente. Pede para que os seguranças os soltem.

– A leitura vai valer como minha punição pra você, então – ela determina, avançando em direção à porta da sala dos autores. Lorena a acompanha como se piscar os olhos fosse fazer com que desaparecesse. – Uma medida socioeducativa pra te incentivar a voltar a ser um *fanboy* direito e largar a vida do crime.

O garoto franze a testa e solta um riso torto, incrédulo.

– Vai usar um livro pra me salvar da vida do crime? – ele brinca.

– Livros sempre salvam. – Carla segura a maçaneta. – De muitos jeitos diferentes.

Lorena

O plano é não chorar.
O plano falha.
Não me importo.

COMETAS DA GALÁXIA E O NOVO SOL
CASSAROLA STAR

– Vocês acham que no futuro vão saber que fomos nós que planejamos tudo? – pergunta Aleksander, deitado de barriga para cima na areia rosa, os destroços da nave sendo espalhados pelas ondas ao longo da praia. – Que fomos nós que vencemos a guerra?

Ao seu lado, também esparramadas com cada músculo do corpo dolorido, Sophitia e Capitã Plutão demoram para responder.

– Mesmo se souberem, não vão acreditar – diz Sophitia, cansada demais para se indignar.

– Mas e se acreditarem? – insiste Aleksander. Em cima deles, no céu morno, ainda há fumaça e resquícios das explosões da batalha aqui e ali. – Acham que a história vai nos pintar como vilões ou como grandes heróis?

– Como tolos – ri a Capitã.

E, pela primeira vez concordando plenamente, Aleksander e Sophitia riem com ela.

– Talvez seja melhor... – diz Sophitia, quando o silêncio volta. Respira fundo. Fecha os olhos. – ... Ficar no presente um pouco mais, agora.

Stefana

Entrego para Lorena a sua bolsa que resgatei do guarda-volumes e me sento ao seu lado no meio-fio. Ela enxuga apressada os olhos e a aceita. Ainda falta quase uma hora para nossa excursão partir, às 9 horas, e mesmo que existam inúmeros outros lugares melhores para esperarmos, a garota escolheu ficar aqui, perto do ônibus. Suspeito que é porque é onde há menos gente para reparar nos brilhos molhados ainda presos aos seus cílios.

— Não precisa esconder o choro de mim, amiga — digo. — Eu estava lá quando você desabou feito as Cataratas do Iguaçu na frente da Cassarola Star, lembra?

— Que humilhação... Ela deve ter pensado que eu sou *sensível*. Urgh.

— Ah, claro — rio —, deve ter ficado com a terrível impressão de que você é uma pessoa normal. Que horror!

— Precisamos da tecnologia que nos transforme em ciborgues sem sentimentos urgentemente.

Mesmo enquanto reclama, sua expressão suaviza um

pouco. Ela passa o dedo de modo distraído pelo quadrinho de *Cometas da Galáxia* que segura sobre as pernas cruzadas.

Na hora, lá na sala dos autores, ela estava tão hipnotizada pela Cassarola Star que desconfio que nem percebeu quando Gabriel tirou este volume da própria mochila, arrancou com cuidado o bloco de desenho das mãos dela e o substituiu pelo quadrinho para autografar. Ou quando pedi o bloco para mim, arranquei a folha do desenho que íamos entregar para a autora e o juntei na mão dela também.

Agora, distante da luminosidade forte dos pavilhões, o estacionamento é iluminado por postes de luz amarelada, cobrindo de um jeito sonolento os grupos de pessoas deixando a LivroCon. É um clima gostoso de fim de festa.

Não, sorrio para mim mesma.

De último capítulo.

E pensar que quase fugi no primeiro.

– Dá pra acreditar que no início do dia estávamos nós duas igual a agora, sentadas lado a lado, querendo deixar isso tudo pra trás? – lembro, como se fosse uma piada antiga.

– Pois é. Foi conversando contigo que mudei de ideia. Não gosto nem de pensar no que seria de mim se eu não tivesse te encontrado.

Sorrio para ela e, de um jeito terno que eu nunca teria imaginado quando vi pela primeira vez aquela garota com fogo nos olhos e sede insaciável por vitória, ela sorri de volta.

– Se minha vida fosse um livro – penso em voz alta dessa vez –, o narrador estaria bastante satisfeito agora, por ter tido a oportunidade de contar uma história com tantas reviravoltas completamente aleatórias.

– E com um lindo final feliz.

Solto uma risada curta.

– Não sei se é um *liiindo* final feliz – arregalo os olhos na palavra "lindo". Lorena arqueia uma sobrancelha. – Eu sei, eu sei. Eu fiz o que eu queria, vestir o *cosplay* e encontrar a Cassarola Star, mas não é como se eu tivesse tido um *graaande* desenvolvimento de personagem, a ponto de curar todos os meus traumas passados e virar *outra pessoa*, como a gente vê nos livros. Eu ainda me sinto insegura. Ainda me sinto envergonhada. Mas...

Me lembro da energia que correu por mim ao me olhar no espelho. E da autoridade na minha voz no corredor da administração depois. Do sentimento de comando que senti naquela hora. E de como gostei da sensação. É algo que me assusta um pouco. Que me fascina.

Que me faz querer explorar.

– ... Descobri coisas sobre mim mesma – continuo. – Do que eu quero. Do que eu posso fazer. Então, considerando que não, minha vida não é um livro, isso por si só já me parece suficiente.

Lorena me olha de cima a baixo, indicando a fantasia que ainda visto.

– Mas discordo que você não se tornou outra pessoa – brinca. – Não é o que eu vejo.

– Você entendeu – rio.

Não sei ao certo por que não tirei a fantasia antes de sair da LivroCon, como Cascadura e Madureira fizeram. Talvez porque, depois de tanto esforço para vesti-la, ficar tão pouco tempo com ela me soou como um desperdício. Ou porque, e isso me dói para admitir, tem uma partezinha de mim que teme que eu vá voltar a ser a garota medrosa que eu era assim que me separar da Capitã Plutão. Como se não fosse capaz de me manter forte apenas com meus próprios pés. Mas, por enquanto, estou mandando essa partezinha calar a boca.

— O que a Capitã Stefana tá fazendo aqui fora? – pergunta Gabriel, vindo na nossa direção com dois churros na mão.

— É uma boa pergunta. – Lorena entorta a cabeça para mim. – Eu pensei que você fosse ficar lá dentro e aproveitar ao máximo o resto do dia, pra nos vingar.

— É o que os garotos queriam, a princípio – conto. – O Cascadura e o Madureira acham que o fato de eles não terem sido pegos pelo roubo dos cometas de Olinda foi um milagre tão grande que precisavam comemorar. Mas aí, lembramos que todos os lanches lá dentro da LivroCon custam tão caro que o vendedor te dá a opção de parcelar o saco de pipoca em até doze vezes, e achamos melhor comemorar em algum podrão aqui fora mesmo. Aproveitei e vim trazer a bolsa da Lô enquanto eles escolhem o lugar. É algo que às vezes demora, com os dois.

Gabriel entrega um churros para Lorena e me oferece o outro.

– Pode ficar com o meu, eu compro outro.

– Não precisa, obrigada. – Eu me levanto do meio-
-fio, batendo no meu bumbum para limpá-lo. – Não quero
comer a sobremesa antes do jantar. Minha tia Leda me daria
o maior sermão. Ei, quando os garotos decidirem, mando
mensagem pra vocês, se quiserem vir lanchar também.

– Seria ótimo! – O jeito com que Lorena vibra traz de
volta a garota iridescente de mais cedo. – Não pela comida,
mas porque temos muito o que discutir sobre o que deu certo
e o que não deu no plano de resgate. Não podemos cometer
os mesmos erros da próxima vez que o Gabriel for capturado.

– Por que você tá presumindo que eu vou ser capturado
de novo? – Gabriel senta do seu lado no meio-fio. – Por que
não pode ser você dessa vez? E eu te salvo da torre do inimigo feito...

– ... Feito um príncipe encantado? – sugiro.

– ... Feito o Shrek – ele termina.

– Gabriel. – Lorena balança a cabeça – A prudência demanda que a gente trabalhe com o cenário mais provável.
E, convenhamos, os seus planos são muito piores do que os
meus. Vide o plano de sair correndo pela administração em
vez de fugir, achando que você ia só chegar na Cassarola Star
e dizer "aqui, moça, autografa esses livros pra mim e não
chama a polícia, por favorzinho".

– Eu estava improvisando! – ele se defende. – Daria
um jeito.

– Você precisa ter planos plausíveis! Estatisticamente...

Algo treme no coldre da minha adaga e paro de prestar atenção neles. Pego meu celular e ligo a tela. Tem uma notificação de mensagem.

> **KAREN GO NA LIVROCON! @KARENGO**
>
> Hey, Stefana! Vi as fotos que a Cassarola Star postou contigo nas redes dela. Seu cosplay ficou sensacional!!

A parte mais lógica da minha consciência aciona o botão de emergência e paraliso. Só meus olhos se movem, relendo e relendo a mensagem, para ter certeza de que não entendi errado. Chego a rolar o *chat*, para ver se tem as nossas mensagens de mais cedo e, sem querer acreditar, ainda o diminuo e checo o seu perfil, cogitando a possibilidade de ser um *fake*. Mas não é. O símbolo de verificado dela está ali, direitinho. Logo acima do texto que indica que está me seguindo de volta, como vi algumas horas antes.

Karen GO realmente disse que meu *cosplay* estava sensacional.

E vou me transformando aos poucos em um sorriso em forma de ser humano.

> **STAR(FANA) ☆ @CAPPLUTAO**
>
> Muito obrigada! Nem acredito que é VOCÊ me falando isso. Significa O MUNDO pra mim.

Será que mandei palavras demais em maiúscula e ela vai me achar desesperada?!

Pontinhos aparecem embaixo da mensagem enquanto ela escreve. Meu coração bate no ritmo de cada um deles aparecendo e sumindo.

> **KAREN GO NA LIVROCON! @KARENGO**
>
> Você merece o mundo. ♥

Leio. Releio. Releio. Releio.
Estou.
Perdidamente.
Apaixonada.
Antes que eu reaja, as mensagens continuam.

> **KAREN GO NA LIVROCON! @KARENGO**
>
> Pena que não consegui tirar foto contigo também. Eu teria ficado feliz! Você tem tanto talento!

> **KAREN GO NA LIVROCON! @KARENGO**
>
> Mas acabei de sair do evento. Encerrou meu horário por hoje.

KAREN GO NA LIVROCON! @KARENGO

De toda forma, tenho certeza de q no futuro vamos ter outra oportunidade, algum dia. :)

STAR(FANA) ☆ @CAPPLUTAO

Eu também saí.

STAR(FANA) ☆ @CAPPLUTAO

Estou no estacionamento, em pleno cosplay, pois acho que não bato bem, hahaha.

A *fangirl* apaixonada, ela é ridícula.

KAREN GO NA LIVROCON! @KARENGO

Ah, que demais!

KAREN GO NA LIVROCON! @KARENGO

Tô na entrada B agora.
Por acaso você quer se encontrar aqui?

– Por que você tá com essa cara de que o meteoro tá vindo em direção à Terra? – questiona Lorena do meio-fio.

– Mas Lô, ela parece tão feliz – estranha Gabriel.

– Nos tempos que a gente tá, eu também ia ficar feliz com um meteoro.

– Karen quer tirar fotos comigo de *cosplay* – conto, minha voz um bichinho escondido na minha garganta, temeroso.

– Quê? – Lorena vira o ouvido na minha direção.

O bichinho vira tigre.

– A KAREN GO QUER TIRAR FOTO COMIGO!

– Ai! – Lorena tapa o ouvido.

– Desculpa! Mas é a Karen... – Ando de um lado para o outro. – A Karen GO. Você tem noção?! A maior *cosplayer* do Brasil, a rainha do universo inteiro!

A rainha do *meu* universo.

– E o que você tá fazendo aqui ainda? – Lorena massageia a orelha.

– Eu... – Olho para o celular de novo, sem saber responder. – Eu não sei se eu...

– Stefana. – Lorena levanta e coloca uma das mãos na frente da tela. – Você já ganhou um monte de batalhas hoje. Não era nem pra estar duvidando se vai ganhar mais uma. Não pensa. Só vai.

Outras desculpas arranham minha garganta, mas não deixo saírem mais. Olho minhas luvas manchadas de tinta segurando o celular. Luvas que já fizeram *tanto*.

Eu fiz tanto.

Dou as costas para Lorena e Gabriel, respirando fundo.

Karen GO gostou do meu *cosplay*. Quer tirar foto comigo. E eu mereço sua atenção, bem como a de todas as outras pessoas. Reconhecimento não é um favor que a vida me dá. É meu direito. Dei suor e lágrimas para chegar aqui.

É tudo o que sempre quis.

Ando pelo estacionamento.

Você está em um livro e essa é a sua história. Seja corajosa.

Desde rabiscar no papel minha primeira versão da Capitã Plutão.

Seja audaciosa.

Desde virar noites inteiras pesquisando sobre uma única personagem.

Seja sincera.

Aperto o passo.

Desde ouvir os primeiros *tac-tac-tac*s da máquina de costura.

Seja determinada.

Desde guardar cada detalhe na mochila para hoje como se estivesse juntando pedaços de mim.

Seja confiante.

Desde derramar as lágrimas pela blusa que não subia, que secaram e tentaram outra vez.

Seja forte.

Já estou correndo, agora.

Desde admitir que não teria coragem para fazer nada disso, e depois fazer mesmo assim.

Seja a estrela.

Paro na frente da entrada B, arfando um pouco.

Desde encontrar o poder que eu não sabia que guardava em mim.

Seja a heroína.

Karen está num canto discreto na sombra dos portões, escondida das pessoas que deixam a LivroCon. A encontro pela luz da tela do celular em que mexe, que ilumina seu rosto com um brilho azulado. Ela já tirou o *cosplay* e agora veste uma calça jeans rasgada e, surpreendentemente, uma jaqueta de time de futebol. Tem uma mão dentro dos bolsos. Seu cabelo cai preto e liso até o ombro. Sem cores. Sem *glitter*. E *ainda* é a garota mais linda que conheço. Mais incrível.

Respiro fundo.

Você está num livro e essa é a sua história.

Seja você mesma.

Avanço até a Karen GO.

Gabriel

– A Stefana é completamente apaixonada pela Karen – comenta Lorena, quando a garota já sumiu sob o portal de boas-vindas, apagado a essa hora da noite, de volta aos pavilhões da LivroCon. Então ela arregala os olhos para mim.

– Gabriel, eu tô aprendendo a ler os sentimentos das outras pessoas! – E olha para o céu. – Você finalmente me transformou em uma menina de verdade, Fada Azul?

Bufo uma risada curta, mas que deixa um sorriso que não quer ir embora.

O sorriso é golpeado para fora do meu rosto.

– AEEE!! – meus amigos gritam, rindo e me sacudindo. Surgiram não sei de onde e estão se amontoando sobre mim. Alguém escorrega, e caio para trás no meio-fio, embaixo de uma pilha de garotos suados e fedidos e nem me importo, porque estou rindo também.

Quando nos endireitamos, Guará fica sentado do meu lado e os outros dois levantam. Salgadinho gosta de aproveitar as poucas chances em que pode ser mais alto que eu e Guará; e Bonito quer ficar onde a luz está mais forte, pois não gosta de lugares onde as pessoas não conseguem admirá-lo bem.

— Não acredito que o plano deu certo e você foi expulso do evento! – comemora Guará.

— O plano não era ele ser expulso – observa Lorena, terminando de comer seu churros calmamente depois de ter se afastado a uma distância segura no meio-fio. Na outra mão, segura o meu, que salvou do desastre.

— Moleque, você é tão sortudo! – Guará me empurra com o ombro.

Tiro o boné de Salgadinho que guardei na mochila quando saí da LivroCon, os óculos de Guará e a camisa de Bonito e os devolvo.

— Você não encheu meu boné de piolho, encheu? – Salgadinho o bate na palma da mão, enquanto Guará veste os óculos e Bonito dobra delicadamente a camisa para guardar na bolsa trespassada.

— Eu acho que *limpei* os piolhos que já moravam nele – rebato. – Se eu aparecer semana que vem com a cabeça raspada, a culpa é sua.

— Vai ficar menos feio.

— Se pra você não funcionou…

Ele me chuta de mentira, prendo o seu calcanhar no braço, ele fica pulando em uma perna só para não perder o equilíbrio e tenta me atacar, os outros garotos gritam. Nos separamos na gargalhada. Espio Lorena e ela está nos observando como se fôssemos um documentário sobre animais selvagens do Discovery Channel.

– Enfim – volto aos garotos. – Valeu pela força no plano de resgate. Acabei fazendo com que se metessem na maior treta por mim. Depois ajudo a compensar os vídeos que vocês não conseguiram gravar. Não queria que tivessem perdido tanto tempo comigo.

Guará abre aquele sorriso lupino dele.

– Tá brincando?! O canal tá bombando de visualizações desde que a gente fez a cobertura ao vivo do desfile dos bonecos de Olinda de *Cometas da Galáxia*! A internet tá vidrada neles, e o melhor vídeo on-line até agora é o nosso. Arranjei até o tema da série em ritmo de frevo pra colocar tocando no fundo.

– O sucesso é tão grande que a organização da LivroCon tá fingindo que a ideia foi dela – reclama Salgadinho. – Aqueles ladrões de genialidade.

– Eu vou ter que assistir a esses vídeos pra entender o que aconteceu, porque minha imaginação sozinha é incapaz de remontar essa cena – digo, trocando um olhar com Lorena, que dá de ombros. Então foi *isso* que ela maquinou?

Eu realmente acertei na hora de escolher a pessoa de quem gostar.

– Que isso tudo fique de lição. – Salgadinho aponta o dedo para mim. Franze a testa, me olhando sério. Me lembro da nossa briga e endireito a coluna, me preparando para retomar de onde paramos. Mas ele abaixa a mão e continua, controlando a voz: — Da próxima vez, não tenha a cara de pau de tocar o terror por aí sem a gente. Se nós estivéssemos contigo na hora de invadir a área VIP, nada disso teria acontecido.

É o jeito orgulhoso dele de dizer que só quer que as coisas voltem ao normal entre a gente.

Mas se o nosso normal era aquele em que eu tinha que falar em rodeios para não expor o que realmente sinto, não posso voltar a ele.

— Sobre a nossa discussão mais cedo — toco na ferida, vestindo minha armadura de batalha. — Eu peço desculpas por ter sumido e vacilado com vocês hoje. O motivo para ficarem chateados é justo. Mas... mas nenhuma desculpa vai mudar o fato de que eu vou, sim, continuar passando tempo com a Lorena e lendo *Cometas da Galáxia*. E outros livros também. E vocês vão ter que respeitar isso, mesmo que não seja do interesse de vocês. Ou...

— Talvez tenha que ser do nosso interesse, sim — Guará me interrompe. Apoia os cotovelos nos joelhos dobrados. — Tipo, além da parte toda de que se você gosta e é nosso irmão, a gente tem que se interessar também e tal. Além dessa parte, a entrevista com a Capitã Plutão foi muito bem recebida no canal. Parece que ela é famosa e os seguidores gostaram. Então, talvez, sei lá, você possa nos ajudar a planejar outros conteúdos ligados a *Cometas*. Quem sabe a gente arranja colaborações com uma galera pela internet, não sei.

Abro a boca, mas isso foi tão fora das minhas expectativas que nem sei o que responder. Olho Salgadinho, antecipando que não vá aprovar a ideia, mas ele está tentando limpar algo da aba do boné, fingindo desinteresse.

– O Gabriel pode te emprestar o livro, se quiser – Lorena responde Guará por mim. – É bem legal. Tem muitas explosões.

Meu amigo abaixa o rosto de um jeito acanhado.

– Não sei se consigo ler algo com tantas páginas – ele admite.

– Livros são como filmes, só que as imagens passam na nossa cabeça – filosofa Bonito, mostrando que, apesar de ser quase sempre alheio, e ocasionalmente sábio, também é bastante besta, e por isso anda conosco.

Guará entorta a cabeça e assente, como que impressionado com nessa nova perspectiva.

– E aí, Salgadinho? – ele pergunta ao outro. – Bora ler? A gente pode inventar um nome exclusivo e fazer vídeos sobre isso no canal, tipo um grupo do livro. Ou um clube! Aposto que ninguém nunca pensou nisso.

– Nem vem, que não vou ler nada, não – reclama Salgadinho. Pausa e pensa. – A menos que a gente engane a professora de Literatura a nos dar ponto extra por isso, como conseguimos com essa visita à convenção.

– Genial! – vibra Guará. – E tenho certeza de que ela vai dar! Professores de Literatura são sempre desesperados por qualquer mínima demonstração de interesse dos alunos!

Vê-los planejando ler *Cometas* desse jeito relaxa algo que

estava amarrado havia muito tempo em mim. Mesmo assim, prendo meu sorriso, com medo de que se eu me permitir ficar contente demais vai doer mais quando tudo der errado.

Pois é, eu sei. Não era para estar tratando os garotos como se fossem a minha família, que varre e joga fora toda a felicidade que você deixar cair desarrumada para fora de si. Mas traumas não se curam em um dia. São caminhadas longas. Maratonas de anos e anos, aprendendo a nos reprogramar.

O que importa é que estou dando os primeiros passos.

– Aê – Salgadinho me chama, sério de novo. – Só quero deixar claro que você não precisava ter inventado essa história da professora para nos convencer a vir à LivroCon contigo. Era só pedir. Nós somos um time. E um time não joga sozinho. Nós damos cobertura um ao outro. E depois, se o plano de te resgatar não tivesse dado certo, pode ter certeza de que a gente ia botar aquela administração abaixo na porrada.

– A violência nem sempre é a melhor solução, sabiam? – se mete Lorena, balançando a cabeça. Segura nossos dois churros na mesma mão e usa a outra para contar nos dedos: – Também existe a mentira, a chantagem, a manipulação, a coação psicológica...

Guará vira para mim.

– Por que você não trouxe essa garota pro nosso grupo mais cedo?

De repente, Lorena está contando para eles sobre a *Arte*

da Guerra e seus últimos planos mirabolantes, enquanto os garotos oferecem sugestões empolgadas. Observo a cena com um nível novo de admiração. É claro que eles iam se dar bem, quando se conhecessem melhor. Como não previ isso? Podem ser muito diferentes entre si, mas têm duas semelhanças que os unem acima de qualquer diferença: ideias demais e uma propensão inigualável à inconsequência.

— Essa não é a melhor forma de colocar fogo em materiais explosivos — gesticula Lorena. — Mas a gente marca outro dia pra fazer uns testes.

— Espera, o quê? — acordo da distração.

— Vai ser daora — Guará dá um sorrisão.

— Mas vamos ver isso depois — decide Salgadinho. — Essa conversa sobre terminar guerras e conquistar planetas me lembrou que nós ainda não gravamos o vídeo de despedida do evento.

— Ah, é! — Guará fica de pé em um pulo. — Bora lá!

— Precisam de mim? — pergunto.

Salgadinho olha para Lorena rápido antes de responder:

— No ônibus você ajuda a editar.

Conforme eles se afastam pelo estacionamento, Lorena volta a se sentar perto. Eles param lá na frente, escolhendo a carrocinha de churros como um bom cenário, e Bonito saca a câmera do celular. A dele é, por motivos óbvios, a melhor para tirar fotos e gravar vídeos.

— Então... — Viro o pescoço para a garota comigo. — O seu plano foi *roubar os cometas de Olinda*? Me sinto trouxa por ter ficado preocupado com vocês, quando quem realmente deveria se preocupar era a LivroCon, por ter comprado essa briga.

Ela sorri e me devolve meu churros.

– Quem mandou te levarem? Como o tio da administração bem disse, ações têm consequências, e essa foi a minha punição para eles.

A observo, entretido, e me lembro de quando fomos nós dois que nos escondemos embaixo do cometa de Olinda. E como o corpo dela ficou tão perto do meu.

Na lista das coisas mais inusitadas que aconteceram comigo hoje, sair da LivroCon com uma estranha fantasia de pegar Lorena embaixo de um boneco de Olinda tá bem lá no topo das mais bizarras.

Mas tem outra coisa muito inusitada também.

– O que me deixa impressionado não é nem o carnaval que vocês fizeram – digo com cuidado –, e sim que você e os garotos trabalharam juntos.

– Ah… – Ela afasta o guardanapo e estuda o pedacinho de churros que ainda lhe resta como se fosse a coisa mais fascinante do mundo. – Na guerra, às vezes é preciso tomar decisões puramente estratégicas.

– Aham – debocho. – Não precisa se fazer, Lô. Eu vi vocês conversando agora. Superamigos. Foi uma gracinha.

Ela para de admirar o churros só para me lançar um olhar irritado.

– Tá. Você me pegou. – Ela levanta o queixo, cheia de

soberba. – É tudo parte de um plano. O quê? Tô falando sério. Veja bem. Decidi que, se vou ter amigos, vou ser a melhor amiga de todas. A número um! Para de me zoar, Gabriel! É verdade! Mas estou rindo tanto que a máscara séria dela se desfaz, e ela é contagiada.

– Vai dar certo, você vai ver só – ela se força a dizer entre o riso. – Daqui a pouco eu vou ser tão boa amiga que vou roubar os meninos de você.

– Rouba sim, eu te imploro!

Ainda estamos rindo quando Guará grita lá do meio do estacionamento:

– Lorena! – Ele aponta para Salgadinho, que mostra uma folha de papel com algo rabiscado para a câmera de Bonito. – O Gabriel disse que você desenha. Depois faz um pato pra gente? O nosso tá ruim.

– Com que armas? – Lorena grita de volta, como se fosse um requerimento óbvio.

– Um bico!

– Tá!

Ele manda um joinha e volta a se concentrar nos amigos.

– Tudo bem. – Lorena solta o ar, resignada. – Eles não são tão ruins assim.

Penso em responder algo engraçadinho para provocá-la, mas, sei lá, só dá vontade de ficar sorrindo feito bobo dessa vez, então é o que faço.

– Obrigado por quebrar o mundo por mim – digo.

– "Obrigado" nada. Você acabou de me vender a sua alma. Fica esperto.

Talvez, se eu tivesse feito algo diferente hoje, se eu tivesse enxergado melhores soluções para os nossos problemas, não precisaríamos estar aqui agora, expulsos e cansados. Talvez esse seja só um dos muitos finais alternativos disponíveis para hoje, como acontece em alguns videogames, e eu ainda pudesse encontrar outros finais melhores se me esforçasse. O que eu consertaria, se voltasse para o meu primeiro jogo salvo de quando chegamos na LivroCon e pudesse refazer tudo do jeito certo?

Andamos juntos para encontrar Stefana, e quando passamos por baixo do portal de boas-vindas – o mesmo onde eu e Lorena nos vimos pela primeira vez no dia –, ela aperta o quadrinho de *Cometas da Galáxia* contra a barriga e sorri para mim de canto de olho. Cúmplice.

Não. Eu não mudaria nada. Esse já é o melhor final.

Lorena

De todos os planos perfeitos que calculei para tornar hoje o dia mais importante da minha vida, nenhum considerava que eu terminaria sentada no meio-fio do estacionamento comendo churros com meu ex-arqui-inimigo. Nem que, depois disso, eu iria comemorar com tanta gente o fim de uma grande batalha que, pela primeira vez, não lutei sozinha.

Stefana, Gabriel, os amigos dos dois e até Karen GO conversam animados em volta da barraquinha de cachorro-quente em uma praça perto de uma das entradas da LivroCon – Gabriel me guiou e não reparei em qual. Bandeirinhas de festa junina e lanternas coloridas penduradas entre postes e árvores, ao som de forró tocando de uma caixinha de baixa qualidade, formam uma festa improvisada que me deixa, por incrível que pareça, tranquila.

É tão estranho estar numa festa e não querer fugir para ficar sozinha.

"O melhor jeito de fazer amigos é comendo juntos", minha avó me disse uma vez, quando eu tinha uns 10 anos. Eu tinha acabado de balançar a cabeça quando ela perguntou, como de costume, se eu havia feito algum coleguinha na escola nova. Lembro que foi nesse dia que ela colocou pela primeira vez mais de um sanduíche na minha lancheira, na esperança de que eu o dividisse com alguém. O sanduíche extra voltou intacto, é claro, mas ela continuou tentando. E fez isso por anos. Ainda faz. E o lanche sempre ficou lá, indo e voltando.

Até hoje, quando o dividi com o Gabriel.

E agora estou aqui, rindo entre tantas pessoas.

Quando me chamam para tirar uma foto todos juntos, vou de bom grado. Fico logo no meio. Peço para me mandarem depois. Quero mostrar para minha avó, quando entregar meu potinho de sanduíche vazio. Devo isso a ela.

– É estranho vê-los sem o *cosplay*, não é? – comenta Gabriel, em um momento que nos afastamos um pouco.

Estudo o pessoal em suas roupas normais. Cascadura está vestindo uma camisa de botão e mangas curtas com pequenos arco-íris e Madureira, uma camiseta dessas de quiosque *nerd* de shopping, com uma estampa de dado de RPG. Até Stefana, que foi a última a ceder, enfim voltou a como chegou na convenção, restabelecendo sua mochila ao tamanho e peso de um peixe-boi com as peças da Capitã Plutão.

Não que ela pareça se importar com o peso, já que desde que apareceu com uma Karen GO também sem fantasia e a apresentou para os amigos, a garota sorri ininterruptamente, de um jeito que me pergunto se, como meu avô sempre disse, bateu um vento e o rosto dela ficou congelado feliz daquele jeito para sempre.

— Eles parecem tão... — faço uma careta. — Inofensivos! Não sei como aguentam. Se eu conseguisse ser tão ameaçadora quanto eles de *cosplay*, eu nunca tiraria a fantasia.

— Você já é ameaçadora normalmente, quando quer.

Viro para ele, emocionada:

— Obrigada!

Assistimos em silêncio a Guará explicando algo envolvendo galinhas e patos para Cascadura e Madureira, que caem na risada em resposta. Stefana está sussurrando algo para Karen e as duas sorriem. Me distraio em algum momento. Passo a mão sobre minha bolsa, lembrando o quadrinho autografado ali dentro.

— Tem algo te preocupando — comenta Gabriel.

— Hum? — Largo a bolsa. — Não tem não. Por que teria? Foi um dia ótimo. Eu consegui quase tudo o que planejei, praticamente.

— É? — Ele me estuda mais um momento, mas deve escolher deixar para lá, porque pergunta, com um tom mais leve: — Então qual foi o veredito final de hoje? Foi mesmo uma aventura digna de glória e grandiosidade?

Cubro o rosto, envergonhada.

— Poxa, eu tinha esperança de que você já tivesse esquecido tudo o que eu falei mais cedo quando estava acometida pela doença *sentimentos*.

— Pode ter certeza de que nunca vou esquecer.

– Que maldade! Você era mais bonzinho comigo quando era meu inimigo.

Ele ri. Em vez de terminar o assunto, porém, vira de frente para mim. A luz carmim de uma lanterna vermelha pendurada entre as bandeirinhas reflete nas suas íris e pinta parte dos seus cachos de ruivo.

– Mas é sério. Não vou esquecer o que disse, porque é quem você é. E hoje... – Ele pausa, olha para baixo. Volta a mim. – Hoje eu descobri como é libertador poder me abrir com quem eu me importo, em vez de ficar me reescrevendo pra me adequar. Em vez de viver na prisão do julgamento alheio. Então... Eu quero que você saiba que sempre pode ser a Lorena de verdade comigo, sem fingir. Pode sempre me dizer o que pensa ou sente, se quiser. Tá?

Solto uma risada e balanço a cabeça.

– Se eu compartilhasse tudo o que eu penso, você se decepcionaria bastante comigo.

– Impossível.

O jeito como me encara é tão seguro, tão intenso, que abaixo os olhos, antes que ele descubra no meu rosto o quanto está errado.

Então vejo as constelações ainda desenhadas no seu braço. Levo meus dedos a elas, deslizando suave pela sua pele. Ele o levanta um pouco para mim. Nas estrelas, leio sua promessa de me seguir. Minha promessa de confiar.

– Tá – solto o ar, cansada. Largo seu braço e subo os olhos a ele. – Você quer a verdade, então? E se eu te disser que, quando entrei pra ver a Cassarola Star, eu me arrependi de ter ido? Que desejei jogar fora tudo o que a gente passou pra chegar ali, porque no segundo em que percebi que eu ia ser obrigada a entregar o meu desenho a ela, a *conversar* com ela, fiquei aterrorizada com a possibilidade de ela não me achar boa o suficiente? Que saí de lá me sentindo ridícula? – Ergo a mão para ele. – Não. Eu sei o que você vai falar. Que o desenho estava ótimo, que eu não fiz nada de errado, que isso é tudo coisa da minha cabeça. E eu sei disso tudo. Eu sei que provavelmente é só mais um reflexo dos meus traumas com a negligência dos meus pais. Eu sei que tenho que parar de me sentir desse jeito. Mesmo assim, eu me sinto...

Gabriel coloca uma mão no meu rosto. O contato é tão íntimo que calo a boca.

– Mas Lô, tá tudo bem você se sentir assim. Eu sei que nem sempre a gente controla... "essa coisa de sentimentos". Não precisa se sentir mal. Eu mesmo reboco o meu *monster truck* de traumas familiares, lembra? É por isso que acho que, conversando, pelo menos a gente tem uma chance maior de, sei lá, aprender a lidar com isso juntos.

Ele me encara, seus olhos pulando de um lado para o outro do meu rosto, tentando ler meu silêncio. A mão ainda em mim. E me pego reparando no absurdo da situação. Cá estou eu, impossivelmente perto de outra pessoa, sofrendo a tarefa árdua de confrontar *sentimentos*, e me sentindo...

... Confortável, para ser sincera.

Que inusitado. Nunca pensei que eu poderia adicionar a mão de alguém na minha lista de lugares onde me sinto plenamente segura.

— Se você quiser, é claro — ele adiciona quando não respondo, e tenta abaixar a mão e os olhos. Seguro seu pulso para que fique. Seguro seus olhos para que me dê mais uma chance.

— Você também — digo rápido. Reformulo. — Já sabe que pode ser quem você realmente é comigo, né?

— Já sou — ele diz, e sorri, aquele sorriso torto que eu também adicionei na minha lista de coisas pelas quais eu destruiria o mundo.

— Ei, o casalzinho aí tá achando que vai escapar do brinde? — Stefana nos chama. Ela e os outros estão segurando copos descartáveis. Acena com a mão para que nos aproximemos.

— Tratem de vir! — Karen GO levanta o copo. — Ou arranjo outra gincana pra vocês!

Apavorados, obedecemos.

Com um copinho de refrigerante genérico de laranja na mão e no meio de brindes repetitivos dando errado e gargalhadas desengonçadas, vejo em Gabriel e Stefana os sorrisos mais estelares que humanos conseguem sorrir sem se desmanchar em poeira cósmica.

Pela primeira vez, penso que talvez vitórias ou derrotas não importem tanto. O que importa é que chegamos aqui.

— Foi sim — digo para Gabriel, depois que o brinde finalmente sai certo.

– O quê?

– A sua pergunta, sobre o veredito do dia. – Sorrio de volta para todos eles. – Foi sim, bem grandioso.

Agradecimentos

Nosso lugar entre cometas foi um prazer de escrever porque é, em seu coração, uma homenagem não só à literatura, mas aos leitores. Àqueles que, como eu, já amaram tanto um livro a ponto de chorar por ele. A ponto de sonhar com seus personagens. A ponto de sentir saudades.

Nosso lugar entre cometas também foi, porém, um livro que arrancou muitos pedaços de mim para escrevê-lo, e eu não teria conquistado a nobre tarefa de dar voz a Stefana, Gabriel e Lorena se não fossem algumas pessoas ao meu redor me recosturando e me mantendo de pé no processo. Agradeço e ofereço essa história a vocês, pois foi só por causa do seu apoio que consegui alcançar a última página.

À minha família: Brunno, que acompanhou todo o processo ao meu lado, segurando minha mão e me fazendo acreditar que daria tudo certo no final; Emília, Luiz, Mariana e Marly, que sempre me ofereceram o seu apoio infinito e incondicional.

À minha agente Mia, que aceitou embarcar nessa jornada no momento mais crucial, transformando minhas dúvidas em certezas e me assegurando de que não há pedra no caminho que nós não podemos levantar.

À minha editora Thaíse, que comprou a ideia dessa história desde o começo e lutou por ela comigo. Ao Marco, que ofereceu todo o seu conhecimento para que ela chegasse ao mundo na sua melhor versão possível. À Plataforma21, à equipe da VR e a todos aqueles que contribuíram no cuidadoso processo editorial e de divulgação, em especial a Natália, a Alessandra e o João.

Aos meus amigos do universo dos livros: Dayse Dantas, que me ajudou a continuar amando essa história, mesmo quando ela parecia demais para mim; Bárbara Morais e Lucas Rocha, que me ajudaram a moldá-la, mesmo quando ela se mostrava rebelde demais para o meu controle; Lavínia Rocha, que me ajudou a esmerá-la para que florescesse da melhor forma; Taissa Reis, que me ajudou a atravessar a crise da criação quando tudo parecia perdido; Iris Figueiredo e Mareska Cruz, que acompanharam o processo todo de perto, me oferecendo seus preciosos conselhos e planos de contingência.

Às amigas que a vida me presenteou, Marcella Varella e Cindy Diniz, que, de perto ou de longe, sei que estão sempre torcendo por mim.

A tantos outros, cuja participação foi essencial ou cuja simples presença me alegra, me inspira e me ajuda a ter forças: tio Sérgio, tia Vera, tio Nelson, tia Beth, Gabriela, Bia,

Carolline, Yasmin, Sophia e toda minha família; os queridos autores e profissionais do mercado Vitor Castrillo, Babi Dewet, Val Alves, Marina Orli, Vitor Martins, Gui Liaga, Pam Gonçalves, Jim Anotsu, Laura Pohl, Franklin Teixeira, Emily de Moura, Sâmia Harumi, Érica D'Alessandro, Felipe Castilho, Alfredo e toda a sua equipe no *Sem Spoiler* e tantos outros que fazem toda a diferença para mim.

Aos leitores, influenciadores e amantes da literatura, que me enchem de orgulho e sempre fazem todo e qualquer esforço valer a pena.

Mas estes agradecimentos não estariam completos se eu não agradecesse à origem de tudo: os livros. De fantasia, de romance, de mistério. De criança, de jovem, de adulto. De entretenimento, de estudo direcionado. Como Stefana, os livros me pegaram pela mão desde criança e me acompanharam na jornada de me tornar quem eu sou. E continuam, até hoje, me mostrando o caminho.

Obrigada.